Harry Zweifel

Daniel Heim

Die Jahre danach

Harry Zweifel

Daniel Heim

Die Jahre danach

Zweiter Band

Biograph

Erste Auflage Oktober 1996
Zweite Auflage November 1996

Herausgeberin: *Daniel Heim-Stiftung*

Druck auf säure- und holzfreiem gelblich-weissem 90 g Papier
Gesamtherstellung: Freiburger Graphische Betriebe, Freiburg
Gebunden in Comtesse-Leinen mit durchgefärbten Vorsatzblättern aus 135 g Büttenpapier von Peyer, Leonberg

ISBN 3-905248-01-8

Vorbemerkung:

Der Autor weist ausdrücklich darauf hin, dass er in diesem Buch seine eigene Meinung vertritt und Personen und Ereignisse aus seiner persönlichen Sicht schildert.

1. KAPITEL

Auf der Suche nach neuen Wegen

Vor rund fünfundzwanzig Jahren bin ich mündig geworden. Mündig aus einer dreissigjährigen Vormundschaft. Sechsundzwanzig Jahre davon hatte ich in Heimen und Anstalten verbracht, geächtet und verbannt als «Schuld und Sühne». Auch wenn ich vordergründig nur eine Schuld in mir trug, nämlich Halbwaise zu sein. Mit einer Mutter, die keine war, ausser dass sie mich geboren hatte. Das System in unserem Staate verlangt, dass einem Halb- oder Vollwaisen ein Vormund beigestellt wird. Waren es vielleicht zwingende Gründe, dass mich dieses System bis zum dreissigsten Altersjahr nicht los liess? Ich war im besten Alter, als ich meinen Weg suchen musste. Ich glaubte in der Tat, wenn ich eines Tages von meiner Vormundschaft befreit wäre, würde mit einem Schlag alles anders.

Aber die Probleme waren die gleichen geblieben. Das einzige, was ich feststellen konnte, war, dass ich für all mein künftiges Handeln nun selbst die Verantwortung zu übernehmen hatte. Eine Verantwortung, die ich zu tragen nie gelernt hatte. Zwar wusste ich, was Recht und Unrecht war, und ich wurde für mein Handeln nicht mehr gescholten. Ich musste für die begangenen Fehler selbst einstehen.

Eine Fähigkeit schien mir allerdings völlig fremd zu sein: Jedes materielle und wirtschaftliche Denken fehlte mir. Ich wusste, dass es reiche und arme Leute gab und dass es möglich war, irgendwie durch Arbeit und Handel Geld zu verdienen. Die Grenzen im geschäftlichen Gewerbe kannte ich jedoch nicht. Wie ein Kind musste ich hier zuerst erste Gehversuche machen. Nun, ein Kind war ich nicht mehr. Ich war ein Mann, und eigentlich erwartet man von einem Erwachsenen das Wissen um Verantwortungsbewusstsein gegenüber der Geschäftswelt. Aber woher sollte ich jemals so etwas gelernt haben? Meine Entwicklung war doch seit jeher unterdrückt worden. Hatte ich nicht Tag für Tag zu kämpfen gehabt gegen die Behördenwillkür? – Nein, ich wusste nicht, was es heisst, selbständig zu sein. Ich musste also ins kalte Wasser springen. Vielleicht würde ich mit den Wellen davongetragen, vielleicht auch ertrinken. Wie auch immer; es war allein meine Sache, den richtigen Weg zu suchen und zu finden. Und dafür musste ich lernen, Verantwortung zu tragen.

Eines stand fest: ich wollte mein eigener Herr werden. Ich wollte niemandem mehr untergeben sein. Zu lange war ich geknechtet, gevogtet und verwaltet worden. Damit war jetzt Schluss!

Ich entsinne mich noch genau, was ich als erstes unternahm: Ich bestellte bei der Gemeinde einen Reisepass und eine Identitätskarte, um damit nach

Belieben ins Ausland fahren zu können. Auch wenn vorerst noch gar keine solche Absicht bestand. Allein, ein solches Dokument zu besitzen, war für mich ein Symbol, dass ich frei war. Und noch etwas anderes leitete ich in die Wege: Ich wollte den Führerschein. Es war mir klar, dass ich früher oder später ein Fahrzeug bräuchte. Denn jetzt wollte ich Unternehmer werden.

Dann kam das erste Auto. Da ich bei dessen Kauf ebenfalls keine Erfahrungen hatte, half mir ein Nachbar, Beat Weber, der auch gerade die Fahrprüfung bestanden hatte. Ich erwarb meinen ersten Wagen.

Kaum hatte ich die Fahrprüfung bestanden, fuhr ich mit dem schönen, anthrazitfarbenen Wagen los. Es war anfangs Dezember, und meine Nachbarin, Frau Emmenegger, musste nach Rapperswil. Ich bot ihr an, sie mitzunehmen, was ihr scheinbar gelegen kam. Zudem wartete sie schon lange auf eine Gelegenheit, mitzukommen. Weil ich der Frau imponieren wollte, fuhr ich ziemlich zügig über den Seedamm. Auf der Rückreise war die Strasse stellenweise gefroren. Bei einer leichten Linkskurve über ein Bahnviadukt fuhr ich eindeutig zu schnell. Das Fahrzeug liess sich auf der vereisten Strasse nicht steuern, geriet auf das Trottoir und streifte die Mauer. Ein riesiger Funkenstreifen mit einem hässlichen Kratzgeräusch erschreckte uns. Der Wagen wurde auf die linke Strassenseite geschleudert. Lastautos kamen uns entgegen, und ich bangte nicht nur um mein Fahrzeug, sondern auch um unser Leben. Durch eine zu schnelle Drehung am Steuer nach rechts kam der Wagen wieder auf die rechte Fahrbahn und überflog buchstäblich mit ungeheurem Tempo eine über einen Meter hohe Böschung und rauschte in die Tiefe. Unter mir tat sich ein riesiger Abgrund auf, dort wo sich die Bahngeleise befanden.

Wir landeten abrupt und knapp einen Meter vor dem Bahndamm mitten in tiefem Schnee. Ich war völlig perplex, war mit dem Kopf auf das Steuerrad aufgeschlagen und hatte mir dabei das Nasenbein gebrochen, während meine Mitfahrerin laufend «Hui, hui, hui!» geschrien hatte und mich mit einer riesigen Beule auf der Stirn wütend anschaute. Ich konnte nicht anders: Ich bekam einen Lachkrampf, während es aus meiner Nase rubinrot tropfte. Aus dem Auto konnten wir nur durch das Fenster aussteigen. Die Lastwagenfahrer rannten an den Strassenrand und schauten zu uns in die Tiefe hinunter. Es war ein wahres Wunder, dass wir nicht mehr abbekommen hatten. Meine Nase schmerzte. Frau Emmenegger war empört und schimpfte, sie würde nie mehr in mein Auto einsteigen, was ich ihr auch nicht verdenken konnte. Es machte die Situation nicht weniger kurios, ihr wütendes Gesicht und gleichzeitig ihre, sich langsam bläulich verfärbende Beule am Kopf, zu sehen. Ich konnte nicht aufhören zu lachen.

«Passen Sie nur auf, bis mein Mann das erfährt!» rief sie. «Ihnen wird das blöde Lachen schon noch vergehen.»

Irgendwie tat sie mir leid, und ich entschuldigte mich bei ihr. Immer wieder hörte ich ihr «Hui, hui, hui!» und begann erneut schallend zu lachen.

Gemeinsam stapften wir durch den hohen Schnee. Sie in die eine, ich in die andere Richtung. Von weit her hörte ich sie wettern. Das Fahrzeug liess ich anschliessend bergen und suchte einen Arzt auf, der mir nicht viel mehr helfen konnte, als mir gegen die Schwellungen Tropfen und eine Nasensalbe zu geben.

Der Ehemann war tatsächlich wütend. Er war ein riesiger Kerl, mit dem ich am wenigsten eine Auseinandersetzung gewünscht hätte. Nachdem er aber erfuhr, dass ich ein gebrochenes Nasenbein davontrug, wünschte er mir viel Glück. Er sagte, andernfalls hätte er es getan...

Der Schaden am Fahrzeug betrug gegen zehntausend Franken. Das Getriebe war im Eimer, die massive Stossstange verbogen, der Kotflügel verbeult und eine ganze Reihe anderer Schäden waren noch zu verzeichnen. Trotzdem: der Unfall war glimpflich abgelaufen. «Das hat man davon, wenn man Weibern imponieren will», dachte ich. Zum Glück war ich Vollkasko versichert und hatte nur einen kleinen Selbstbehalt zu bezahlen.

Vom Geldverwalten hatte ich keine Ahnung. Wie sollte ich auch!

Als ehemaliger Schreiner mit gutem Gespür für das Schöne wollte ich mich mit Innenarchitektur befassen. Ich belegte an der Kunstgewerbeschule in Zürich einige Fächer. Aber irgendwie lag mir das Zeichnen nicht, was sich früher bereits in der Lehre gezeigt hatte. Nach einigen Zeitungsanzeigen gelang es mir jedoch trotzdem, Aufträge zu erhalten.

Der Holzhändler Mäder, ein Pferdefreund in Oberwinterthur, besass ein schönes Landhaus. Seine Frau hörte, dass ich als Jungautor und «Rösseler» auch Wohnungseinrichtungen und Umbauten übernehme. Und da war der Schreinermeister Fries, der als Mäders Kunde die Einrichtung anfertigen sollte. Fries war bei der Besprechung anwesend, weil Mäder den Auftrag für die Schreinerarbeiten an ihn vergeben wollte. Dass zusätzlich ein Berater beigezogen wurde, machte ihn eifersüchtig, und er reagierte ziemlich sauer.

Als erstes nahm er eine Überprüfung meiner Person vor. Da kam ihm die alte Geschichte gerade gelegen. An einer weiteren Besprechung stellte er mich vor dem Kunden unverhofft bloss, indem er von meiner Vergangenheit als Bevormundeter mit langjährigen Anstaltsaufenthalten erzählte. Er hatte sich viel Mühe gemacht und eine richtige Akte über mich angelegt.

Es war nicht nur für mich peinlich, sondern auch für meine Klientschaft. Herr Mäder erzählte mir, nachdem er mich gebeten hatte, ihm die Rechnung für meine Bemühungen zukommen zu lassen, dass ihm dieser Auftritt von Fries ganz und gar nicht gefallen habe. Er sei der Meinung, Fries habe den

Bogen überspannt. Er müsse ihn als Grosskunden jedoch berücksichtigen, weil er jährlich für mehrere Millionen Franken Holz von ihm kaufe. Die Schreinerarbeit müsse er ihm deshalb sowieso in Auftrag geben.

Anstandslos bezahlte mich Herr Mäder, und der Fall war abgeschlossen. War er das? – Was hatte ich diesem Fries angetan, fragte ich mich, dass er auf so gemeine Art und Weise gegen mich zu Felde zog. Ich nahm ihm den Auftrag ja nicht weg! Hätte ich wissen können, dass die erste Einrichtung des Hauses von ihm stammte? Es lag daher nahe, nur als Berater zugezogen zu werden. Einerseits hatte ich eine höllische Wut im Bauch, andererseits schmerzte mich seine Gemeinheit so sehr, dass ich fast einen Zusammenbruch erlitt. Ich war wieder dort unten, wo mich einst mein früherer Vormund, Robert Meier, haben wollte, bevor ich in die Anstalt Realta eingewiesen wurde.

Von meinem früheren Arbeitgeber hatte ich noch verschiedene Abrechnungsarbeiten im Haus, die ich noch nicht zurückgegeben hatte. Ich schloss diese ab und stellte die Rechnungen an die Auftraggeber aus. Weil ich keine neuen Aufträge hatte, kassierte ich das Geld. Ich dachte, es würde sicherlich eine Zeit geben, wo ich dieses Geld zurückzahlen könnte. Einige Wochen später erhielt ich einen ziemlich empörten Anruf von der Firma Gubler & Söhne. Der ehemalige Arbeitgeber wollte wissen, wieso ich das

Geld auf mein Bankkonto hatte überweisen lassen. Er gab mir eine Frist von einigen Tagen, diese Angelegenheit in Ordnung zu bringen, sonst würde er eine Strafklage wegen Veruntreuung einleiten. Ich war schockiert und wie gelähmt, denn die Gesamtsumme belief sich inzwischen auf rund vierzehntausend Franken. Ich erklärte ihm, ich würde versuchen, das Geld ratenweise zurückzuzahlen. Was ich dann auch tat.

Mir wurde klar, dass ich wieder eine Beschäftigung suchen musste. Aber was? Als Schreiner konnte ich nicht mehr arbeiten, denn das Handwerk war mir nur noch theoretisch präsent. Da kam mir der Zufall zu Hilfe: Die Verlagsauslieferung und der Kunstverlag *Office du Livre* in Fribourg suchten einen Buchhandelsvertreter. Herr Hirsch, der Verleger und Direktor, bat mich an einem Samstagvormittag, bei ihm vorzusprechen.

Ich erzählte ihm von meinen bereits erschienenen Büchern und dass ich auch etwas Erfahrung im Buchhandel hätte. Einige Tage später erhielt ich die Einladung zu einer Vertretersitzung in Fribourg. Mir wurde ein junger deutscher Vertreter zugeteilt, mit dem ich eine Woche lang auf Vertreterreise gehen sollte.

Ich hörte gut zu, was er den Buchhändlern erklärte. Dank seiner langjährigen Erfahrung und mit seinem geölten Mundwerk machte er komfortable Umsätze.

Hirsch verlangte, dass nicht nur die Novitäten, sondern auch ältere Titel zu verkaufen seien. Ja, man solle sogar in die Gestelle schauen, ob dieses oder jenes Werk vorhanden sei. Eine Methode, die die Buchhändler überhaupt nicht schätzten. Damals konnte man noch grosse Partien verkaufen, das heisst zehn, zwanzig und mehr Exemplare von einer einzigen Neuerscheinung. Es gab sogar grössere Buchhandlungen, wie Jäggi in Basel, Jelmoli, Barth, Orell Füssli in Zürich, Stauffacher und Scherz in Bern, wo hundert und mehr Exemplare pro Neuerscheinung plaziert werden konnten.

Und es gab noch die Kunstkalender, die schon nach der Frühjahrsreise in grossen Mengen verkauft werden mussten. Hirsch schaute nur auf die Umsätze. Wer das Soll eines Vertreters nicht erreichte, wurde gefeuert. Nach einer Woche musste ich die Buchhandlungen alleine besuchen. Mir wurden die Innerschweiz und Teile der Ostschweiz mit Graubünden zugeteilt. Wie oft kam ich völlig erschöpft, deprimiert über den schlechten Verkauf, in einer Buchhandlung an. Ich konnte nicht einfach hingehen, in die Gestelle schauen und dem Buchhändler, der Tausende von Büchern in den Regalen stehen hatte, die er nicht mehr verkaufen konnte, noch mehr unterjubeln. Es lag mir nicht, ihn zu nötigen und zu belügen, diese oder jene Novität, die ich anbot, sei von so grosser Wichtigkeit, dass der Verlag vorhabe, im Herbst dafür grosszügige Werbung zu machen, was vielleicht gar nicht stimmte. Zwar verkaufte ich

Partien, aber nie sehr grosse, von denen mein Kollege sonst problemlos den Buchhändlern das Doppelte oder Dreifache aufschwatzte.

Wie oft hörte ich den Buchhändler jammern, er habe immer noch so viele Bücher vom vergangenen Jahr, die er aufgrund eines grossen Werbeversprechens eingekauft hatte und nun darauf sitzen blieb. Heute geht dies alles nicht mehr; heute besitzt praktisch jeder Buchhändler einen Computer. Wenn ein Titel ausgegangen ist, hat er diesen im Bedarfsfall innerhalb von vierundzwanzig Stunden im Hause. Dennoch erstaunt es, dass Buchhandlungen immer noch voller Bücher sind. Einerseits ist der Buchhändler gezwungen, ein Sortiment an Lager zu halten, weil die Kundschaft die Bücher möglichst an Ort und Stelle einsehen und darin lesen möchte. Andererseits wäre es keine Buchhandlung mehr, wenn die Gestelle leer wären.

Als ich bei einem erneuten Autounfall an der Seestrasse am Zürichsee einen Totalschaden des neuen Fahrzeuges von *Office du Livre* baute, fand Herr Hirsch es an der Zeit, mich zu entlassen. Was nun?

Meinen Wagen hatte ich schon vor einiger Zeit zurückgeben müssen, weil ich nicht mehr in der Lage war, die Raten zu bezahlen. Das reute mich zwar, schien mir aber dennoch nicht so wichtig zu sein.

Die Kunstgewerbeschule Zürich suchte einen Assistenten *ad interim*, und ich meldete mich. Ich hatte mit einer älteren Dame namens Frau Dummel, die die Buchhaltung führte, zu arbeiten. Eine einfache und liebenswerte Person. Ihr Mann war vor einigen Jahren gestorben, und da die Ehe kinderlos blieb, hatte sie nur noch ihren Kanarienvogel. Sie gab mir in ihrer mütterlichen Art Anweisungen, was ich zu tun hätte. Ich musste die Arbeitsstunden der Schüler und Lehrer überprüfen. Zwar zahlte die Stadt Zürich ihren Lehrern feste Gehälter, dennoch musste eine Statistik geführt werden über die Leistungen der Schüler und Lehrer. Diese Stelle war nur vorübergehend zu besetzen, weil die Stadt sparen musste.

Eines Tages fand ich in der Zeitung eine Anzeige, wonach ein neu gegründeter Verlag zukunftsträchtige Projekte suchte. Die Verlagsinhaber waren die Herren Walter Schreilechner und Heinz Schlattmann. Das Gehalt war einigermassen gut. Ich hatte auch einen «fahrbaren Untersatz» zur Verfügung. Damit war ich zufrieden. Schreilechner hatte – wie sich später herausstellte – eine bewegte Vergangenheit. Er hatte wegen eines Raubüberfalls zwölf Jahre in Regensdorf im Gefängnis gesessen. Sein Ziel war, so viel und so schnell wie möglich zu verdienen. Zudem erwarb er bei einer zwielichtigen Firma für rund fünfundsiebzigtausend Franken gegen zwei Millionen Adressen, mit denen er im Direct-Mailing den grossen Coup zu landen hoffte. Er hatte nach interessanten Verlagsobjekten Ausschau gehalten und bisher nichts gefunden.

Da zu jener Zeit eine Wiederholung der deutschen Fernsehserie *Salto mortale* mit Gustav Knuth, Bäumler, Blum und anderen Filmgrössen auf dem Programm stand, schlug ich vor, die Rechte dieses Titels zu erwerben und mit Bildern im Grossformat aufzulegen. Es wurden fünfzigtausend davon gedruckt. Und etwa zehntausend verkauft. An sich ein Bestseller – für den Verlag ein Flop. Ein Salto mortale! Obwohl ich immer gewarnt hatte, eine solche Auflage liesse sich nur mit Deutschland zusammen wagen, hatte man mir kein Gehör geschenkt. Am Ende musste ich herhalten. Eines morgens kam Schreilechner in heller Wut ins Büro gestürzt. In der Rechten hielt er eine Reitgerte, mit der er mich traktierte. Die Sekretärin, Frau Zuppinger, schrie um Hilfe und heulte; sie war noch mehr erschrocken als ich. Ich war es seit meiner Jugend gewohnt, immer für irgend etwas herhalten zu müssen. Die eingetroffene Polizei schickte mich dann zum Arzt, der die Wunden verband und ein Attest für die Strafklage ausstellte. Erst an dieser Gerichtsverhandlung erfuhr ich, welche Vorstrafen Schreilechner hatte. Da wunderte ich mich über nichts mehr. Schreilechner entliess mich fristlos, und ich erhielt – trotz meiner Klage beim Arbeitsgericht – den Lohn nicht ausbezahlt. Das Auto musste ich selbstverständlich wieder zurückgeben; eigentlich hätte ich es als Pfand behalten können. Aber mit Schreilechner selbst wollte ich nichts mehr zu tun haben. Zudem war ich nicht gewitzt genug. Mir fehlte ganz einfach die Frechheit und die Fähigkeit, über Leichen zu gehen. Schreilechner war mit allen Wassern gewaschen und würde sich bestimmt nicht scheuen, wieder tätlich zu werden.

Ich stand wieder auf der Strasse, hatte keine Arbeit und konnte die Miete nicht mehr bezahlen. Ein drittes Büchlein über die Geburt eines Fohlens habe ich in der Folge mit Bildern und Text herausgegeben. Von den aufgelegten fünftausend Stück konnte ich viertausend verkaufen.

Nach dieser Erfahrung beschloss ich, selbständig eine Verlagsvertretung zu übernehmen. Ich schrieb eine Reihe von Verlagen an; die grossen und wirtschaftlich starken Verlage waren längst in festen Händen. So musste ich mich mit Brosamen zufrieden geben. Nein, ein grosser Umsatz war nicht zu erzielen, das stellte ich rasch fest, ich konnte mich noch so abrackern. Ich ging von Montagmittag bis Freitagabend auf Buchhandelsreise. Mit Bahn und Tram. Und riss mir fast die Arme aus beim Tragen der schweren Koffer und Taschen voller Bücher und Kalender. Ich konnte es mir einfach nicht leisten, klein beizugeben. Und es machte die Sache nicht leichter, dass ich keinem Kunden etwas aufschwatzen konnte. Ich wollte wiederkommen dürfen und unbedingt vermeiden, dass man über mich schlecht spricht, wie ich es des öfteren über andere Verlagsvertreter hörte.

Manchmal gab es gute, manchmal schlechte Tage. Wenn ich wieder einmal eine schlechte Woche gehabt hatte, hätte ich am liebsten alles aufgegeben und wäre zu Hause geblieben. Das Zugfahren war auch mühseliger; man brauchte viel mehr Zeit als mit dem Auto. Doch die Kosten waren so niedriger. Ich machte die Reise dreimal jährlich. Einmal im Januar und Februar mit den Frühjahrsnovitäten. Von März bis Mai hatte ich die Kalender, und ab Juni bis in den August dauerte die Herbstreise. Im September und Oktober besuchte ich jeweils nur noch die grösseren Kunden, um Nachbestellungen einzuholen. Am Samstag schrieb ich die Rechnungen, und sonntags packte ich die Ware ein, die ich montags zur Post brachte. Am Nachmittag ging die Reise dann wieder weiter. Alle Pakete schürte ich von Hand; es war Schwerarbeit. Noch hatte ich die Kraft dazu und den unerschütterlichen Willen, erfolgreich zu sein.

Eines Tages läutete die Wohnungsglocke, und vor mir stand Beat Weber mit seiner Freundin. Eine bildhübsche, schlanke Spanierin. Ich war wie versteinert, und es war nicht zu übersehen, dass ich mich Hals über Kopf in sie verliebt hatte. Zunächst verschlug es mir die Sprache. Sie hatte wunderbar langes Haar, tief über die Schultern reichend, und eine braune, natürliche Haut. Ihre tiefschwarzen Augen ruhten gebannt auf mir.

«Das ist Paloma, meine Freundin», sagte Beat, und ich reichte ihr die Hand.

Es brauchte geraume Zeit, bis ich zur Sache kommen konnte, denn ich wollte mit Beat etwas besprechen. Er hatte eine kaufmännische Ausbildung und ich wollte ihn fragen, wie man eine Gesellschaft gründet und so weiter. Seine Erklärung dauerte eine ganze Weile. Dann fragte ich ihn, ob er mit mir zusammen eine Aktiengesellschaft gründen wolle, was er sofort bejahte. In Zürich suchten wir den Treuhänder Heinz Beer auf, der für die Gründung der *Neuen Buchhaus AG* dreieinhalbtausend Franken verlangte. Dieser beschaffte sogar von einem Partner das Geld für die Gründung, das er nachher wieder einkassierte. Was ich nicht wusste, war, dass dies eine Scheingründung war, die strafbar ist. Da ich der Meinung war, dass sowohl Weber als auch Treuhänder Beer, der durch sein Büro die Buchhaltung und sogar die Funktion der Kontrollstelle übernehmen wollte, sehr wohl über die Rechtmässigkeit Bescheid wüssten, schenkte ich dieser Angelegenheit keine weitere Beachtung.

Beat war in der Gesellschaft mit mir zusammen Verwaltungsrat.

Obwohl ich tagein, tagaus wie ein Verrückter schuftete, geriet ich immer mehr in die Schulden. Der Beamte vom Betreibungsamt gab mir den Rat, bei Gericht eine persönliche Insolvenzerklärung abzugeben, dann wäre alles ausgestanden. Der Schuldenberg belief sich mittlerweile auf etwa vierzigtausend Franken. Ich hatte Mühe, die Miete zu bezahlen, und wollte eigentlich auch Bücher herausgeben von Autoren, von denen ich wusste, dass es sich um gute Werke handelte.

Doch wohin trieb mich mein Weg? Ich besann mich wieder aufs Gebet, das ich so lange vergessen hatte. Ich wusste, ich bin ein Kind Gottes. Man kann mit allen Anliegen an *ihn* gelangen. Es war nicht nur das mühsame, beinahe erfolglose Geschäft, was mich plagte; es war auch das Mädchen, das mir zu schaffen machte. Halbe Nächte lag ich wach, so dass ich mich oft verschlief und morgens den Zug verpasste. Der Schmerz drohte mich zu verzehren. Auch wenn ich wusste, dass Paloma Beats Freundin war, so hoffte ich doch, sie würde vielleicht eines Tages mir gehören. Ich war vorher noch nie verliebt gewesen. Erst jetzt merkte ich, was es heissen kann, wenn man liebt und nicht geliebt wird. Jetzt wurde mir klar, dass mich noch nie eine Frau oder Mutter an ihr Herz gedrückt hatte. Immer hatte ich versucht, vor diesen Gedanken zu fliehen. Nun war es anders – ich liebte. Grenzenlos. Und diese Liebe wurde nicht erwidert. Es war ein dumpfer, tiefer Schmerz, den zu beschreiben ich nicht imstande bin.

Ich betete zu Gott und sah zu meinem Konfirmandenspruch hoch, der mir bis heute viel bedeutet und mir immer wieder Mut und Trost gegeben hat. Es sind dies zwei Psalmen: *Aller Augen warten auf dich, und du gibst ihnen ihre Speise zur rechten Zeit. Du tust deine Hand auf und sättigst alles, was lebt, mit Wohlgefallen.* Und der andere lautet: *Der Herr ist mein Hirte, mir wird nichts mangeln. Er weidet mich auf einer grünen Aue und führt mich zum frischen Wasser. Er erquicket meine Seele. Er führet mich auf rechter Strasse um seines Namens willen.*

Ich wollte aufschreien. «Wohin führst Du mich, Gott! Was hast Du mit mir vor? Wie viele Opfer musste ich schon erbringen, wie viele Entbehrungen und Demütigungen erleiden!» Ich stand da und begriff erstmals, dass mir im Leben bisher nie jene Hilfe zuteil worden war, die ich mir wünschte. Immer wieder wurde ich genötigt, das zu tun, was andere wollten. Gedemütigt, geschunden, geschlagen. Ich war am Ende.

Der Konkurs wurde veröffentlicht, und alle Möbel, alles Hab und Gut bis aufs Bett, einen Stuhl und einen kleinen Küchentisch wurden mir abgenommen. Ich schämte mich. Aber was noch schwerer wog, war, dass ich all das verlor, was ich in meinen freien Stunden mit soviel Liebe und Sorgfalt als Schreiner gefertigt hatte. Und alle Bücher und Schallplatten, die ich gesammelt hatte. Ich hatte mir buchstäblich alles vom Munde abgespart. Jetzt war alles fort. Ich kauerte in einer Ecke der leeren Wohnung, schrie und heulte. Mitten in der Nacht wurde ich vom Weinen aus dem Schlaf gerissen. Die Bewohner über, neben und unter mir erschraken. Und es dauerte Wochen und Monate, bis ich mich wieder erholte. In jener Zeit zerstörte ich den Wechselrahmen mit dem Konfirmandenspruch, zerriss diesen in tausend Fetzen und warf ihn weg. Ich war verzweifelt und wütend und wollte nichts mehr mit Gott und Gebeten zu tun haben, weil ich der Ansicht war, in meinem Leben genug bestraft worden zu sein, ohne den Grund zu kennen.

Im Gedächtnis hängengeblieben sind die Sprüche jedoch bis zum heutigen Tag. Dort sind sie nicht zu eliminieren. Sollte das etwa ein Zeichen sein, dass mir nachts, wenn ich schlief, die Worte wieder in den Sinn kamen? Damals war es mir gleichgültig. Ich war trotzig und wollte nichts mehr hören, nicht mehr daran denken. – Auch die Geschäftsanteile verlor ich durch den Konkurs. Ich musste etwas Neues anfangen.

Es war Weihnachten. Meine Wohnung war leer. Kein Stuhl war da, auf dem ich es mir hätte gemütlich machen können. Da entsann ich mich mitten in der Nacht der Mitternachtsvesper. Und ich ging zur Kirche hinauf. Die Türe war verschlossen. Sie war verschlossen! War sie nur für mich verschlossen? Was in aller Welt hatte ich denn getan, dass mir sogar diese Türe verschlossen blieb? Da begann ich bitterlich zu weinen. Sass auf dem Mauervorsprung und weinte und weinte, bis ich ermattet war. Danach bat ich den lieben Gott um Verzeihung. Er möge Nachsicht mit mir haben, weil ich so verzweifelt war.

Am nächsten Morgen erwachte ich und war wie gerädert, als hätte ich die ganze Nacht hindurch Steine geschleppt. Erschöpft hörte ich die Kirchenglocken läuten. Aber ich ging nicht zur Kirche. Ich war unwürdig. Ich betete zu Hause in den leeren

Räumen. Ich setzte mich auf die Bettkante, wie damals als kleiner Junge im Altersheim, und kämpfte mit den Tränen. «Es wird wieder eine bessere Zeit kommen», dachte ich. Ich wusste, dass sie kommen wird, und hoffte darauf. Jetzt war ich ganz unten. Tiefer konnte ich nicht mehr fallen.

2. KAPITEL

Der Verleger

Eines Tages kam mir eine Idee, die zwar nicht völlig neu war, sich aber bereits als erfolgreich erwiesen hatte: Ich gab Posterplakate mit Popstars und Sportgrössen heraus. Darauf konnte man Stickers aufkleben, die in Lebensmittelläden und Kiosken zu kaufen waren. An sich eine Spielerei, aber es sollte sich herausstellen, dass die Jugend ganz verrückt darauf war.

Zwar hatte ich kein Geld, um diese drucken zu lassen. Doch ich dachte, mit Hilfe einiger guter Partner, die für die Verteilung und den nötigen Absatz sorgten, liesse sich die Sache machen. Also beauftragte ich einen Grafiker, der mir die Vorlagen zu meinem Produkt herstellte. Das Geld, über das ich verfügte, reichte gerade, um diese Kosten zu decken.

Kaum hatte ich das Display beieinander, gab ich Anzeigen für den exklusiven Vertrieb auf. Es gab, gerade wegen der damaligen Ölkrise, viele Interessenten. Ich wählte eine kleinere Firma, die im Aussendienst stark war, und bat sie, einen Test zu lancieren. Die Vertreter sollten in die Lebensmittelläden und Kioske gehen, um diese Displays mit den Plakaten und den Stickers anzubieten und Bestellungen aufzunehmen. Innerhalb zweier Wochen hatte ich ein Resultat, über das ich nur staunen konnte – es schlug wie eine Bombe ein.

Nun ging ich zu einem alten, lieben Freund, Werner Hemmi, Druckereidirektor bei der Firma Speich AG in Zürich, den ich von früher kannte. Dieser wiederum zeigte alles seiner noch schulpflichtigen Tochter, die davon völlig begeistert war. Sie sagte, Papi solle diese Stickers mit den Posters unbedingt herausgeben.

Werner Hemmi ist gut zwanzig Jahre älter als ich, aber wir haben uns auf Anhieb sehr gut verstanden. Als gebildeter Mann schien er an mir die vielen Ideen und die gepflegte Sprache zu schätzen. Jedenfalls stellte er mich und das Produkt bei seiner Geschäftsleitung vor. Neben dem Inhaber der Druckerei, Felix Speich, einem gebürtigen Glarner, nahm noch ein gewisser Rolf Dobler, seines Zeichens Finanzberater der Firma, an den Gesprächen teil. Dieser führte sich in seinem prächtigen Büro wie ein Bankdirektor auf und jonglierte mit den Betriebsmitteln. In seinem Vollmondgesicht steckte stets eine teure Havanna-Zigarre aus dem Hause Davidoff. Er galt hier etwas und bildete sich auch einiges darauf ein.

Speich hörte aufmerksam zu, was ich zu sagen hatte. Am runden Tisch sass Hemmi und dazwischen Dobler. Sehr schnell kam dieser zur Sache und wollte wissen, welche Sicherheiten ich der Firma zu bieten hätte. Anzubieten hatte ich gar nichts, ausser einem Datenband von gegen zwei Millionen Adressen, die mir Schreilechner seinerzeit als Gegenleistung für meine Lohnforderungen übergeben hatte. Sie hatten noch etwa einen reellen Wert von zirka fünfunddreissig bis vierzigtausend Franken. Die Datei war aber nicht mehr mutiert worden und überaltert, so dass ein grosser Teil der Adressen wertlos war. Hätte man diese gesamthaft eingesetzt, wären nicht nur der Verlust des Druckgutes, sondern auch noch das Porto verloren gewesen, also einige hunderttausend Franken in den Sand gesetzt worden. Trotzdem bot ich dieses Band und zusätzlich die vorverkauften Bestellungen als Sicherheit an. Das reichte anscheinend aus für den ersten Auftrag.

Da Hemmi das Projekt unterstützte, stieg Speich in das Unternehmen ein. Mir war klar, dass die Firma über mich Erkundigungen eingezogen haben musste; man wollte kein Risiko eingehen. Also machten sie das Geschäft davon abhängig, dass ein Bankkonto eingerichtet würde auf den neuen Firmennamen Nova-Press Zürich, für das Hemmi, ich und/oder Dobler und Hemmi die Kollektiv-Unterschrift hatten. Ich musste bürgen – soweit dies überhaupt realistisch erschien –, wenn die Kosten letzten Endes den Gegenwert überstiegen hätten, und einen Verlust selbst tragen.

Die Druckereien hatten zum damaligen Zeitpunkt fast keine Aufträge mehr. Die Ölkrise hatte über Nacht praktisch alles zum Erliegen gebracht. Je grösser die Firmen waren, desto mehr Probleme hatten sie. Bereits dachte auch die Firma Speich daran, Leute abzubauen und den Betrieb zu redimensionieren. Da kam eine Idee, wie ich sie hatte, gerade recht.

Dobler, als oberster Finanzchef, wollte von mir laufend orientiert werden, um allfällige Kursänderungen vorzunehmen. Zunächst verlangte er, dass ich meinen Bürositz vom Zentrum Zürichs in den Betrieb von Speich verlege. Aber dazu war ich nicht bereit. Sehr schnell stellte ich nämlich fest, dass Dobler mir unentwegt im Nacken sass. Fast jeden Tag rief er mich im Büro wegen belanglosen Dingen an. Was wäre, wenn die Sache aus irgend einem Grund schiefgehen würde? – Dann hätte er mir die Möbel und alles in meinen Räumen wegnehmen und mich auf die Strasse stellen können.

Eine intensive Zusammenarbeit mit Hemmi war nicht nur wünschenswert, sondern ganz in meinem Sinne. Er sollte sich künftig als Mittelsmann mit Dobler und Speich in Kontakt setzen. Ich wollte unbedingt unabhängig bleiben. Man setzte vorerst ein Budget fest, indem rund einhunderttausend Franken auf dem Konto plaziert wurden. Damit sollte der Druck, meine Auslagen und auch eine bestimmte Summe monatlich an mich ausgerichtet werden.

Das Geschäft lief schneller und wurde grösser, als ich es je für möglich gehalten hatte. Hemmi wurde zum Retter des Druckereibetriebes. Die Belegschaft begegnete auch mir mit grossem Respekt. Es war ein schönes Gefühl zu wissen, dass man so vielen Arbeitnehmern, Vätern, Müttern und anderen in der Krisenzeit mit Aufträgen, die dieses Produkt bringen würde, wieder neue Hoffnung und Zuversicht gab.

Es kam noch besser: Durch das Volumen, das die Bestellungen bald annahmen, mussten sogar weitere Betriebe als Subunternehmen eingeschaltet werden. Kuvertfabriken mussten zusätzliche Schichten einlegen, um die Aufträge fristgerecht auszuführen. Das machte Spass!

Eine geballte Ladung Energie staute sich in mir auf. Hemmi war der glücklichste Mensch. Er kannte alle Nöte und Schwierigkeiten in einem solchen Druckereiunternehmen und musste ja selbst damit rechnen, seine Stelle zu verlieren, wenn es noch schlechter würde. Er war in einem Alter, wo Jüngere wegen des geringeren Gehalts bevorzugt würden.

Meine Ideen wuchsen, und schon war ich an der Vorbereitung der Sommer- und der Winterolympiade. Es waren herrliche Plakate, die selbst dem Nichtsportler das Herz höher schlagen liessen. Ich wagte sogar einen grossen Sprung, nämlich den Markt über die Grenze auszuweiten. In Anzeigen im *Süddeutschen Kurier* und in der *Frankfurter Allgemeinen Zeitung* machte ich Interessenten mit einem Zusatzprodukt den Mund wässrig. Prompt meldeten sich *Mars*, *Nuts* und andere Lebensmittelgrossverteiler.

Auch aus Österreich kamen Anfragen. Ich konnte wahrlich unter den Besten die Wahl treffen. Alle wollten wissen, um was es sich handle.

Bei der Ausweitung des Geschäfts half mir auch ein guter Freund aus dem Hause Siemens in München. Dr. Rüdiger von Canal, ein Altadliger und die rechte Hand von Dr. Peter von Siemens, dem Firmenchef, öffnete Hemmi und mir Tür und Tor. Er hatte sehr viele Beziehungen und machte uns mit vielen Persönlichkeiten aus Industrie und Handel bekannt.

Hemmi und ich besuchten eines Morgens einen Lebensmittelgrosshändler in Hamburg. Der Flug dorthin war mit einigen Turbulenzen verbunden, doch hatte ich mich inzwischen ans Fliegen gewöhnt. Ich entsinne mich noch gut an meinen ersten Flug von Nizza nach Zürich. Ich musste an einem Montagmittag zurück sein, weil ich Termine mit Buchhändlern vereinbart hatte, die ich nicht verpassen wollte. Die Swissair setzte damals für diesen Kurs ihre alte Caravelle ein. Es gab – soweit ich mich erinnere – links und rechts je zwei Reihen Sitzplätze. Nur stellte ich fest, dass auf der einen Seite mehr Leute sassen als auf der anderen. Der Start erfolgte Richtung Meer, und kurz vor Ende der Piste hob die Maschine ab, was mich ängstigte. Ich fürchtete, elendiglich ertrinken zu müssen, wenn das «Fossil» nicht rechtzeitig hochgezogen würde... Als nach dem Abflug die Gurten gelöst werden durften, wollte mein Nachbar, ein distinguierter Herr, zur Toilette, und bat mich, ihn durchzulassen. Ich erschrak masslos und bat ihn, doch sitzen zu bleiben, weil sonst durch die einseitige Belastung das Flugzeug kippen könnte. Der Fluggast schaute mich entgeistert an, sah dann meinen Angstschweiss auf der Stirn und fing schallend zu lachen an, so dass sich alle Fluggäste nach uns umschauten.

Er lachte immer noch, als wir in Zürich-Kloten eintrafen, und ich schämte mich entsetzlich für meine Unwissenheit über die physikalische Gesetze und wegen der gezeigten Angst.

Am selben Nachmittag flogen Hemmi und ich nach der Besprechung nach Zürich zurück. Irgendwie schien uns der Hamburger nicht die richtige Entscheidung zu sein. Dessen Waren lagen in einer grossen, heruntergekommenen Halle, in der auch die Büros untergebracht waren. Das Ganze machte eher den Eindruck eines Gemüsehändlers und Trödlers. Hemmi war derselben Ansicht. Nein, was wir suchten, war eine echte Repräsentation in Deutschland. So kam es uns gelegen, dass sich der Hamburger noch etwas Zeit ausbedingen wollte.

Ich vereinbarte einen Termin mit einem Interessenten aus Wien. Auch er war ein Lebensmittelgrosshändler. Ihn suchten wir aber nicht auf, sondern baten ihn, uns zu besuchen. Und er kam. Er hatte eine ziemlich ölige Zunge mit viel «Schmäh», wie Österreicher halt so sind. Wir liessen – trotz seiner hellen

Begeisterung – die Zusage offen. Zuerst wollten wir einen möglichen deutschen Partner in Köln kennenlernen.

Am frühen Morgen flogen wir nach Köln-Bonn, wo wir von einem Chauffeur abgeholt wurden. Wir fuhren zur Generalvertretung für die *Nuts*-Produkte in Deutschland. *Nuts*, ein holländischer Schoko-Riegel wie der von *Mars*, die uns vor einigen Tagen abgesagt hatten, nachdem sie unsere Kollektion erhalten und diese ihren Vertretern vorgelegt hatten. Die Vertreter wollten den Artikel nicht ins Programm aufnehmen. Wenn ein Vertreterstab nicht dafür ist, ist auch kein Geschäft zu machen. Egal, um was es sich handelt. Sie argumentierten, sie seien keine Papierverkäufer. Die sollten sich noch wundern!

Die oberste Geschäftsleitung der deutschen Vertretung von *Nuts* befand sich in der Villa von Firmenboss und Direktor Fleischauer, einem mopsigen Mann mit kugelrundem, knallrotem Kopf. Ihm zur Seite stand der hagere Chefbuchhalter Herr Fünfgeld. Dann war da noch der Chefvertreter und Verkaufsleiter, dessen Namen ich nicht mehr weiss.

Hemmi und ich betraten den feudalen Palast und nahmen im Sitzungszimmer Platz. Alles glänzte. Fleischauer hatte seine Einrichtung in englischer Manier gewählt, sehr kostbar, ungemein stilvoll und gediegen. Mit Leder besetzte Mahagoni-Tische, Lederfauteuils, die feinsten Orientteppiche auf poliertem Marmorboden und eine umfangreiche Bildergalerie alter Meister bestätigten den erfolgreichen Kaufmann mit Geschmack.

Auf der Frontseite sassen die Herren Fleischauer, Fünfgeld und so weiter am riesigen Sitzungstisch. Diesmal hatten wir nichts im voraus zur Ansicht zugestellt; wir wollten die Reaktion unmittelbar erleben. Wer weiss?

Ich begann kurz mit einer Einführung über den Erfolg unserer Produkte in der Schweiz in den ersten paar Wochen, und aller Augen ruhten gespannt auf mir und meinem Begleiter Werner Hemmi. Der sass da und wusste nicht recht, ob er mir oder den Gastgebern seine Aufmerksamkeit schenken sollte.

So packte ich zuerst ein Display aus mit den Kuverts, in denen sich die Klebebildchen befanden, wandte mich an die Tafel und befestigte dort das Riesenposter. Einen Augenblick wurde es mäuschenstill, und alles lauschte gespannt auf das, was nun kommen sollte. Ich packte erneut ein Display aus und nahm wieder ein grosses Poster zur Hand. Das erste war ein Popstar-Plakat, das andere für die Winterolympiade bestimmt mit einem wunderschönen Bild einer Berglandschaft, in der ein bekannter Skifahrer einen Hang hinunterfährt. Darum herum waren die weiss ausgesparten Felder, die für die internationalen Sportler in den verschiedenen Disziplinen gedacht waren. Auf einmal erschraken Hemmi und ich so heftig, dass wir wie elektrisiert zusammenfuhren. Fleischauer konnte sich nicht mehr zurückhalten. Er sprang vom Sessel hoch und hüpfte wie ein kleiner Junge um den Tisch.

«Das ist es, das ist es, was wir suchen!», schrie er und konnte sich nicht mehr beruhigen. Es dauerte geraume Zeit, bis ihm der Verkaufsleiter zurief:

«Immer mit der Ruhe, Chef, sonst steigt der Preis!» Ein Raunen ging durch den Raum, teils gespannt, teils erfreut. Die Gesichter glänzten vor Freude. Fleischauer beugte sich mit seiner gedrungenen Gestalt etwas über den Tisch, schob sein rundes Doppelkinn nach vorn und fragte:

«Was kostet der ganze Spass?»

Etwas perplex erwiderte ich, dass wir nicht die Absicht hätten, die Idee zu verkaufen.

«Nein», meinte er, «was kostet dieses Produkt und wie kommen wir an die Generalvertretung heran. Und zwar für Deutschland, Österreich und der Schweiz?»

«Für Deutschland und Österreich können wir Ihnen die Vertretung geben, nicht aber für die Schweiz, wo wir bereits eine Vertretung haben, die erfolgreich verkauft», entgegnete ich. «Sie können aber den Grossverteiler in Wien, der Interesse gezeigt hat, unter Vertrag nehmen. Uns ist es lieber, nur mit einer Generalvertretung für Deutschland und Österreich zu verhandeln.»

Einen Augenblick lang blieb es ruhig. Offenbar warteten sie ab, was ich weiter zu sagen hätte. Denn jetzt ging es Fleischauer um den Einkaufspreis.

Ich setzte mich, nahm einen Bleistift zur Hand. Ich sagte, der offizielle Ladenpreis pro Plakat betrage zwei Mark und fünfzig Pfennig pro Kuvert, in dem sich drei für den Käufer unbekannte Bilder befanden. Auf diese Weise müsste es unter den Kindern zum Tauschhandel kommen.

Ich gab den Einkaufspreis mit fünfzig Prozent des Ladenpreises an, worauf der Verkaufsleiter sofort reagierte, dies sei zu wenig. Ich rechnete nochmals nach und kam dann auf vierundfünfzigeinhalb Prozent. Dies wäre mein äusserstes Angebot, sagte ich und bluffte, auch eine Konkurrenzfirma, die sogar die Bilder den Schoko-Riegeln beipacken wollte, sei interessiert. Der Trick wirkte. Sichtlich darüber erschrocken, dass ihm jemand zuvorkommen könnte, meinte Fleischauer, wir seien im Geschäft. Wir sollten die Muster hier lassen, einen Vertrag ausarbeiten und einen Termin vereinbaren, um möglichst rasch in den Markt einzusteigen.

Nun folgte eine Gesprächspause. Wir fuhren alle gemeinsam in ein piekfeines Speiselokal, wo wir als Gäste Fleischauers bewirtet wurden und ein höchst delikates Menü einnahmen, das uns gut tat. Fleischauer wünschte Informationen über unser Unternehmen. Da konnte Werner Hemmi, als Direktor der Firma Speich AG in Zürich, Auskunft geben. Ich hielt mich zurück. Mit meiner Vergangenheit hätte ich vielleicht alles zunichte gemacht.

Erst, als das Dessert serviert wurde, kam ich auf den Kern der Sache zurück. Dass wir als Garantie irgendeinen Auftrag bräuchten, damit wir keine weiteren Verhandlungen mehr aufnehmen müssten. Fleischauer war dazu bereit.

Dieser erzählte gerne und mit grossen Umschweifen jedem, der es wissen wollte, wie er zu seiner ersten Million gekommen war. Als einfacher Mann aus dem Volk genoss er es besonders, wenn die Zuhörer wie gebannt an seinen Lippen hingen und ihn bewunderten.

Er erzählte, er habe seine ersten Millionen mit *Wrigley's* Kaugummi nach dem Zweiten Weltkrieg verdient. Die amerikanische Besatzung und die Jugend hätten diese tonnenweise gekauft. Sie hätten nie genug liefern können. Doch die amerikanischen Hersteller wollten diesen unersättlichen Markt zurückgewinnen und in eigener Regie bedienen. Sie boten Fleischauer Millionen an. Aber nichts konnte ihn dazu veranlassen, diese Vertretung zurückzugeben. Die Amerikaner waren damals öfter in der Schweiz. Neben Genf interessierte sie vor allem das Tessin, Zug und Luzern. Einer der leitenden Direktoren von Wrigley's kam einmal nach Ascona. Dort gefiel es ihm auf Anhieb so gut, dass er sich eine Villa am See kaufte. Dieses Südländische mit den Palmen in der kleinen heilen Schweiz! Das müsste doch auch so einem satten Millionär wie Fleischauer gefallen.

Wie der Blitz fuhr der Amerikaner nach Köln und bot Fleischauer als Gegenleistung und als Geschenk für die Vertretung des Kaugummis in der Bundesrepublik Deutschland eine Villa am Lago Maggiore an. Als Fleischauer dieses Bijou sah, erging es ihm wie dem Amerikaner, und er übernahm das Anwesen. Inzwischen hatte er in Deutschland und in der Schweiz bereits Liegenschaften in zweistelliger Millionenhöhe erworben.

Wahrlich, diesen Mann konnte kein Geld der Welt mehr betören. Aber gute Ideen reizten ihn. Unsere Postergeschichte gefiel ihm ausserordentlich. Seine «Nase» sagte ihm, dass er wieder auf eine Goldader gestossen war.

Fleischauer gab uns eine Erstbestellung in Höhe von dreihunderttausend Mark auf den Weg. Ich hörte buchstäblich Hemmis Herz poltern, während ich, ohne mit der Wimper zu zucken, den Auftrag entgegennahm.

Erst auf dem Rückflug trat Hemmi aus der Reserve. Er machte mir Komplimente, wie haarscharf ich kalkuliere. Er freute sich wie ein kleiner Junge, der in einer Wundertüte einen Schüttelbecher gefunden hatte. Ich stellte auch fest, dass ich gar nicht soviel Prozente hätte geben müssen. Allein schon die Bemerkung, eine Konkurrenzfirma sollte sich dazu entschlossen haben, die Bilder in die Schoko-Riegel einzupacken, wäre für Fleischauer Anreiz genug gewesen, mitzumachen.

Im Betrieb war unser Auftrag Tagesgespräch. Erstmals zuckte Dobler zusammen. Er sah, dass dieser Daniel Heim mehr konnte, als nur gute Ideen auszuhecken. Sollte Heim es vielleicht sogar wagen, wenn es ihm passte, eine andere Druckerei aufzusuchen? Die Gier und Angst liessen ihn sofort reagieren: Bei der nächsten Besprechung wollte er dabei sein; der Vertrag für die Firma Speich musste gesichert werden. Der Vertrag sollte mit dem Verlag, jedoch in Vertretung der Druckerei, abgeschlossen werden. Letzten Endes könnte eine Zeit kommen, wo man diesen Heim gar nicht mehr bräuchte. Dann wäre das Objekt sichergestellt.

Nun wurden Offerten von Kuvertfabriken und anderen Partnerfirmen eingeholt. Die Kunde von diesem immensen Auftrag verbreitete sich wie ein Lauffeuer. Mindestens ein halbes Dutzend Firmen wurden mit eingespannt. Alles lief auf Hochtouren.

Der Vertrag wurde so vereinbart, wie Dobler ihn haben wollte; der Auftrag lautete auf die Druckerei. Die Rechte lagen allerdings beim Verlag, bei mir.

Etwas verärgert und angewidert sah ich zu, wie Dobler mit seiner Zigarre im Mund sich in Fleischauers Büro breit machte und wichtig tat, welche Funktionen er habe. Dass er alle Finanzgeschäfte für Speich plane und so weiter. Er anerbot sich sogar, Fleischauer als Finanzberater behilflich zu sein. Schliesslich sei er Bankkaufmann und hätte praktisch eine kleine Bank im Hause. Er sei ein Bankdirektor vom Scheitel bis zur Sohle. Abgeschirmt und nur mit Hemmi zusammen sass er im Büro Fleischauers, und ich hatte ein unangenehmes Gefühl, das mich auch später nicht verlassen sollte.

In seinem Büro bei der Firma Speich flackerte die ganze Zeit ein Bildschirm mit den aktuellen Börsenkursen. Lauernd schaute Dobler auf die Bewegungen der Daten. Manchmal sprang er während eines Gespräches hoch, nahm lässig den Telefonhörer in die Hand und fragte einen Bankkollegen, was dieses oder jenes zu bedeuten hätte. Mit soundsoviel wäre er dabei und so fort. Für mich war er bloss ein Zahlen-Jongleur.

Hemmi und ich verstanden uns sehr gut, zumal wir uns meistens mit literarischen Themen befassten. Ich fand Gefallen an ihm, weil er exakt und gut durchdachte Arbeitsabläufe schätzte. Er war der weitaus beste Druckereifachmann, den ich je getroffen habe. Auch viele Jahre danach, als er längst Mitinhaber der Firma Speich wurde und hochbetagt war, büsste er nichts von seinem Elan und Scharfsinn ein. Es gab nichts, was er nicht wusste oder was ihn verunsichern konnte. Auf seinem Gebiet war er absolut einmalig.

Meine Stärke war hingegen, kreativ zu sein und Ideen zu entwickeln. Mein Ziel war, Marktlücken zu entdecken, zu erschliessen und möglichst nicht andern zu überlassen. Zum Glück kenne ich bis heute weder Neid noch Hass oder Eifersucht, was es für mich leichter macht, alles, was auf mich zukommt, ruhig zu überdenken.

Mittlerweile hatte ich eine Selbstsicherheit erlangt, die mich stark machte. Und ich hatte mir ein Ziel gesetzt: reich zu werden. Ich wollte ein Vermögen verdienen, und dann würde die Zeit kommen, wo ich vielleicht heiraten könnte. Heiraten? – Ja, vielleicht würde ich eines Tages eine Familie gründen. Aber sie musste eine solide Basis haben. Ich wollte keine finanziellen Probleme mehr.

Paloma war mit Beat verschiede Male bei mir zu Besuch gewesen. Dann habe ich sie jeweils beide ausgeführt. Im Dorf Pfäffikon am Zürichsee, wo ich wohnte, lebte ein Mädchen. Helen. Eine zierliche kleine Person, dunkelhaarig und sehr schlank. Sie war in mich verliebt, ich aber nicht in sie. Zwar war sie mir sympathisch, aber mir gefiel nach wie vor Paloma. An ihrem Geburtstag schenkte ich ihr ein herrliches Parfüm. Etwas, was sie schon immer wollte, was ihr aber zu teuer war. Paloma gab es mir zurück, weil sie von Beat ein Kind erwartete. Beat erzählte es mir als erster. Ich wusste nicht, ob ich darüber bestürzt oder erfreut sein sollte. Nein, erfreut war ich zuerst keineswegs; Paloma war ja selbst noch ein Kind. Sie war erst neunzehn und Beat ein Jahr älter. Ich hätte heulen mögen vor Verzweiflung. Meine grosse Liebe, meine Angebetete, bekam ein Kind, und erst noch von diesem «Schnösel»!

Wie wenig ich von Frauen verstand, merkte ich erst, als ich Helen das Parfüm brachte, das für Paloma bestimmt war. Ihre braunen Augen hatten richtig geglänzt, als ich es ihr gab. Dann hörte ich sie sagen: «Das würde sicher auch zu Paloma passen», denn sie wusste – selbst wenn ich nie davon sprach –, wie sehr ich in Paloma verliebt war.

«Ja», sagte ich, «es ist ihr Lieblingsparfum. Aber sie hat es nicht gewollt.»

Im Spiegel sah ich, wie sich ihr Gesicht versteinerte.

«Willst du damit sagen, dass du es ihr schenken wolltest und sie es nicht angenommen hat?»

Eigentlich hätte ich an ihrem Tonfall merken sollen, was ich heraufbeschwor.

«Ja, sicher. Sie bekommt ein Baby von Beat und will ihn heiraten.»

«Dann hast du dieses Parfüm also gar nicht für mich gekauft?»

«Eigentlich nicht», gab ich zu. «Aber wem soll ich es denn schenken, wenn ich es selbst nicht gebrauchen kann?»

Sie machte ein ärgerliches Gesicht. Gleichzeitig war sie traurig. Hatte nicht sie so sehr gehofft, ich könnte sie etwas lieben? Ich sah das einfach nicht und hätte es sicherlich auch nicht gekonnt. Erst als mir Paloma erklärte, ich sei blind und merke nicht, was Helen für mich empfinde, ging mir ein Licht auf. Das betrübte mich, weil ich Helen nicht jene Liebe und Zuneigung geben konnte, die sie sich wünschte und die sie – wie ich für Paloma – herbeisehnte.

Helen war für mich wie eine Schwester. Aber Lieben und Heiraten? – Nein, das ging nicht. Nie wäre ich auf einen solchen Gedanken gekommen. Meine grosse Liebe gehörte für immer Paloma. Bloss, sie wollte mich nie heiraten.

Helen gab mir das Parfüm zurück und meinte: «Schenk das jemand anderem!» Etwas stutzig war ich schon geworden. Ich hielt es aber für eine Weiberlaune, war blind und sah die Ursache nicht.

Viel später merkte ich, dass auch Paloma und ich nicht zueinander gepasst hätten. Zu verschieden waren unsere Charaktere und Temperamente. Ich wäre schon glücklich gewesen, nur an ihrer Seite zu schlafen, ohne den geringsten körperlichen Kontakt zu haben. Ob diese platonische Liebe Paloma allerdings genügt hätte, war zu bezweifeln.

Ich hatte festgestellt, dass meine Neigungen und Triebe des Geschlechtslebens keine wesentliche Rolle für mich spielten. Sie waren offenbar nicht in der Form entwickelt, wie ich sie bei den meisten anderen Menschen wahrnahm. Ich bin völlig unfähig, physisch zu lieben. Aus diesem Grunde stiessen mich ekstatische Ausbrüche und Gebärden in Filmen stets ab, ja reizten mich bis zum Erbrechen. Zuviel bin ich vernachlässigt worden, zuviel wurde bei mir versäumt und verschüttet. So wurde mir bewusst, dass ich das gar nicht brauchte. Ich war genügsam, und die Ehe war mir heilig. Hätte ich jemals geheiratet, ich hätte diesen Bund sicherlich nie gebrochen, den ich auf die Bibel geschworen und vor Gott eingegangen wäre. Aber vielleicht spricht da aus mir der blanke Hochmut. Wie sollte ich denn wissen, wie ich in dieser Situation reagieren würde? Wer kennt sich schon selbst und kann sich einschätzen, wenn ihm eine erneute Prüfung bevorsteht?

Liebe ist für mich nicht ein Synonym für Sex. Liebe bedeutet für mich Harmonie, geistig und seelisch. Zwar kann man verbale Auseinandersetzungen und Meinungsverschiedenheiten haben, aber Liebe – echte Liebe – verbindet über alle Schmerzen und Differenzen hinweg. Liebe zwingt zu Toleranz und zu gegenseitigem Respekt, selbst, wenn dem einen Partner dieses oder jenes nicht gefällt. Sie teilt Freud und Leid und ist in reinen Gedanken untrennbar mit dem Göttlichen verbunden. – Ich sah auch ein, dass ich in meinen Vorstellungen wohl zuviel von meinem Du verlangte. Denn wir alle sind nur Menschen.

Mit Helen hatte ich es verspielt. Manchmal fuhren wir noch miteinander aus. Ich hatte wieder einen Occasions-Wagen gekauft; die Geschäfte liessen es zu. Dobler wollte zwar, dass der Wagen auf die Firma Speich AG lief, doch dazu bot ich nicht Hand. Und ich wusste auch warum.

Helen und ich assen zusammen in feinen Restaurants. Sooft es ging, lud ich auch Paloma und Beat dazu ein. Als Helen aber meine verliebten Blicke zu Paloma sah, hielt sie es nicht mehr aus. Sie wollte nicht mehr mitkommen; es war ihr zu peinlich. Ich dagegen hoffte immer noch, dass sich Paloma anders entscheiden würde. Aber auch da irrte ich mich. Ich hätte wissen müssen, dass die erste Liebe immer die grösste ist und dass gerade ein Kind erst recht innigere Bande schliesst.

Beats Eltern waren gar nicht erbaut, als ihr Sohn von der Heirat erzählte. Aber seine Liebe zu Paloma war echt, und seine Freude als künftiger Vater gross, wenn er deswegen auch etwas verlegen dreinschaute. Was tut man da, wenn nichts mehr geändert werden kann? Ich anerbot ihnen, dem Kind Pate zu sein. Mir schien, dieser Vorschlag kam ihnen nicht ganz gelegen. Sie müssten zuerst ihre eigenen Geschwister berücksichtigen. Ja doch, dachte ich. Es wird eine Gelegenheit geben – ein anderes Mal.

Ein dumpfer Schmerz überkam mich, und ich wollte nur noch eines: arbeiten und erfolgreich sein. Ich wollte nicht mehr abgewiesen werden, sollte sich wieder eine ähnliche Gelegenheit bieten.

Der Verkauf in Deutschland liess sich gut an. Bei der Vertragsunterzeichnung wurde eine weitere Tranche in Höhe von dreihunderttausend Mark fällig. Eine dritte sollte in einem Monat erfolgen. Die Produktion liefen auf vollen Touren. Meine Vorschläge für die Winterolympiade war ein absoluter Renner. Die Plakate und Kuverts wurden dort, wo die Artikel ausgestellt waren, den Verkäufern förmlich aus der Hand gerissen. Fleischauer war begeistert. Innert sechs Monaten erreichten wir einen Umsatz von über zwölf Millionen Franken.

Mich begann die Sache zu langweilen. Der Grund war Doblers Überwachung; der Hauskrach war vorprogrammiert. Meine Vermutungen trafen zu: Dobler glaubte, er würde mich nun nicht mehr brauchen. Und dass diese Edition jederzeit jemand anderes im Hause hätte machen können. Wozu noch Heim bezahlen? Dies ginge nur von seinem und Speichs Gewinn ab. Dobler sondierte bei Hemmi, wie er sich zu dieser Absicht stellen würde. Hemmi war ein geradliniger Mann und warnte nicht nur vor einer juristischen Auseinandersetzung; er war der Meinung, dass Innovation bei einer solchen Sache das wichtigste sei. Und er hatte recht. Die Geschäftsleitung forderte Hemmi auf, entweder Loyalität gegenüber dem Geschäft oder gegenüber Heim zu zeigen. Ohne Speich könne Heim sowieso nichts anfangen. Alle Verträge seien mit ihnen abgeschlossen worden.

Eines Tages kam von Dobler an mein Sekretariat die Mitteilung und die Order, das Büro des Verlags sei aufgelöst und in die Räume der Speich AG zu verlegen. Als ich am Morgen ins Büro kam, sah ich Herrn Wirtner, einen meiner Angestellten, die Möbel demontieren und Akten in bereitstehende Kartons zu verpacken. Vor dem Haus stand ein Lieferwagen der Druckerei. Der Chauffeur wollte eben das Mobiliar in den Warenlift schieben, als ich um

Auskunft bat. Er sagte, ich sollte mit Herrn Wirtner reden. Er hätte lediglich den Auftrag von Herrn Dobler, das Büromaterial in die Druckerei zu befördern.

Ich befahl ihm, augenblicklich die Sachen zurückzubringen und die alte Ordnung wiederherzustellen, sonst würde ich die Polizei holen.

Siegfried Wirtner war völlig verstört und aufgebracht. Dobler hätte gedroht, ihn fristlos zu entlassen, wenn er sich weigern sollte, seinen Anordnungen nicht Folge zu leisten.

«Herr Wirtner», fragte ich, «bei wem arbeiten Sie. Bei mir oder bei der Firma Speich? Von wem erhalten Sie den Lohn? Von mir oder von Herrn Dobler?»

«Von Ihnen natürlich», erwiderte Wirtner.

«Dann tun Sie gefälligst, was ich Ihnen befehle. Oder glauben Sie im Ernst, Dobler würde Sie länger als eine Woche im Betrieb halten?»

Der Chauffeur brachte alles wieder an seinen Ort, und Wirtner begann die Regale wieder aufzufüllen.

Inzwischen hatte ich ein Telefongespräch mit meinem Anwalt geführt, Dr. Ulrich Meierhans, und ihm den Vorgang erklärt. Er riet mir, wenn Dobler sich nochmals melden sollte, ihm eine Strafanzeige wegen Hausfriedensbruchs anzudrohen. Dobler habe in meinem Büro nichts zu suchen, und keiner meiner Angestellten sei befugt, diesem Auskünfte jeglicher Art zu geben. Es lag auf der Hand, dass Dobler jetzt das Auto in seinen Besitz bringen wollte, das unter meinem Namen lief.

Ich hatte ausgerechnet, dass ich von der Firma Speich AG rund dreihunderttausend Franken als Provision zugut hätte. Einen Teil davon hatte ich bereits in Form von Lohngeldern auch für Angestellte, die Büromiete und den Wagen erhalten. Den Rest würde ich mit aller Wahrscheinlichkeit einklagen müssen.

Nachdem der Chauffeur unverrichteter Dinge in die Druckerei zurückgefahren war, rief Dobler mit heller Empörung an, was mir eigentlich einfalle. Ich hätte zu parieren und das zu tun, was er mir befehle, ansonsten würden sofort die Bankkonten gesperrt.

«Soweit kommt es noch, Herr Dobler», erwiderte ich sauer. «Ich bin keiner Ihrer Angestellten. Ohne mich können Sie Ihren Kram zusammenpacken. Wie lange, meinen Sie, hält diese Erfolgssträhne an, wenn keine neuen Produkte mehr auf den Markt kommen?»

«Das ist nicht Ihre Sache, Herr Heim. Wir werden damit auch ohne Sie fertig, glauben Sie mir!»

«Ach ja. Dann wollen wir mal sehen. Immerhin liegen die Rechte dieser Edition bei mir und nicht bei Ihnen. Oder haben Sie das etwa vergessen?»

Stille. Sein wütendes Schnauben war durch den Hörer vernehmbar. Nach einer Weile lenkte er etwas freundlicher ein:

«Ich denke, wir sollten alles in Ruhe besprechen. Kommen Sie zu mir ins Büro.»

Am Nachmittag ging ich in die Druckerei. Offenbar hatte der ganze Betrieb durch den Chauffeur von der

Auseinandersetzung erfahren. Jedenfalls grüssten mich die meisten Mitarbeiter bedrückt. Auch ich war unruhig. Man schien tatsächlich zu fürchten, wenn ich keine neuen Ideen mehr brächte, würde dieses Geschäft platzen. Früher waren die Angestellten froh, so wenig Kurzarbeit wie möglich zu machen – durch die neuen Aufträge mussten sie Überstunden und sogar grösstenteils Samstagsarbeit leisten. Während ringsum grosse Druckereien um Aufträge kämpften, waren die Mitarbeiter von Speich mehr als voll beschäftigt. Es hatte allen so gut getan. Was sollte nun daraus werden?

Direktor Hemmi sass bereits in Doblers Büro. Es musste ihm schwergefallen sein, gute Miene zum bösen Spiel zu machen. Dobler setzte sich jovial und breit in einen bequemen Ledersessel, schlug die Beine übereinander, während er genüsslich und mit viel Umständen seine Davidoff anzündete.

«Aus wirtschaftlichen Gründen, lieber Herr Heim», begann er und zog erneut am Kraut, «müssen wir den Betrieb zusammenlegen. Das verstehen Sie doch, nicht wahr?»

«Warum in aller Welt sollte ich so etwas tun?»

«Wir haben auf diese Weise besseren Kontakt zueinander. Zudem haben wir alles selbst finanziert. Das Geld für die Büroeinrichtung, den Wagen – ich will ihn Ihnen ja nicht wegnehmen. Nicht, solange es nicht notwendig wird. Und die Löhne für das Personal kommen auch von unserem Konto. Das müssen Sie doch zugeben?»

«Sie haben recht, Herr Dobler. Das Geld stammt von Ihnen, aber Sie scheinen ganz vergessen zu haben, dass dies nur kleine Akontozahlungen waren, die an mich abgeführt werden mussten. Schliesslich sind die Produkte meine Idee, und ich habe auch die Vertretungen gebracht. Sehe ich das falsch? Zudem habe ich irgendwie gedacht, es müsse einmal so kommen. Aus diesem Grunde wollte ich das Büro nicht mit Ihnen zusammenlegen. Und was soll das heissen, Sie überlassen mir den Wagen, solange es Ihnen notwendig erscheint?»

«Aha, da kommen wir der Sache schon näher, Herr Heim. Ich merke, dass Sie sich nicht kontrollieren lassen wollen. Aber in diesen Aufträgen, die wir vorfinanzieren, steckt sehr viel Geld. Da können und müssen wir von Ihnen als Partner verlangen zu kooperieren. Morgen früh wird Ihr ganzes Büro aufgelöst; wir haben hier für Sie schöne neue Räume nebenan.»

«Sie glauben doch nicht im Ernst, dass ich mir von Ihnen Befehle erteilen lasse», schnaubte ich empört.

«Ich möchte Sie hier und jetzt und in Gegenwart von Herrn Hemmi als Zeugen orientieren, dass ich Sie, wenn Sie auch nur einen Schritt in mein Büro wagen, wegen Hausfriedensbruchs verklagen werde. Ich denke, die Unterhaltung ist beendet.»

Direktor Hemmi versuchte noch zu vermitteln und wollte unter allen Umständen, dass ich nicht erbost wegginge. Er nahm mich gegenüber Herrn Dobler in Schutz. Offensichtlich hatte er dies bereits vorher getan. Darum war Dobler ziemlich ärgerlich und verstimmt.

«Herr Dobler», sagte er gefasst, aber bestimmt, «Sie schneiden uns den Lebensfaden ab.»

«Soso», meinte Dobler völlig konsterniert von der Tatsache, dass der Direktor der Druckerei sich ihm, dem Finanzmakler von Felix Speich, entgegenzustellen wagte. Dann kam eine ganz fiese Reaktion:

«Hat Ihnen Heim etwa heimlich Gelder zugeschoben, damit Sie zu ihm halten?»

«Passen Sie auf, Herr Dobler, was Sie da sagen», erwiderte ich ungehalten, weil es Hemmi glatt den Atem verschlagen hatte, «sonst haben Sie eine Straf- und Ehrverletzungsklage am Hals, die sich gewaschen hat.»

«Es ist schon gut», meinte Dobler versöhnlich und versuchte zu lächeln. «Ich wollte nur sicher sein, ob zwischen euch beiden etwas ist!»

Ich fuhr in mein Büro zurück und harrte der Dinge, die da kommen sollten. Anderentags erhielt ich per Eilboten einen eingeschriebenen Brief von der Firma Speich, in dem mir Herr Dobler die Zusammenarbeit aufkündigte und mir Schadenersatzforderungen androhte, falls ich nicht innert zwei Tagen das Fahrzeug an die Firma zurückgegeben hätte. Des weiteren waren sie vorläufig nicht mehr bereit, mir den Rest des mir zustehenden Geldes auszuzahlen.

Einige Tage später, als die Frist abgelaufen war, kam ein Schreiben von Star- und Medienanwalt Dr. Hans Kopp, dessen Frau später Bundesrätin wurde. Kopp wiederholte die gleichen Bedingungen, wie sie bereits von seinem Mandanten an mich gerichtet worden waren.

Ich übergab die Unterlagen meinem Anwalt, der ebenso bekannt war, aber nicht wie sein Kollege Schlagzeilen in den Zeitungen machte. Anwälte scheuen in der Regel die Presse. Diese Zunft ist vornehmlich dezent und tut alles, um nicht aufzufallen. Dr. Meierhans hat nicht nur eine hochkarätige Klientschaft; seine Vorfahren waren bereits Rechtsanwälte, Kantonsräte, Justizdirektoren und so weiter. Ich brauchte mich vom Namen Kopp nicht erschrecken zu lassen. Dies bewiesen später dann auch die Verhandlungen, die auf dem Zürichberg, am Sitz der Anwaltskanzlei von Dr. Kopp, stattfanden.

Anwälte untereinander behandeln die Anliegen ihrer Klientschaft meist viel kühler und distanzierter, als die emotionsgeladenen Streithähne. Im übrigen war Dr. Kopp ein einziges Mal an einer dieser Besprechungen. Sonst überliess er eine derartige Bagatelle seinen Substituten. Dr. Meierhans, freundlich, kühl, zurückhaltend und doch in der Sache seiner Klienten sicher, hörte zu, was die Gegenpartei zu sagen hatte. Konterte hin und wieder mit einer Gegenfrage und löste die Angelegenheit mit solcher Bravour, dass er den Gegner mühelos an die Wand stellte, indem er ihm die Wahl liess, entweder macht Heim Konkurs oder man könne sich einigen. Ein Konkurs hätte für die Firma Speich mehr als negative Folgen gehabt. Dann wären nämlich die Aktiven, die mir zustanden, zur Abrechnung gelangt. Diese hätten auf Franken und Rappen genau ausgewiesen werden müssen, und zwar gemäss dem Vertrag zwischen der Nuts-Vertretung Deutschland und der Nova-Press Zürich.

Die Sitzung wurde vertagt. Werner Hemmi, der an der Sitzung teilgenommen hatte, konnte nichts anderes, als mir beizupflichten, was die Gegenpartei zusätzlich in arge Bedrängnis brachte.

Einige Tage später einigten sich die Anwälte, ich würde aus dem Vertrag austreten, könne den Wagen und das Büro behalten, und auch jener Anteil würde ausbezahlt, der mir noch zustand. Dafür bekam die Druckerei sämtliche Rechte an meinen Arbeiten.

Dank der grossen Arbeitsleistung Hemmis und der millionenschweren Aufträge von *Nuts* ging der bittere Kelch an ihm vorüber. Aber er musste sein Büro in die untere Etage, neben dem des anderen Büropersonals, verlegen.

Auch von der deutschen Generalvertretung *Nuts* kam ein eingeschriebener Brief, unterzeichnet vom Chefbuchhalter, dass die Verbindungen zu meinem

Verlag und mir aufgehoben und ihr alleiniger Vertragspartner die Speich AG sei. Punktum.

Es dauerte gar nicht mehr lange, so war von Dobler nichts mehr zu hören. Praktisch von einem Tag auf den andern verschwand er von der Bildfläche.

Lange hielt der Run mit den Plakaten und den Stickers nicht mehr an. Ich hörte, dass durch den vorzeitigen Abbruch der Olympiade in München wegen des Attentats der PLO auf die israelischen Teilnehmer der ganze Markt zusammengebrochen sei. Weil keine neuen Artikel mehr folgten, die die entstandene Lücke hätten ausfüllen können, soll Fleischauer einen riesigen finanziellen Schaden davongetragen haben. Ganze Lager dieser Produkte waren auf einmal Makulatur geworden. Wäre ich damals noch dabei gewesen, hätte ich verschiedene Hefte herausgegeben, in die man die Stickers kleben und als Sammelobjekt hätte verkaufen können. Man hätte die unglücklichen Umstände durch redaktionelle Beiträge in die Editionen einbeziehen können. Heute hätten sie geschichtlichen Sammlerwert. So rächt sich manchmal ein Unrecht...

Etwa ein halbes Jahr später, als ich bei der Haltestelle Stauffacher aus dem Tram stieg, rief jemand meinen Namen. Zunächst wusste ich nicht, wer es war. Dann erst erkannte ich die völlig heruntergekommene Gestalt. Spuren von Mahlzeiten auf seiner Krawatte, der schwarze und ausgefranste Rand am

Hemdkragen und an den Ärmeln, die er unter der Jacke zu verbergen suchte, zeigten den Zustand der Verwahrlosung des Trägers dieser Kleidung. Auch die reichlich abgetragene und fleckig gewordene Jacke erschreckte mich. Rolf Dobler. Das *war* nun der Bankdirektor vom Scheitel bis zur Sohle. Weil ich mich auch von der armseligsten Kreatur nicht abwende, war ich ziemlich betroffen und fragte ihn, was ihm passiert sei. Er erklärte mir mit knappen Worten, er hätte sich verspekuliert und sein Haus und alles verloren. Wie schnell kommt der Fall nach dem Hochmut! Die Gier nach dem Mammon hatte ihn eingefangen und besiegt. Auf seinen Vorschlag, mit ihm ein Geschäft zu machen, falls ich eine gute Idee hätte, war ich nicht besonders erpicht. Ich sagte nur, wir könnten uns vielleicht wieder einmal treffen und darüber sprechen. Aber jetzt müsse ich auf den Zug. Ich habe ihn nicht wiedergesehen.

3. KAPITEL

Das Werk der Musik: Andante maestoso

Mit Heinz B. Schlattmann, den ich von der Intropa Verlags AG her kannte, gründete ich die Nova-Press AG, einen Buchverlag. Schlattmann sass in Basel. Ihm ging es auch nicht so gut; seine Frau wollte sich scheiden lassen. Näheres habe ich nie erfahren, und ich hatte es mir zur Gewohnheit gemacht, mich nicht in die Dinge anderer Leute einzumischen. Wenn jemand ein Problem hatte, das er mir anvertrauen wollte, versuchte ich ihm immer soweit es ging beizustehen oder einen Rat zu erteilen. Bei familiären Angelegenheiten ist dies allerdings etwas heikel.

Seit längerer Zeit kannte ich einen jungen, begabten Schriftsteller, Peter O. Rentsch. Einen Baselbieter. Ein Taschenbuch mit dem Titel *Walti Tell*, dem angeblichen Sohn des Schweizer Mythoshelden, hatte ich von ihm bereits herausgegeben. Der Erfolg des Buches war nicht übermässig gewesen. Jetzt kam er mit einem anderen interessanten Stoff: Dem Tod eines Kompaniekommandanten. Eine wahre Geschichte, die noch Furore machen sollte. Dieser Kompaniekommandant hatte sich im Militärdienst das Leben genommen. Die Militärbehörden und seine Frau versuchten, diesen Selbstmord als Unfall zu vertuschen.

Rentsch kommt aus gutem Hause: Seine Eltern waren beide Akademiker. Der Vater Arzt mit eigener Praxis, die Mutter Volkswirtschafterin. Sie hatten, soviel ich weiss, zwei Söhne und eine Tochter. Die Tochter ist Flötistin geworden, und auch der Bruder von Peter ist Musiker: Pianist und Professor in Wien.

Peters Frau, eine zierliche, liebenswerte Brünette, studierte Theologie und wurde, wie ihr Vater, Pfarrer. Alles in allem eine gebildete Familie mit viel Verstand und Ehrgeiz. Peters Geschichten waren zwar gescheit, in schöne literarische Sätze geformt – zum Teil etwas versponnen, etwas weit hergeholt, aber interessant. Besondere Freude hatte ich immer an seinen gekonnten Formulierungen. Was authentisch von ihm stammt, hat Erfolg. Ich mochte ihn und seine ganze Familie, die ich nach und nach kennenlernte. Ich erlebte mit, wie er im Tessin direkt über dem Lago Maggiore ein Mobilhome zu einem heimeligen Ferienhaus ausbaute. Dort verbringt er jeweils den Sommer, um sich zu erholen.

Im Tessin kam ich auch in Kontakt mit einer älteren jüdischen Dame, der kanadischen Musikerin Miss Pick-Krehm. Sie war in den USA eine vielbewunderte Pianistin gewesen. Hinter Lugano hatte sie ein baufälliges Kloster erworben, das der frühere Besitzer schon Jahrzehnte zuvor am liebsten verschenkt hätte. Als die reiche Kanadierin dieses baufällige Gemäuer entdeckte, war sie so entzückt, dass sie den Besitzer aufsuchte. Dieser traute seinen Ohren nicht, als er hörte, dass sie bereit wäre, dafür etwas zu bezahlen, und nannte scherzhaft eine grosse Summe in der Annahme, sie würde sofort das Weite suchen. Ohne mit der Wimper zu zucken war sie bereit, das heruntergekommene und verwahrloste Objekt zu kaufen. Wahrscheinlich hätte sie das nie getan, wenn sie damals gewusst hätte, was die Instandsetzung dieses Klosters kosten würde. Es machte bei allen Handwerkern die Runde, dass die wohlhabende Dame bereit sei, praktisch jeden Preis zu bezahlen.

Die Renovationen wurden teilweise schlampig, aber um so teurer vorgenommen. Sie hatte lange kein Wasser und keine Kanalisation, wurde nach Strich und Faden gerupft und gemolken, dass es eine Schande war. Erst als sie einen Anwalt zuzog, der seine Pappenheimer kannte, konnte langsam Ordnung hergestellt werden.

Ich weiss nicht mehr genau, welchem Umstand ich es verdanke, diese Dame kennenzulernen. Die über siebzigjährige Lady sollte eines Tages in Lugano ein Benefizkonzert für Israel geben. Zusammen mit Rentsch und seiner vor kurzem Mutter gewordenen Frau Christine besuchten wir das Konzert und danach die Künstlerin.

Das Kloster war geschmackvoll eingerichtet. Nur mit den Bambusstoren im Salon stimmte etwas nicht; einer hing völlig schief. Ich dachte, das kann man doch nicht so lassen und versuchte, sie zurechtzuzurren. Da kam der ganze Krempel herunter. Als ich ausweichen wollte löste dies eine Kettenreaktion aus, wie ich sie in meinem Leben nicht unglücklicher hätte erleben können. Die wackelige Stehlampe fiel um und als ich diese halten wollte, hatte ich nur noch den Schirm in Händen. Die Lampe fiel auf eine teure chinesische Vase, die zu Bruch ging. Wie verhext kamen Hellebarden und Streitäxte von der Wand, als würden die bösen Geister aus Vorzeiten uns in die Flucht schlagen. Frau Pic-Krehm sass auf dem Sofa, völlig fassungslos und wußte nicht, was sie zuerst auffangen sollte. Ihr schönes Porzellan auf dem Salontisch klimperte und die Silberlöffel flogen kreuz und quer durch die Luft.

Als sie daraufhin in die Küche ging, um einen Kaffee zu brauen, platzten wir innerlich fast vor Lachen. Wenn ich gewusst hätte, welchen Schaden ich da anrichtete; ich hätte die Store gelassen wie sie war.

Noch lange nach unserem Abschied mussten wir uns die Bäuche halten vor Lachen, und es fiel uns ausserordentlich schwer, irgendwie ernsthaft Reue für den entstandenen Schaden zu empfinden.

Später erfuhr ich, dass die Arme fast die ganze Nacht hindurch nur noch Glasscherben zusammengekittet haben soll. Brauchbar war, was sie geflickt hatte nicht mehr. Sie trug es mit Fassung.

Rentsch wurde einer meiner Hausautoren. Heute ist er redaktioneller Mitarbeiter einer grossen Zeitung, freier Journalist und Lektor eines Buchverlages. Dieses Fach beherrscht er ausserordentlich gut. Er hat den scharfen Spürsinn und Durchblick, den man im Verlagswesen braucht. Die von ihm betreuten Bücher werden regelmässig Bestseller.

Im Frühjahr 1977 kam ich in Kontakt mit dem Wirtschaftsjournalisten Dr. Christoph Büchenbacher. Er publizierte in mehreren Tages- und Wochenzeitungen Berichte über das Wirtschaftsgeschehen. Da damals die Bankenaffäre mit der Schweizerischen Kreditanstalt in Chiasso ans Tageslicht kam, gab ich ihm den Auftrag, mit unserem damaligen Lektor zusammen, Heinz Peter Eiermann, das Buch *Tatsachen über das schweizerische Bankgeheimnis* herauszubringen. Meine Vorstellungen hatte ich gemeinsam mit dem Lektorat in einem Exposé festgelegt. Dr. Büchenbacher erarbeitete die relevanten Themen über das Bankgeheimnis, dessen Ursprung und Geschichte und verglich es mit anderen Steuerparadiesen. Eiermann, ein brillanter Journalist, ehemals Pfarrer, der mit der Sprache umzugehen wusste, trug alle diejenigen Teile zusammen, die die unglückseligen Machenschaften aufdeckten. Der Fall, über den viele Falschinformationen kursierten, brachte die Schweizer Grossbank seinerzeit fast an den Rand des Ruins. Aber er bewies auch, wie stark die Schweizer Banken in Tat und Wahrheit waren. Die Affäre führte schliesslich dazu, dass bessere Sicherheitsmassnahmen innerhalb der Banken getroffen wurden. Niemand wünschte sich nochmals ein solches Debakel.

Der Titel wurde ein Bestseller. Andere Bücher aus unserem Hause weniger...

Ein besonderes Anliegen war mir eine Musiker-Edition. Ich plante ein grosses Werk in zehn bis zwanzig Bänden über bedeutende Musikinterpreten, Solisten und Dirigenten dieses Jahrhunderts. Und zwar mit Bild, Text und integrierten Schallplatten. Ein sehr kostspieliges Vorhaben, das mit den zum Teil übersensiblen Künstlern besprochen und durchgeführt werden musste.

Als erstes galt es, eine noch wenig bekannte, aber doch künstlerisch hochstehende Person zu finden, die alle Voraussetzungen mitbrachte, um die kritischen, ängstlichen, exaltierten und der Öffentlichkeit ausgesetzten grossen Interpreten zu überzeugen. Und da fand sich einer: der Russe *Boris Belkin*. Ein Violinist, der in Israel, Amerika, Holland und Deutschland innert kürzester Zeit zu Erfolg kam. Fernsehsender brachten mit ihm Konzerte von Mozart, Paganini, Tschaikovsky, Bruch und anderen. Der Musiker wurde von der Künstleragentur Harrison & Parrott in London betreut. Auf meinen Vorschlag hin war Parrott begeistert, denn zu seiner Agentur gehörten noch weitere bedeutende Künstler, wie Jasper Parrotts Frau, die Brasilianerin und Pianistin Christina Ortiz. Dann Vladimir Ashkenazy, Pianist und Dirigent, den Schweizer Trompeter

Maurice André, André Prévin, Radu Lupu, Franz Holliger, Martha Argerich, Lynn Harrell, Malcom Fracer und viele mehr.

Belkin sollte schon über etwas Englischkenntnisse verfügen, so dass ich mit meinem Chef-Lektor, Heinz Peter Eiermann, der mindestens sieben Sprachen perfekt beherrschte, nach London fliegen konnte. Es war genau die Arbeit, die auf Eiermann zugeschnitten war. Wir kamen mit allen Grössen in Kontakt, wie Isaac Stern, Itzhak Perlman, Zuckerman, Jehudi Menuhin, Vladimir Ashkenazy, Daniel Barenboim, Lorin Maazel, Claudio Abbado, Leonard Bernstein, Maurice André, James Galwy, Murray Perahia, Zubin Mehta, Bernhard Haitink, Colin Davis, Walter Susskind und wie sie alle heissen. Nicht zuletzt auch mit Grossstar und Maestro Herbert von Karajan.

Dieser war der schwierigste, exaltierteste und komplizierteste. Über ihn war soeben das Buch mit dem überschwenglichen und leicht misszuverstehenden Titel *Das Wunder Karajan* erschienen. Er benahm sich wie der liebe Gott, auch wenn er zweifellos für die Musikwelt viel bedeutete. Es brauchte einen Kniefall, von ihm empfangen zu werden. Es sei denn, es handelte sich um die Entdeckung eines Musikers, den er fördern wollte. Alles andere bewertete er geringschätzig.

In St. Moritz besass er auf dem «Goldhügel» eine Villa. Er hatte bei fast allen internationalen Senderechten der E-Musik in Funk, Fernsehen und sogar in Schallplatten-Produktionen die Hände drin. Wer mit ihm arbeiten wollte, musste sich ihm völlig und bedingungslos unterwerfen. Er machte einen Musiker zum international angesehenen Star – oder liess ihn vergessen. Er konnte das und tat es.

Die Verhandlungen mit ihm waren zeitraubend und mühsam. Termine zur Abklärung rechtlicher Fragen hielt er selten ein; zunächst schob er immer seine ältliche Sekretärin vor. Die Verhandlungen wurden von seinem Zürcher Rechtsanwalt Dr. Fischer geführt. Und jeder Schritt musste wieder und wieder mit vielen Komplikationen neu überdacht werden.

Damit war es aber mit unserer Arbeit an der Edition noch nicht getan: Wir mussten uns in mühseliger Kleinarbeit mit allen Musikproduzenten und Rechtsinhabern, wie der Deutschen Grammophon Gesellschaft, RCA, CBS, DECCA, Philips und so fort auseinandersetzen. Wir flogen von Zürich nach Hamburg und nach London, wo wir anfänglich im Sheraton abstiegen. Allerdings wurden uns die ständigen Leibesvisitationen, denen sich jeder Gast beim Eingang zu unterziehen hatte, lästig, so dass wir ins Nobelhotel Dorchester übersiedelten. Als am Silberthronjubiläum der Queen alle Hotels besetzt waren, erhielten wir mit knapper Not noch zwei Einzelzimmer für eine Nacht im Winston Churchill-Hotel; für die beiden anderen Nächte telefonierte unser Concierge die halbe Nacht herum, und wir bekamen in einer heruntergekommenen Pension ein Doppelzimmer und ein Einzelzimmer. Letzteres war eine Abstellkammer und für mich gedacht.

Eiermann hatte auch seine Frau mitgenommen, die die Feierlichkeiten und Umzüge für die Queen sehen wollte. In dieser Zeit mit überfüllten Hotels, Pensionen und privaten Unterkünften war unser Aufenthalt sehr problematisch. Und für jede Absteige schröpften uns die Engländer. Ich hätte gerne einen anderen Termin gewählt, wo nicht soviel Rummel auf den Strassen Londons geherrscht hätte. Allein schon der Anflug hatte uns zu denken gegeben: Wir sassen im Flugzeuge wie Heringe zusammengepfercht. Riesenschlangen bildeten sich vor Schaltern in Heathrow, ganz ähnlich bei den Taxiständen. Wir nahmen dann die ebenfalls völlig überfüllte U-Bahn und stiegen bei der Victoria-Station aus.

Von der Londoner Agentur hatten wir eine Einladung für Covent Garden erhalten, um Schuberts Forellenquintett mit Zuckerman, Mehta, Barenboim und Perlman zu hören. Wir hatten gute Plätze und harrten der Dinge, die da kommen sollten. Plötzlich entstand eine Unruhe; Sicherheitsbeamte von Scotland Yard schirmten alle Ein- und Ausgänge ab. Auf meine Frage an Jasper Parrott, was dies zu bedeuten hätte, sagte er kühl, die Queen mit Gefolge sei eingetroffen. Alles stand auf, das Orchester intonierte *God Save the Queen* und die Untertanen sangen feierlich ihre Nationalhymne. Noch vor Erscheinen der Königin hatte der Produktionsleiter der BBC verlauten lassen, dieses Konzert werde für das Fernsehen aufgezeichnet, und machte die Konzertbesucher darauf aufmerksam, sie sollten nach dem Konzert noch sitzen bleiben. Dass dies die Queen nicht betraf, war selbstverständlich.

Nach dem Hauptkonzert standen die Besucher auf, wieder spielte das Orchester die Nationalhymne wie zu Beginn, und erneut sangen die Engländer voller Inbrunst. Daraufhin entstand wieder Unruhe durch die Sicherheitsbeamten. Niemand durfte vor der Königin den Konzertsaal verlassen. Nach einer Viertelstunde war der ganze Spuk vorbei. Draussen goss es wie aus Kübeln, und wir hatten keine Schirme dabei. Von einem Taxi war weit und breit nichts zu sehen. So gingen wir denn zu Fuss in die Pension zurück. Unsere schöne Garderobe war hin.

Für die Buchproduktion mussten Offerten eingeholt und Bankgarantien beigebracht werden. Die Kosten übertrafen bei weitem die erforderlichen Mittel des Verlages. Doch wir nahmen an, dass wir die Verträge schon abschliessen könnten, wenn wir Zusagen von Subverlagen in den USA, in Frankreich, England, Italien et cetera erhielten.

Eines Tages brach ich im Büro völlig erschöpft zusammen. Bereits vor einigen Wochen hatte mich ein Angestellter auf dem Boden liegend vorgefunden und sofort den Notarzt gerufen. Der gab mir eine Spritze für den Kreislauf. Während die meisten Manager über zu hohen Blutdruck klagen, war bei mir das Gegenteil der Fall – ich hatte immer zu niedrigen. Auf Anraten des Arztes hatte ich weniger zu arbeiten, mehr an die frische Luft zu gehen und gegen den niedrigen Blutdruck Medikamente zu schlucken. Kein Wunder, sah ich bleich und abgezehrt aus. Ich dachte immer nur ans Arbeiten und hatte nichts anderes im Kopf. Ich wollte und musste erfolgreich sein. Denn wenn das Geschäft gut lief, war ich auch gut bei Kasse. Nichts hasste ich mehr, als Armut und Demütigungen. Davon hatte ich in meiner Vergangenheit genug erlebt.

Leider brauchte unser Verlag diesen Maestro Karajan, der stets mit seinem Privatflugzeug reiste und sich in einem seiner Rolls Royce Silver Cloud chauffieren liess.

Die Präsentation des ersten Buches über Boris Belkin war phänomenal. Die Amerikaner interessierten sich dafür, diese Edition in ihrem Buchclub *Club of the Mounth*, der über fünfzig Millionen Mitglieder hatte, in Lizenz zu übernehmen. Das bedingte nicht nur, dass wir die Verträge all jener bedeutenden Musiker und Maestros unter Dach und Fach haben mussten, sondern ihre Titel auch produzieren könnten. Der zweite Band über die Brasilianerin mit herrlichen Aufnahmen in einem alten Schloss in Ton und Bild lagen bereits vor, die Maquette war erstellt und eine Produktionssitzung anberaumt. Dann kam einer der zuständigen Verlagsleiter aus den USA mit der Frage, von wem diese oder jene Kadenzen stammten. Soweit ins Detail hatten wir uns mit den Musikproduzenten jedoch noch nicht abgesprochen. Auch nicht über die Auswahl der Stücke und von welchen Komponisten sie sein sollten, die auf Schallplatten gepresst werden sollten. Das machten wir von unseren Lizenzpartnern abhängig. Sollten sich die Partner aus den USA dazu entschliessen, das Projekt mit uns zu wagen und die nötigen Mittel dafür bereitzustellen, wäre eine Kooperation mit den europäischen Ländern kein Problem mehr.

Unsere Edition gefiel zweifellos. Der Preis – fünfzig US-Dollar im Verkauf – durfte nicht überschritten werden, was nur mit einer entsprechend hohen Auflage zu erzielen wäre. Nach den Vorstellungen der Amerikaner mit einer Auflage von fünftausend Exemplaren zu beginnen, hätte den Stückpreis auf rund fünfundsiebzig Dollar steigen lassen. Das kostspieligste blieb nach wie vor die leicht verletzbare, zerbrechliche, viel zu grosse und schwere Schallplatte. Bis zu einer Stückzahl von fünftausend Platten kamen wir nicht unter acht Franken im Einkauf inklusive Rechte und Tantiemen. Der Ladenpreis eines Buches setzt sich in der Regel nach folgendem Schlüssel zusammen: Herstellungskosten mal fünf ergibt den Ladenpreis. Wenn man bedenkt, dass allein der Grossabnehmer fünfzig Prozent des Ladenpreises verlangt, die ihrem Buchhändler fünfunddreissig bis vierzig Prozent abgeben müssen, fallen noch die Produktionskosten des Werkes an – abzüglich der Schallplatten, die bei zwei Stück sechzehn Franken ausmachen, ausserdem die Gebühren an den Autor, Verlags- und Werbekosten –, dann bleibt praktisch nichts mehr übrig. Zudem darf ein Buch eine gewisse Preisschwelle nicht überschreiten. Ein Buch mit zwei beiliegenden Schallplatten käme also, realistisch gesehen, auf rund zweihundert Franken zu stehen, was unmöglich abzusetzen wäre. Realistisch wäre nach unseren Umfragen und Erwartungen ein Verkaufspreis von etwa achtundneunzig Franken gewesen. Ein solcher Preis konnte allerdings nur erzielt werden, wenn gleichzeitig Lizenzen verkauft werden könnten.

Das Segment der klassischen Musik beinhaltet Werte, die dem Menschen in seiner geistigen Entwicklung förderlich sind. Für mich war die Beschäftigung damit auch geistige Erfüllung. Es war nicht nur schön, sich mit diesen vielen grossartigen, zum Teil zutiefst bescheidenen Künstlern, wie Menuhin einer ist, auseinanderzusetzen. Sie brachten mir innere Harmonie. Menuhin ist eine der ganz grossen Seelen – wie Gandhi –, die uns Frieden, Liebe und Versöhnung in einer internationalen Sprache nahezubringen versuchen.

Mit einem Farbprospekt in Grossformat warben wir in den grössten Tageszeitungen, in der *Frankfurter Allgemeinen Zeitung*, in der *Süddeutschen Zeitung*, in der *Neuen Zürcher Zeitung* und in einer Kunstzeitschrift. Gesamthaft wurden rund eine Million Prospekte mit Bestellkarte beigelegt. Der Erfolg war eine tiefe Enttäuschung; nur einhundertachtzehn Bestellungen trafen bei uns und bei unserer deutschen Verlagsauslieferung ein. Damit war das Projekt gestorben.

Immer noch hofften wir auf den Einstieg der Amerikaner. Verlage in Frankreich, Italien und Holland machten ihre Entscheidung ebenfalls von den Amerikanern abhängig. Ich telefonierte, sandte Telexe hinüber – keine Antwort kam. Endlich, als uns das Wasser bereits bis zum Halse stand, kam aus New York ein Brief. Darin stand, dass sie als Partner mitmachen würden, wenn die ersten zehn Titel dieser Edition erschienen seien, damit sie ihren Mitgliedern die Garantie für die Fortsetzung dieses grossen Werkes abgeben könnten.

Der Ofen war aus. Ich stand wieder vor einer Pleite und fragte mich, was ich falsch gemacht hätte, weil mir der Himmel nicht einmal bei einem solchen Werk behilflich war?

Ich konnte nur mit Mühe und nur teilweise die letzten Löhne auszahlen und musste meine hervorragenden Mitarbeiter entlassen. Der Entschluss fiel mir schwer, aber es ging nicht anders. Es war vorbei. Ich überlegte noch, ob ich zuwarten sollte, bis jemand den Verlag in den Konkurs treiben würde, oder ob ich meine Pflicht wahrnehmen und die Buchhaltung mit den Akten dem zuständigen Richter übergeben sollte. Wie auch immer – es war ein schwieriger Weg, und ich tat, was ich tun musste.

4. KAPITEL

Neue Hoffnungen

Paloma hatte geheiratet und ein niedliches kleines Baby bekommen. Es hiess Jeannette. Ein schwächliches Kind, das die Milch nicht behalten konnte. Nach einigen Wochen war es so schwach, dass man befürchtete, es würde nicht überleben. Schon seine Geburt war schwer gewesen. Paloma war zu schlank und konnte nicht ohne Kaiserschnitt entbinden. Aber sie überstand es. Als ich sie im Uznacher Spital besuchte, wo sie in schneeweissem Laken lag, war mir schwer ums Herz. Ihr brauner Teint hatte sich grau verfärbt, und ihre dunklen, sanften Augen verrieten Angst. Beat und seine Eltern, liebenswerte, einfache Leute, taten alles und halfen ihr, wo sie nur konnten. Beat war ziemlich verlegen und schaute durch die Scheiben der Säuglingsabteilung seinen kleinen Sprössling an, der in einem der in Reih und Glied aufgestellten Gitterbetten lag. Zerbrechlich, klein und dünn war das zauberhafte wimmernde Bündel, und mir standen die Tränen der Rührung zuvorderst. Wenn es nur überlebt, dachte ich.

Der Chefarzt redete den beiden Lebenspartnern, Paloma und Beat zu, unter allen Umständen dafür zu sorgen, dass Paloma keine Kinder mehr bekomme. Eine weitere Geburt könnte sie das Leben kosten.

Jeannette wurde von einer Kinderärztin betreut, die selbst nur noch den Rat geben konnte, das Kind in die Intensivstation des Kinderspitals nach Zürich zu bringen. Weil Paloma von der Aufsicht ihres Babys rund um die Uhr so müde und ermattet war, dass sie einmal durchschlafen wollte, nahm die Grossmutter Weber Jeannette zu sich. Sie schaute zum Kind, versuchte ihm Löffelchen um Löffelchen der Medizin und der Milch einzuflössen. Nach drei Tagen hatte sie es geschafft: Jeannette behielt die Milch und es ging, – Gott sei dank – wieder bergauf. Aber es blieb ein schwächliches, kränkliches Kind.

Es war ein wunderbares Gefühl, dieses Kind aufwachsen zu sehen. Zwei, drei Monate später erzählten mir Paloma und Beat, als ich bei ihnen zu Besuch war, dass sie wieder ein Kind erwarte. Beide waren nervös, weil der Arzt ihr gesagt hatte, die Mutter könnte daran sterben. Abtreiben wollte sie es nicht. Ich war tief betroffen und machte mir um die jungen Eltern grosse Sorgen.

Sollte das Kind zur Welt kommen, würde ich Taufpate werden, hatten mir die beiden versprochen. So sehr ich mich auch darauf freute, hatte ich doch unsägliche Angst. Es würde bestimmt eine schwere Geburt werden. Das wusste Paloma, und sie musste sogar damit rechnen, sie nicht zu überleben.

Ich hatte weder Geld noch irgendwelches Vermögen, das mir erlaubt hätte, neu anzufangen.

Die Firma Krentzki & Co. in Zürich handelte mit Liegenschaften, Wolle aus Schottland und anderen Dingen. Günther Krentzki, seines Zeichens Bauingenieur, hatte einige grössere Wohnobjekte gebaut, die er teilweise an Konsortien und im Stockwerkeigentum verkaufte. Der Bauboom fiel damals völlig in sich zusammen. Darum versuchte er, für sein Unternehmen ein weiteres Standbein aufzubauen. Er suchte eine Person, die – vorderhand unentgeltlich – neue Produkte aufspürt, um sie gemeinsam zu vermarkten.

Zwar war ich auf ein minimales Einkommen angewiesen, weil ich für die Miete und für meinen Unterhalt aufkommen musste. So kamen Krentzki und ich überein, eine monatliche Summe festzulegen, die an mich auszuzahlen sei. Von meinem Konkurs hatte ich ihm berichtet, was ihm aber scheinbar nichts ausmachte, weil ich keine entscheidende Verantwortung zu tragen hätte.

Bei der Suche nach einem Produkt stiess ich auf ein altes Innerschweizer Unternehmen im Kanton Nidwalden, die Stansstader Firma von Dr. Hermann Vontobel *SADEC*. Es handelte sich um Naturprodukte, Naturheilmittel und Geriatrika. Vor einigen Jahren hatte Vontobel damit Millionen Umsatz gemacht. Seit einiger Zeit war es etwas ruhiger geworden, und er suchte für Verkauf und Vertrieb neue Partner. Dr. Vontobel und seine Frau waren bereits hochbetagt und schafften es alleine nicht mehr. Die Produkte waren – so gut sie auch sein mochten –

völlig altmodisch verpackt. In Flaschen, wie man sie seinerzeit vom Hausarzt erhielt. Für die Distribution benötigte man eine komplett neue, moderne Konfektion sowie Musterflaschen zur Gratisabgabe. Ein solches Vorhaben kostete aber viel Geld. Jedenfalls würden allein für die Werbung hunderttausend Franken nicht ausreichen. Hinzu kämen noch die Erneuerung der Kollektion, Prospekte, Mailings und so fort.

Krentzki belehnte sein Haus, weil seine finanziellen Mitteln nicht ausreichten, aufs Maximum. Immer in der Hoffnung, dieses neue Geschäft könnte seine finanziellen Probleme lösen. Er hatte zwei Kinder, eine Tochter und einen Sohn. Beide studierten.

Fest stand, dass nebst dem Direktverkauf, wofür sich Dr. Vontobel seit vielen Jahren spezialisiert hatte, auch Vertreter eingesetzt werden müssten. Sollte sich das Geschäft gut entwickeln, wollte Krentzki die ganze Aktiengesellschaft *SADEC* übernehmen.

Die Werbeagentur Bollinger erstellte Konzepte und ein neues Design für Etiketten, Verpackungen und holte Offerten für den Druck ein.

Ich brauchte dringend ein eigenes Fahrzeug, und Krentzki leaste für mich einen Wagen, mit dem ich übers Wochenende mit einer Freundin nach Cannes fuhr. Wir stiegen im Carlton-Hotel ab und mieteten eine herrliche Suite. Noch hatte die Saison nicht begonnen, und die Preise waren vernünftig. Wir verlebten bei prächtigem Wetter ein schönes Weekend mit Essen in Fisch-Restaurants.

Einige Tage später kam ein guter alter Freund aus München zu mir in die Schweiz, der in St. Moritz Ferien machte: Dr. Rüdiger von Canal. Ich wollte ihn einspannen, um uns möglicherweise den deutschen Markt für die *SADEC*-Produkte zu öffnen. Die Firma Speich druckte unsere Prospekte, Etiketten und Verpackungsboxen. Hemmi war glücklich und aufgestellt wegen unseres Wiedersehens und wie immer, wenn es um neue Aufträge ging. Krentzki besass in Davos eine Ferienwohnung, und wir beschlossen, ihn dort zu besuchen, um das Vorhaben bezüglich Deutschland zu besprechen. Im Wagen sassen neben Dr. von Canal auch Hemmi mit seiner Frau.

Krentzki hatte einen Hund, einen Dalmatiner. Dieser war sehr schlank, was man von seinem Besitzer nicht sagen konnte; Krentzki war ungefähr das Abbild des deutschen Fernsehschauspielers Günter Strack. Ich entsinne mich noch gut, dass ich zu ihm sagte, als Krentzki im Wohnzimmer den Hund liebevoll tätschelte, das sei ein wunderbarer Kerl. Worauf Krentzki erwiderte: «Ja ich halte ihn auch fit und schlank.»

Ich konnte nicht anders, als schallend herauszulachen. Völlig verlegen verabschiedeten wir uns von unserem Gastgeber. Im Blick Krentzkis konnte ich erkennen, dass er mir mein Benehmen recht übel nahm. Wir mussten noch den ganzen Weg über lachen. Immer wieder bekam ich diese Anfälle und sank fast unter das Polster. Dr. von Canal hatte unbedingt den Wagen fahren wollen.

Mit dem Export nach Deutschland klappte es dann aber doch nicht. Es gab so viele Vorschriften und Hindernisse zu überwinden, was uns in diesem Anfangsstadium als zu riskant erschien.

Der erste Test mit einigen hunderttausend Mustern ging in die Abfüllerei nach Stansstad. Zweifellos waren diese Produkte überzeugend. Aber es schien ebenso wichtig zu sein, sie zuerst an Probanden zu testen. Viele Mittel waren zu süss, oder ihre Viskosität musste verändert werden. Obwohl Dr. Vontobel mehrheitlich künstliche Süssstoffe benützte, damit seine Produkte auch von Diabetikern angewendet werden konnten, stellte sich heraus, dass ähnliche Präparate seit Jahren auf dem Markt und bestens eingeführt waren. Sie einfach vom Markt zu verdrängen, setzte sehr viel Werbung, Geldmittel und einen grossen Vertreterstab voraus.

Bereits wollten wir die ersten Vertreterverträge abschliessen, als es plötzlich hiess, alles sei vorbei. Die ganzen Gelder waren aufgebraucht und keine neuen Mittel mehr verfügbar. Die Bank finanzierte Krentzki nicht weiter.

Wieder einmal war alles verloren. Krentzki und ich gerieten in Streit, weil er mir für diese Misere die Schuld gab. Ich hätte ihm ein nutzloses Produkt untergejubelt. Ich wurde fristlos entlassen. Mein Büropult samt Stuhl gab er mir nicht mehr zurück, weil er mich mit rund fünfundsiebzigtausend Franken am entstandenen Verlust beteiligen wollte. Auch die seit Monaten fälligen Löhne beglich er nicht mehr. Ich war wieder dort, wo ich angefangen hatte.

In der *Neuen Zürcher Zeitung* las ich ein Inserat, mit dem ein Verlagsfachmann für den Zürcher Druckereibetrieb Börsig-Erben gesucht wurde. Ich bewarb mich und erhielt eine Einladung von Inhaber Dr. Heinz G. Piontek, dem unter anderen auch Anteile einer grösseren Anzeigengesellschaft sowie von der Druckerei und vom Verlag *Zürcher Nachrichten* gehörten. Dieser Verlag druckte auch Fremdobjekte, wie die Periodika des Schweizerischen Schreinermeister-Verbandes und kirchliche Zeitungen, vorwiegend katholischer Provenienz. Darüber hinaus besass er eine Reihe von hauseigenen Fachzeitschriften, die überwiegend von Firmen finanziert wurden, welche ihre neueste Produkte oder Waren anzubieten hatten.

Dr. Piontek liess mich ein Stage machen und wollte mich bis zum Verlagsleiter befördern. Das Gehalt konnte sich sehen lassen; es lag bei fünfeinhalbtausend Franken. Anwärter auf die gleiche Position war Walter Strub, ein jüngerer Druckereimitarbeiter. Er schien fassungslos, als ihm Dr. Piontek den Auftrag erteilte, mich ins Druckereigewerbe einzuführen. Um das Betriebsklima nicht unnötig zu belasten, sagte er ihm, dass ich nur ein Stage mache, um später andere Aufgaben zu übernehmen. Ich hielt mich an die Vereinbarung mit dem Arbeitgeber, lernte und «stahl» mit den Augen, soviel ich konnte. Aber es ging in einer Druckerei noch um anderes, eben darum, wofür ich Werner Hemmi so sehr bewunderte. Etwa um die Kosten für die Plattenherstellung. Teilweise musste noch mit Bleisatz gearbeitet werden. Die Akzidenz war das Hauptgeschäft, und es galt, alle Kunden zufriedenzustellen. Viel Kleinkram, aber die Aufträge häuften sich.

Manche Stunde habe ich dann wieder mit Hemmi verbracht, der mir viele wertvolle Tips gab. Weil ich mich nicht zu sehr auf die Angaben von Strub verlassen wollte – ich merkte, dass er in mir mehr und mehr einen Konkurrenten sah –, hielt ich mich an Hemmi. Ich verbiss mich richtig in die Arbeit, las Fachliteratur und konnte trotzdem nur feststellen, dass Strub wesentliche Vorteile hatte durch seine berufliche Ausbildung und Erfahrung. Obwohl ich mir Mühe gab, fand ich es nicht geschickt, mich vor einen Fachmann zu stellen. Sollte ich wirklich die Leitung übernehmen müssen, könnte mir dieser so viele Fallstricke legen, dass meine Position innert kürzester Zeit wieder vakant würde. Zudem lag mir dieses Fach nicht; ich war eher der Verkäufer, Verleger oder geeignet im Marketing-Bereich. Der Vorteil dieser ganzen Situation war, dass ich dank meiner Sparsamkeit ein hübsches Sümmchen Geld auf die Seite legen konnte.

In unmittelbarer Nähe meines Büros befand sich die Garage E. Schmohl & Co., die Rolls Royce-Vertretung für die Deutschschweiz. Während der Mittagspause ging ich oft dort vorbei und bewunderte die wunderschönen Fahrzeuge.

Verkaufsleiter war damals der Holländer Verbunt, ein schlanker, grosser junger Kerl. Er fuhr einen älteren Bentley, das Pendant zum Rolls Royce, das im gleichen Werk gebaut wird. Dieser hat im Unterschied zum Rolls einen anderen Kühlergrill, und die Insignien sind ein «B» statt «RR». Beide Automobile verfügen über die gleiche Leistung, den gleichen Motor und ähnliche Qualitäten. Der Werkstattchef hiess Alois Elsener, dessen Frau für die Buchhaltung und das Büro zuständig war. Die Besitzerin, Frau Schmohl, war eine betagte Witwe und hatte längst vorgehabt, den Betrieb zu verkaufen.

Der Holländer interessierte sich sehr dafür. Aber irgendwie wollte Frau Schmohl das Unternehmen in Schweizer Händen wissen. Das Naheliegende war dann, dass sie es schliesslich an das Ehepaar Elsener verkaufte.

Nun, zur damaligen Zeit war noch Frau Schmohl am Ruder. Sie hatte nach dem plötzlichen Tod ihres Mannes den Betrieb geschickt weitergeführt. Die Kundschaft der Rolls Royce-Fahrer ist eine gehobene Gesellschaft, die etwas auf sich hält. So besassen nicht nur Karajan und der Weissflog-Hersteller oder etwa der betuchte Chirurg oder Bankdirektor, sondern auch ich ein besonderes Faible für solche Wagen. Wer einmal in einem solchen Fahrzeug gesessen ist, wird das bestimmt nicht wieder vergessen.

Ich war begeistert von der unübertroffenen Klassik, und so hatte Verbunt leichtes Spiel, mir einen solchen Wagen zu verkaufen.

Ich sagte ihm, ich könne kein grosses Vermögen dafür einsetzen; ein neuer Wagen kommt gut und gerne auf eine Viertelmillion Franken zu stehen. Für zehn Prozent dieser Summe erhielt ich einen acht Jahre alten Silver Shadow, allerdings in einem hässlichen vergilbten Grün. Das sei eine Versuchsfarbe von Rolls Royce gewesen, erklärte mir Verbunt.

Das Fahrzeug, das vorher einer Verlagskauffrau gehört hatte, befand sich soweit in tadellosem Zustand. Das Leder duftete immer noch, als käme der Wagen frisch aus dem Werk. Das Säuseln des Motors, der korrekt von Schmohl gewartet worden war, war kaum vernehmbar. Die Musik konnte leise gestellt sein, und dennoch vernahm man jedes Pizzicato deutlich. Ich war ein völlig anderer Mensch in diesem Fahrzeug und beschloss, es für fünfundzwanzigtausend Franken zu kaufen. Allerdings wollte ich eine Neulackierung. Die originale Acrylfarbe von Rolls Royce ist sehr teuer. Zudem wünschte ich, dass die Front- und Heckscheiben herausgenommen und nach dem Spritzen wieder eingesetzt werden, um sichtbare Übergänge zu vermeiden.

Die Malerarbeit erfordert sieben Arbeitsgänge, und nach jeder Spritzung wird die gesamte Karosserie fein geschliffen, damit am Schluss jener Effekt entsteht, als könne man sich darin buchstäblich spiegeln. Das kostete mich nochmals sechzehntausend Franken. Aber es lohnte sich. Das Dach und die Fensterpfeiler wählte ich in Kastanienbraun, alles übrige silbersandfarben. Das Filet bei den Türen und den Radkappen war wiederum kastanienbraun.

Das Fahrzeug war eine Augenweide. Rasch stellte ich fest, dass nicht nur ich Freude an diesem Fahrzeug hatte, sondern all jene Menschen, die auch gerne ein schönes Auto sehen. Ich bekam Hemmungen, damit herumzufahren, und nahm es nur aus der Garage, wenn ich eine längere Reise vorhatte. Selbst dann, wenn ich in städtische Gebiete fuhr, stützte ich stets den Arm so auf, dass meine linke Hand das Gesicht verdeckte, um nicht erkannt zu werden.

Der Besitzer eines derartigen Fahrzeugs wird gezwungen, entsprechend abzusteigen. Man erwartet von einem Rolls Royce-Fahrer, dass er einer gewissen Kultur verpflichtet ist. Kein Snobismus, sondern ein Verhalten gebührlichen Respekts auf der Strasse. Man gewährt den Vortritt, denn man muss ja nicht beweisen, dass die Sieben-Liter-Maschine wie von einem Katapult schiesst, wenn man aufs Pedal tritt. Im übrigen hat es der Wagen gar nicht gern, wenn man Schlenker und brüske Manöver vollführt. Das Fahrzeug mit einem Leergewicht von über zwei Tonnen verlangt feinfühliges Fahren, was mir durch die Erfahrung mit anderen britischen Wagen bereits vertraut war. Manchmal war es geradezu peinlich, wie mich ein kleiner Topolino oder ein VW-Käfer auf der Autobahn mit letzter Kraft überholte, als müsse der Fahrer beweisen, dass sich auch sein «Wägeli» mit einem Rolls messen kann...

In einem Rolls Royce sitzt man nicht nur, man geniesst die Reise. Auch stundenlanges Fahren ohne Unterbrechung in grösster Hitze kann den Fahrer im klimatisierten Wagen kaum ermüden.

Ich trage Sorge zu allen Dingen, die ich besitze. Ich bin aber auch ein Mensch, der nicht unbedingt an den Dingen hängt; wenn es Not tut, gebe ich sie ohne zu zögern her. Mir ist nie der Besitz wichtig, sondern in seinem Umfeld zu leben. So ist es mit einem Fahrzeug und mit allem, das ich je erworben habe. Seien es Kleider, Möbel, Gemälde oder eben ein Auto. Für mich war und ist das Auto kein Statussymbol. Als Ästhet für alles Schöne ist für mich ein Rolls Royce trotzdem nur ein Fortbewegungsmittel. Dass ich dieses Fahrzeug, das mich nicht mehr als ein besserer Mittelklassewagen gekostet hat, nicht geringer schätze als etwas anderes, ist verständlich. Besitzgier entwickeln wollte ich nie, und das liegt mir auch gar nicht. Ich kann von heute auf morgen auf alles verzichten. Meistens ist der Reiz sowieso nur solange gross, bis man das Gewünschte bekommen hat. Dann beginnt es einen sogar manchmal zu langweilen. Erfolg und Geld haben für mich nur Bedeutung, wenn ich etwas Sinnvolles damit anfangen kann.

Nach etwa acht Monaten verliess ich die Druckerei von Dr. Piontek, weil ich der Meinung war, Walter Strub sei die geeignetere Person für diesen Posten.

Paloma bekam ihr zweites Kind. Es ging wider Erwarten gut. Aber die Ärzte unterbanden sie, um einer weiteren Schwangerschaft vorzubeugen. Wieder war es ein süsses, kleines Mädchen. Sybille. Endlich wurde ich Pate. Ich war glücklich und stolz darauf. Ich hatte die beiden Kinder von Anfang an lieb. Es wunderte mich, weshalb mir die beiden Kinder so sehr ans Herz gewachsen waren. Ich liebte sie, als wäre es meine eigenen, und wann immer es mir möglich war, besuchte ich sie. Sybille war ganz die Mutter – dunkle Haare und natürlich brauner Teint –, während Jeannette blond war. Sie hatte schon damals einen starken Willen und setzte sich durch, während Sybille gemütvoll war. Was mich an ihr immer wieder tief bewegte, war, dass sie stets ihrem um ein Jahr älteren Schwesterchen mehr von dem gab, als was diese von ihr erbettelte. Hatte Sybille einen Apfel, wollte Jeannette ihn haben. Kaum hatte sie ihn angebissen, wollte Jeannette ihren wieder zurück. Sybille, das süsse, liebenswerte Kind, liess es mit sich geschehen.

Ich mochte die beiden so zerbrechlichen, zarten Geschöpfe und fuhr sie oft mit dem Rolls Royce in der Gegend herum. Dabei entdeckten sie die vielen Knöpfe für die Sitzverstellung, die elektrischen Fensterheber und spielten damit. Zum Glück gab es auch Abhilfe; beim Führersitz konnte man alle Fenster und Türen sperren. Eindruck machte den beiden mein Auto nicht. Nein, sagte Jeannette, der Papi habe ein schöneres Auto und könne damit viel schneller fahren. Mag ja sein, dass Beat mit seinem Wagen etwas schneller fuhr. Das wiederum machte mir keinen Eindruck. Mir war die Sicherheit der Kinder wichtiger. Und schliesslich wollte ich nicht Rennen fahren.

Ich erfuhr bald den Grund für die Bemerkung Jeannettes: Bei mir durften sie auf den Lederpolstern nicht so herumtollen, wie sie es bei Papi taten. Verbietet man einem Kind, seine Nase ans Fenster zu drücken, die Hände von den Schaltern und Hebeln zu lassen und soll es stillsitzen, wird es bald unruhig. Die Folge ist, dass es seinem Ärger Luft machen will, indem es einen selbst ärgert. Nun, ich konnte mein Schmunzeln nicht verbergen und liess es eben gewähren. Schliesslich gibt es Wasser und Lederwachs, mit dem sich der «Schaden» wieder beheben lässt.

Wieder war ich gezwungen, eine neue Einnahmequelle zu finden. Diesmal bewarb ich mich als Möbelfachmann bei der Geschäftsleitung der heruntergewirtschafteten Bodensee-Möbel AG in Kreuzlingen. Besitzer dieser Gesellschaft – oder wie man den üblen Rest noch bezeichnen soll – war das Ehepaar Herbert und Maria Jonasch. Zwar war die genannte Gesellschaft auf einen qualifizierten Mitarbeiter angewiesen, ob jedoch aus dieser misslichen Lage noch herauszukommen war, musste sich zuerst erweisen.

Herbert Jonasch war nur noch mit seinen Alkoholproblemen beschäftigt oder kam völlig entrüstet ins Geschäft, unterband jeden Versuch, dem Betrieb neue Impulse zu geben. Seine Frau musste tatenlos zusehen. Sie hatte neben dem Haushalt noch ihre Kinder zu betreuen. Wäre da nicht die wohlhabende Schwiegermutter gewesen, die dem Unternehmen Hunderttausende zusteckte, wäre der Betrieb längst in Konkurs gegangen.

Dennoch war meine erste Handlung, nach neuen Möglichkeiten zu suchen. Die vom Gründervater Jonasch ins Leben gerufene Stuhl- und Polstermöbelfabrik in Kreuzlingen hatte während vielen Jahrzehnten einen guten Namen gehabt und war angesehen. Zur Blüte kam sie nach dem Weltkrieg, und ihre Stärke lag bei der Möblierung von Restaurants, Hotels, Schulen, Instituten und nicht zuletzt auch Privatwohnungen. Irgendwie schien Sohn Herbert mit dem Betrieb nicht zurechtzukommen. Sehr oft tadelte der Vater seinen Sohn wegen dessen schlampiger Art, das Geschäft zu führen. Schon damals schien er psychisch unfähig dem Unternehmen gegenüberzustehen. Als er nach dem Tod des Vaters den Betrieb übernahm, baute er eine grosszügige Produktionshalle, die es ihm ermöglichte, grössere Aufträge als je zuvor anzunehmen. Aber inzwischen standen schon jüngere Unternehmer bereit, die alteingesessene Unternehmungen aufkauften, neue Ideen entwickelten und grosse Marktanteile für sich gewannen, die nun dem wenig beweglichen und etwas linkischen Herbert Jonasch arge Probleme schafften. Er begann zu trinken. Anstelle des Chefs gingen nun Polster-Vorarbeiter auf Vertreterreise.

Doch überall kamen sie zu spät. Bereits waren die Aufträge vergeben, und das zu Konditionen, die sich ein so grosser und teurer Betrieb nicht leisten konnte.

Meine Idee bestand darin, im Dachstock der riesigen Werkstätte und Produktionshalle ein grosses Möbelhaus mit preisgünstigen Möbeln einzurichten. Daneben sollten vermehrt Dienstleistungen, Neubezüge und Reparaturen von Polstermöbeln, Auffrischen von Matratzen und so weiter angeboten werden. Das klappte vorderhand ganz gut, da die Arbeiten gewissenhaft erledigt wurden. Wir schlossen uns einem Unternehmen im Zürcher Oberland an, das die Ware gleich beim Kunden abholte, für die wir nachher direkt vergütet werden sollten. Aber wir hatten die Rechnung ohne den Wirt gemacht. Denn der andere Unternehmer offerierte so tief, dass die Arbeiten in einem völlig unzureichenden Zeitraum gefertigt werden mussten, und dazu gaben sich die hochqualifizierten Mitarbeiter nicht her. Also wurde Tag um Tag zwar produziert, aber nicht kostendeckend.

Es gab keine andere Möglichkeit, als für eine eigene Kundschaft zu werben. Zudem musste ein Fachmann bei den potentiellen Kunden vorbeischauen, den Zustand der Möbel prüfen und einen Kostenvoranschlag für die Reparatur unterbreiten, Stoffkollektionen zeigen und schliesslich das Möbelstück abholen und wieder zurückbringen. Das flächendeckend in der ganzen Schweiz, von Norden, von Süden, von Westen und von Osten.

Ausserdem lief uns die Zeit davon. Die stehenden Kosten beliefen sich auf Hunderttausende von Franken. Realistisch gesehen, wäre das nur ein Geschäft geworden, wenn man in der Woche zweimal ins Tessin, nach Bern, ins Bündnerland und nach Basel gefahren wäre, um jeweils das reparierte Gut zurückzubringen. Eine Kostenstruktur, die sich nur rechnet, wenn der Preis niedrig und mehrere Aufträge in der gleichen Gegend entgegengenommen werden können.

Die Gläubiger warteten nun schon so lange, dass sie dem Unternehmen keine Chance mehr gaben. Zudem benötigte ein Neubeginn auch Werbung, Beschaffung von Möbeln, die in solch delikaten Situationen meistens eine Vorauszahlung notwendig machten. Die Banken gaben nur noch Geld, wenn die Schwiegermutter ihre Unterschrift unter ein Dokument setzte. Einem Behinderten ohne Beine kann man nur noch beschränkt beistehen, aber ihn kaum Gehen lehren. Und hier fehlte es an allen Ecken und Enden. Jede Morgensitzung wurde zur Farce, denn jeder schaute misstrauisch auf jeden, was er heute wohl wieder zu diesem oder jenem Vorschlag sagen würde. Das Unternehmen hatte schlicht und einfach keine Zukunft.

Irgendwo in einer Ecke hockte Herbert Jonasch und lauschte verbittert der stockenden Unterhaltung. Wenn er doch irgend etwas zu sagen gehabt hätte! Allein schon seine Anwesenheit drückte auf die

Stimmung, und da nicht ein einziger seiner alten Garde einen hoffnungsvollen Blick auf ihn richtete, blieb er still. Sein Säuferhirn war voller Hass auf alle, die ihn verachteten. Seine unruhigen Hände steckten bald in der Jackentasche, bald rieb er sie aneinander, feucht und verschwitzt, bis er sie jeweils auf den Oberschenkeln trocken rieb.

Dennoch konnte und wollte er nicht tatenlos zusehen, wie sein pleitegehender Laden in andere Hände überging. Als er in seiner Stammbeiz wieder einmal in sein Bierglas stierte, kam ihm der Plan, den Daniel Heim zu ruinieren oder sich wenigstens vom Hals zu schaffen. Schliesslich war er immer noch der Boss und der Mann der Frau, mit der er dieses Unternehmen am Leben hielt. Er nahm ein Telefonbuch zur Hand und schlug die Seite der Privatdetektive auf und wurde schnell fündig. Ein Anruf, ein Termin und einige Tausend Franken aus der heimlichen Schatulle, und schon ging's anderentags ab nach Zürich, wo er ein schmieriges und heruntergekommenes Büro eines Privatdetektivs betrat. Die Angaben – das *Curriculum vitae* mit den Referenzen und Zeugnissen des Daniel Heim – genügten ihm vorerst, meinte der Mann hinter dem Schreibtisch. Innerhalb einer Woche wollte er ihm erstmals Bericht erstatten.

Verschlagen verzog sich Jonasch und fuhr nach Hause, wo er der Dinge harrte, die da kommen sollten. Und sie kamen, schneller als erwartet. Schon nach drei Tagen erhielt er telefonisch die «heisse»

Nachricht, dass Heim nämlich eine sehr bewegte Vergangenheit habe. Und das sei erst der Anfang. Jonasch, der diesen Anruf sofort in einen Raum, wo er allein sprechen konnte, verlegen liess, wünschte alles, jede Kleinigkeit, zu erfahren – und zwar protokolliert –, die ihm nützlich sein konnte, um ihm die Herrschaft über das Unternehmen wieder zurückzugeben. Die Geschäftigkeit, mit der er sich jetzt plötzlich ins Zeug legte, machte alle stutzig. Es gab keinen Schritt mehr, den Daniel Heim machen konnte, ohne dass Jonasch dabei war. Jetzt wollte er es genau wissen, damit er später über alles orientiert war, was im Betrieb vor sich ging.

Knapp eine Woche später kam es zu einem ersten Stopp. Jonasch hatte nun den gewünschten Bericht, der ihm einigen Aufschluss über die Jugendzeit, Lehrzeit in einer Arbeitserziehungsanstalt, die Vormundschaft, die Konkurse der Verlagsfirmen, die Schulden, der nicht abgeschlossenen Maturitätsschule darlegten. Es war verblüffend, wie sich für Jonasch alles zusammenreimte. Und als mich an der schnell einberufenen Sitzung mit Treuhänder und Notar Rudolf aus Bern, dem Onkel von Frau Jonasch, Herr und Frau Jonasch deshalb zur Rede stellten, konnte ich nur zugeben, dass ich ein Versager war. Ja, ich bin ein Versager und werde es nie zu etwas bringen. Und ich war in keiner Weise befähigt, einen solchen Betrieb zu leiten oder gar zu retten. Weder hatte ich das kaufmännische Rüstzeug noch die Erfahrung und schon gar nicht das Geld, um dem total heruntergekommenen Unternehmen auf die Beine zu helfen. Auch wenn meine bis dahin geleistete Arbeit nicht zu bemängeln war. Im Gegenteil: sie zeigte meine unerhörte Energie und meinen Einfallsreichtum, mit denen allein jedoch niemals ein rettender Anker für das desolate Unternehmen hätte ausgelegt werden können. Hier und jetzt brauchte es Geld, viel Geld. Noch mehr Geld, um die Schulden zu begleichen, um einen Neuanfang zu machen. Dafür sollte eine wirtschaftliche Studie angefertigt werden, damit auch die Banken und die Belegschaft wieder Hoffnung schöpften. Alles aussichtslos – auch wenn jetzt Herbert Jonasch wieder das Sagen hatte. Es nützte ihm nichts. Das Unternehmen zu retten, war auch er nicht imstande. Schliesslich hatte *er* es doch in Grund und Boden gewirtschaftet. Nichts wird übrig bleiben von dem, was sein Vater aufgebaut hat. Er, Jonasch, der aus gutem Hause kam, wird der noch grössere Verlierer sein. Und das hatte seinen Grund: Jonasch war ein Säufer, und Trunkenbolde haben weder Kraft noch Ausdauer – ausser fürs Trinken. Jetzt sollte es nur noch schneller bergab gehen. Aber damit hatte ich, Daniel Heim, nichts mehr zu schaffen.

Ich wurde gefeuert. Fristlos!

Zwar war man bereit, mein Gehalt für die Kündigungszeit von drei Monaten noch zu zahlen. Als ich schliesslich den Rücken kehrte, fiel dem Notar eine bessere Lösung ein: Er teilte mir mit, dass er eine Strafklage wegen Geschäftsschädigung einleiten werde, diese jedoch fallen lasse, wenn ich auf den Restlohn verzichte. Damit konnte ich in keiner Weise einverstanden sein. Ich beharrte auf der Lohnzahlung, die ich dann auch mit Ach und Krach bekam. In mir steckt eine eigenartige Mischung aus Resignation und Trotz. In keinem Falle würde ich mich aber erpressen lassen. Egal, was ich auch «ausgefressen» hätte. Da würde ich mich vorher lieber selbst anzeigen, als einem anderen diese Genugtuung zu verschaffen. Nun, die Strafanzeige wurde in Aussicht gestellt. Was dabei herauskam, wird sich später noch erweisen.

Wieder stand ich auf der Strasse und wusste nicht, was ich tun sollte. Ich war deprimiert und am Boden. Ein Versager bleibt ein Versager, und ich fragte mich, was ich diesmal wieder falsch gemacht haben sollte. Seit meiner Jugend – nein, seit meiner Geburt – verfolgt mich dieses Schicksal, und ich war beinahe soweit, wieder in jene Depression zu verfallen, wie ich sie schon oft erlebt hatte. Doch da kam mir bei einem Gottesdienst die zweite Strophe des Lieds W*er nur den lieben Gott lässt walten* in den Sinn. Da steht so hoffnungsvoll und tröstend: *Was helfen uns die schweren Sorgen, was hilft uns unser Weh und Ach? Was hilft es, dass wir alle Morgen beseufzen unser Ungemach? Wir machen unser Kreuz und Leid nur grösser durch die Traurigkeit.*

Ich weiss nur zu gut, dass ich das Schicksal, das ich erleide, selbst verursacht habe. Dass all das Schwere und die Not für mich eine Prüfung sind. Und wer weiss, ob es nicht noch schlimmer kommen kann?

Die Dinge überstürzten sich. Inzwischen war ich vom Verhöramt Uznach einige Male einvernommen worden. Die erste Sache war wegen Schreilechners Anzeige, ich hätte Briefmarken für den Eigengebrauch eingesetzt, obwohl ihm eine Abrechnung vorlag und diese mit einer Lohnforderung abgegolten werden sollte. Eine andere betraf den Konkurs der Neuen Buchhaus AG und der Buchhandlung, die ich in Zürich betrieben hatte, und die beide in den Strudel gerieten, weil die Aktien der Gesellschaft und auch die Buchhandlung auf meinen Namen lauteten.

Der Berner Scherz-Verlag und das Schweizer Buchzentrum in Olten wollten mich aus dem Weg haben. Scherz lieferte etwa zehntausend Bücher von Solschenizyns *Archipel Gulag*, von dem die Leute glaubten, es wäre eine Art *Arzt von Stalingrad* von Konsalik, was natürlich nicht zutraf. Dreitausend Stück konnte ich verkaufen, der Rest musste wieder an den Verlag zurück, was dieser nicht akzeptierte. Schliesslich konnte er nicht anders, als die Bücher zurücknehmen. Als Folge davon wurde der Rest der Forderung eingeklagt, und der Konkurs war unvermeidlich.

Es gab Gläubiger, die auf betrügerischen Konkurs klagten; daraufhin wurde eine Strafuntersuchung gegen mich eingeleitet. Es wurde dann auch untersucht, warum das bei der gegründeten Gesellschaft vorhandene Geld nicht mehr da war. Weber, mit mir Gründer und im Verwaltungsrat, fürchtete, in die Strafklage miteinbezogen zu werden, und Treuhänder Heinz Beer, der alles in die Wege geleitet und das Geld beschafft hatte, wusste plötzlich von nichts mehr. Zwar habe er für die Bemühungen und für die Gründung Geld erhalten, alles weitere sei jedoch Sache Heims gewesen.

Untersuchungsrichter Dr. Wespi aus Zürich gab dem zuständigen Betreibungs- und Konkursbeamten Hans-Paul Zangerl in Wollerau Bescheid, dass ein Strafverfahren wegen betrügerischen Konkurses eingeleitet worden sei, worauf Zangerl dies allen Gläubigern mitteilte. Zur Rede gestellt, bestritt Wespi vehement eine solche Äusserung. Zwar habe er eine Anfrage von Zangerl erhalten, ihm jedoch keine klare Antwort geben können, weil noch Abklärungen nötig wären. Zudem würde die ganze Akte ans Bezirksamt Gaster am See (Uznach) weitergeleitet, weil dort ein Verfahren hängig sei und solche Verfahren zusammen bei einem Gerichtsfall beurteilt würden. Weder Zangerl noch Wespi war zu trauen. Jeder von ihnen wollte sich wichtig machen, was für einen Fang von «Wirtschaftskriminalität» sie gemacht hätten.

Wie dem auch sei; ich musste einen Weg finden, meinen Verpflichtungen nachzukommen. Da bekam ich einen Prospekt in die Hand, der mich erneut stimulierte. Der österreichische Andreas & Andreas Verlag in Salzburg gab eine neunbändige Edition heraus über die Geschichte der Medizin. Es sollte zwei Ausgaben geben, die eine in Kunstleder, die andere in echtes Leder gebunden. Ich erhielt ein Ansichtsexemplar je eines dieser Werke. Die ersten vier Bände waren bereits erschienen, der Rest sollte in vierteljährlichen Abständen folgen.

Der Farbprospekt war sehr gut und professionell gestaltet. Ich bestellte zwölftausend Prospekte und versandte diese persönlich an die Ärzteschaft in der ganzen Schweiz. Der Erfolg war derartig, dass ich innert drei Monaten eine neue Aktiengesellschaft mit einem voll liberierten Aktienkapital von zweihunderttausend Franken gründen konnte. Damit ich mit meinem erneuten Vermögen nicht gleich mit den Gläubigern Probleme bekam, nahm ich Hemmi, den Direktor der Firma Speich Druck AG, und einen Hanspeter Kälin aus Einsiedeln in die Gesellschaft auf. Kälin hatte mir ein Darlehen für die Werbung und Beschaffung der ersten Tranche Bücher gegeben. Ich selbst war nur mit einer einzigen Inhaberaktie dabei; in Wirklichkeit gehörte mir der ganze Laden. Eine weitere Werbeaktion brachte noch einmal vierzig- bis fünfzigtausend Franken von Abonnenten.

Später gab ein anderer Verlag eine rund zwanzigbändige Edition über die Kriminalautorin Agatha Christie heraus. Damit machte ich einen Verkaufstest und hatte keinen Erfolg. Deshalb wollte ich im Augenblick die Gesellschaft ruhen lassen und suchte einen anderen Weg, meinen Unterhalt zu verdienen.

5. KAPITEL

Der Sekretär

Eines Tages fiel mir eine Anzeige in der *Neuen Zürcher Zeitung* auf, die mir recht interessant erschien. Ein Grossunternehmen suchte einen Sekretär, der bei Abwesenheit des Chefs dessen Interessen in der Holding vertreten sollte. Ich meldete mich und bekam einen Brief von Lukas Kunz, einem der Unternehmer der Grossmetzgerei Gebrüder Kunz AG in Bilten. Der Mann war imponierend mit seiner knarrigen Stimme, athletisch gebaut, gross und einen Türrahmen füllend. Sein stechender Blick war stets auf sein Gegenüber gerichtet, und sein Schnauzbart zuckte wie eines Katers Schwanz. Ein Mann mit Charisma.

Der Job schien vielversprechend.

Die Firma Kunz galt als Arbeitgeber sehr viel im Glarner Unterland. Wenn auch die Herren recht unzugänglich waren und es hiess, sie würden sich hin und wieder ihr Recht mit Hilfe ihrer wackeren Metzgerburschen verschaffen. Und die Mitglieder der Familie zeigten unverhohlen, dass sie die «Könige» waren und am längeren Hebel als die Biltener Behörde sassen, die immer wieder mit allerlei Ansprüchen bezüglich des Preises der Wasserlieferung oder der Abgaben für die Reinigung des Abwassers,

Stromlieferungen und anderem ankamen. Sechshundert Millionen Konzernumsatz mit rund sechshundert Mitarbeitern, das war schon etwas, mit dem sich auftrumpfen liess. Da sollte sich, ihrer Meinung nach, auch die Glarner Regierung ordentlich im Zaum halten und sich bemühen, den Wünschen des Grossunternehmens zu entsprechen. Wenn die beiden Kunz-Könige auch nicht direkt eine Krone trugen, so führte sie wenigstens das Gemeindewappen von Bilten. Fünfzackig, golden mit Rubinen, Smaragden und blauen Edelsteinen übersät und obendrein in einen kobaltblauen Ring gefasst. Die «Vasallen» lagen ihnen zu Füssen – warum die Behörden nicht?

Einer der Brüder, Jakob, hatte eine Zeitlang in der Regierung gesessen, von welchem Amt er allerdings zurücktreten musste wegen gewissen Geschäften im Metzgereibetrieb. Nur um Haaresbreite entging er einer Verurteilung und einer Gefängnisstrafe.

Die Gebrüder Kunz besassen nicht nur im Tessin die Salamifabrik *Casagrande* in Pregassona, sondern auch noch einen Metzgereibetrieb in Sursee, die *FF* (Frisch-Fleisch AG). Man erzählte sich, alle Betriebe von Lukas Kunz lieferten rote, die von Jakob nur schwarze Zahlen. Dazu kamen noch die achtzehn *Bon Patron*-Filialen im ganzen Kanton Graubünden. Lukas Kunz selbst hatte sich noch mit elf *Heidi-Hotels* und den *Wiener Fleischwerken* eingedeckt. In der Bundesrepublik Deutschland befand sich ebenfalls ein Unternehmen in seinem Besitz. Ein Riesenimperium, dessen kompliziertes Labyrinth zu überschauen einiges erforderte. Aber dabei blieb es nicht: Immer wieder wollte Lukas irgendwo bauen. So war das erste, was ich in Angriff nehmen musste, das neue Autobahnrestaurant *Glarnerland* bei Niederurnen.

Es gab drei Interessenten dafür: einmal die Gebrüder Kunz AG zusammen mit der AVIA-Gruppe und dem Carunternehmen Niederer aus Filzbach. Kunz wollte nicht nur Hauptlieferant allen Fleisches in den Läden und zum Verzehr im Restaurant sein, sondern auch noch die Herrschaft über das Einkaufszentrum gewinnen. Die zweite Partei bestand aus dem Grossunternehmen *Mövenpick* mit der Gruppe Shell/BP als Partner, vertreten durch den Elmer-Mineralwasser-Gesellschafter, Heini Zogg, Doktor Harry Zweifel, der Mitbesitzer der Steinkohlen AG in Glarus und Zoggs Busenfreund, der damalige Landammann, Kaspar Rhyner, dem die Baudirektion oblag. Und dieses Direktorium entschied, welche von den drei Parteien das Rennen machte. Die dritte wurde unter der Leitung von Dr. Heiri Aebli, Buchhändler und Gemeindepräsident von Glarus, zusammen mit dem Hotelier Vogel gebildet.

Es lag auf der Hand, dass das bewährte Gastronomie-Unternehmen Mövenpick schliesslich das Rennen machte. Nicht zuletzt, weil es vielleicht der Regierung nicht eben sinnvoll erschien, sich mit den zeitweiligen Unruhestiftern Kunz aus Bilten partnerschaftlich zu verbinden.

Lukas Kunz stellte mich einerseits für Sondiergespräche und Vorverhandlungen ein, andererseits brauchte er einen «Diplomaten», weil er hin und wieder bei direkten Gesprächen ausfällig wurde. Wenn diese Strategie nicht zum Ziel führen würde, sollte ich «verheizt» werden.

Seit Jahren waren endlose Verhandlungen über den Preis des zu liefernden Wassers und die prozentuale Beteiligung an den Reinigungskosten für das stark belastete Abwasser des Schlachtbetriebes, das in die öffentlichen Gewässer gelangte, im Gange. Kunz sollte sich am Bau der Kläranlage beteiligen, Kunz sollte sich an der Verbrennungsanlage beteiligen. Aber Kunz wollte, dass eine Leitung von der Verbrennungsanlage in seinen Schlachtbetrieb geführt würde, um die Abwärme für Warmwasser und Heizung zu nutzen. Und Kunz wollte dies und das.

Demokratische Entscheide der Gemeindeversammlungen ignorierte Kunz, nahm regelmässig an den Wasserrechnungen Abzüge vor und schaffte so ständig neue Unruhe. Geben und Nehmen wurden ziemlich ungleich behandelt in den Kunz-Unternehmungen.

Wo sich die Kunz' auch beteiligten, sie wollten stets ihre Leute selbst bestimmen und diejenigen Partner aussuchen, die ihren Wünschen entsprachen. Dabei ging Jakob wesentlich geschickter mit seinen Metzgerburschen, den Kunden und den Behörden in Bern um als Lukas. Dieser war geradlinig, etwas zu direkt. Manchmal brüskierte er die Leute so, dass er sich wenig Freunde schaffte und Kunden verlor. Kein Wunder, ging die Firma – nach dem plötzlichen Tod von Jakob Kunz und anschliessendem zähen Ringen – 1995 in Konkurs, und niemand wollte den Betrieb übernehmen.

Was hatte ein Daniel Heim in dieser Firma für eine Rolle zu spielen? Die ganze Woche hindurch war Lukas Kunz in Wien gewesen. Manchmal rief der «Herr Direktor» aus Wien an, wie sich die persönliche Sekretärin von Lukas auszudrücken pflegte, und richtete aus: «Am kommenden Freitag wünscht Herr Direktor Lukas von Ihnen, Herr Heim, einen schriftlichen Bericht darüber, wie die Sitzung mit den Herren Dr. Zweifel, Baudirektor Rhyner und den Herren der Verbrennungsanlage in Niederurnen verlaufen sei.»

Natürlich erschien Lukas Kunz und verlangte von mir einen mündlichen und schriftlichen Bericht. Der mündliche Bericht enthielt das, was ich meiner Meinung nach nicht in die Protokolle schreiben konnte. Nämlich, wie sich die Parteien zu den Ideen von Kunz stellten, wer von den Herren diese ablehnte, welche Schwächen und Stärken bei diesen feststellbar seien und so fort. Es wurde mit harten Bandagen gekämpft.

An einem der kommenden Tage sollte eine öffentliche Diskussion im Hotel *Schwert* in Näfels stattfinden, wo der Landrat gemeinsam mit einem Architekturbüro das Projekt *Autobahnraststätte Glarnerland* der Öffentlichkeit vorstellen wollte. Die Unterlagen lagen bei Lukas Kunz längst auf dem Tisch. Er instruierte mich, ich sollte ihm gegenüber Platz nehmen und das Projekt auf sein Zeichen hin in Grund und Boden stampfen. Kunz beabsichtigte, einen Prachtspalast als Tor zum Glarnerland bauen zu lassen. Etwas mit Türmchen, Zierbrunnen, Glasdächern und so weiter. Eine Art Wüstenoase. Das einzige, was fehlte, waren Palmen, aber echte könnte man ja durch künstliche ersetzen. Die Diskussion verlief heftig, und von überall erfolgten Angriffe. Auch von Dr. Zweifel, der sich grimmig gegen Kunz und mich stellte. Nach einer Geste von Kunz sollte ich das Projekt als Hühnerstall bezeichnen. Während andere in einem vernünftigen Ton den Vorsitzenden um Antwort baten, sollte ich den *Advocatus diaboli* spielen. Als ich am Ende der Runde versuchte, versöhnlich mit Dr. Zweifel zu reden, schlug er mir die Hand weg. Er war ein schwieriger Verhandlungspartner.

Als Mövenpick den Zuschlag erhielt, gab sich Lukas Kunz keineswegs geschlagen. Er stürzte sich sofort auf das nächste Projekt eines Autobahnrestaurants im bündnerischen Fläsch/Maienfeld. Hier glaubte er, einen Heimvorteil zu besitzen. Nun, die Churer waren auch nicht unbedingt Freunde der Gebrüder Kunz. Ja, es gab kaum eine Behörde, die von den Kunz' angetan war, selbst, wenn sie noch soviele Arbeitsplätze zu schaffen versprachen. Es hätte dann nämlich nicht nur Arbeitsplätze gegeben, sondern viel häufiger auch Probleme mit Auflagen und Bedingungen.

In Fläsch zeigte sich zwar, dass Kunz tatsächlich etwas Heimvorteil hatte; aber auch hier ging Mövenpick ins Rennen. Und dort entstand dann in der Tat der von Kunz so gewünschte Turmbau zu Fläsch.

Mein Arbeitsplatz befand sich im dritten Stock des Verwaltungsgebäudes der Firma Gebrüder Kunz AG, Abteilung *Holding*. Lukas Kunz hatte mich beim Anstellungsgespräch im Flughafen Kloten unmittelbar vor seinem Abflug nach Wien instruiert, dass ich ein Büro neben dem Betriebsveterinär Dr. Vilko Gustincic auf seiner Etage beziehen könne. Am Montag sollte ich dorthin gehen und mir von ihm alles zeigen lassen. Dieser hatte in der zweiten Etage noch ein Prüf- und Forschungslabor, wo er meistens arbeitete. Im Schlachtbetrieb hätte ich nichts verloren, sagte Kunz, was mir sehr gelegen kam. Denn der Anblick der bedauernswerten Kreaturen vor dem Todesstoss wäre für mein Gemüt nicht förderlich gewesen.

Ich meldete mich an besagtem Montag im Betrieb, was die Empfangsdame scheinbar überhaupt nicht interessierte. Die beiden Herren Kunz waren zwar Brüder, jedoch alles andere als Freunde. Jeder der Brüder betrieb seine eigenen – streng getrennten – Geschäfte. Keiner wollte etwas mit dem andern zu tun haben. Die Empfangsdame erklärte mir, wo ich mein Büro hätte. Es lag am Ende eines dunklen Ganges.

Im Raum, der über ein einziges grosses Fenster

verfügte, stand nichts als ein alter Eichentisch und ein knochenbrecherischer Bürostuhl. Wie im ganzen Gebäude roch es hier unwahrscheinlich nach Geräuchertem und abgestandener Luft. Erst einmal riss ich das riesige Fenster auf, das in den letzten Jahren wohl kaum jemals geöffnet worden war. Was ich dann erlebte, war ein weiterer Schock: Aus allen Ritzen und Fugen flogen grausige dicke Schmeissfliegen auf und bevölkerten mein Büro. Sofort griff ich zum Telefonhörer und meldete der Zentrale, dass jemand kommen möge, um mich von dem lästigen Geschmeiss zu befreien.

«Ich schicke Ihnen gleich den Hauswart hinauf», kam die Antwort. Nach etwa einer Viertelstunde klopfte es sachte an die Türe, und auf mein «Herein» erschien eine beeindruckende Gestalt in einer weissen Schürze. In der Hand hielt der Mann eine Spraydose und begann sofort damit herumzusprühen. Ich machte meiner Empörung Luft, indem ich mit dem «Hauswart» ins Gericht ging. Als *Sekretär* in einem so bedeutenden Holding-Unternehmen fühlte ich mich plötzlich nicht mehr als kleinen Mann. Da sollte einer dem Daniel Heim kommen!

«Ein Saustall ist das! Wissen Sie, ich hätte nie gedacht, dass man in einem Büro so etwas dulden würde. Öffnen Sie hier eigentlich nie die Fenster?»

Der Mann schien verdutzt, nickte ein paar Mal bedächtig und sagte dann noch bedächtiger:

«Das Büro des Herrn Sekretärs ist eben lange nicht mehr benützt worden.»

Sein Idiom klang slawisch, und ich hatte den Eindruck, er würde mich vielleicht nicht richtig verstehen, wenn ich mit ihm Schweizerdialekt spräche. Deshalb begann ich, hochdeutsch zu reden.

«So, steigen Sie endlich auf den Stuhl oder meinetwegen auf den Bürotisch und holen Sie diese Viecher von den Wänden und von der Decke. Das ist doch das letzte, was ich je erlebt habe. Und dann dieser Geruch im ganzen Hause!»

«Das kommt vom Schlachthof und vom Räuchern», kommentierte der Mann auf dem Tisch, der nun mit seinen grossen Füssen die tote und zum Teil noch zappelnde Brut auf dem Schreibtisch zertrampelte.

Als er endlich fertig zu sein schien und wieder auf dem Fussboden stand, schaute er mir ziemlich verschmitzt in die Augen. Was fällt dem Kerl eigentlich ein, dachte ich, will er sich etwa irgendwelche Vertraulichkeiten herausnehmen?

«So, und jetzt wollen Sie hoffentlich so gut sein und diesen ganzen Dreck zusammenkehren. Oder glauben Sie, ich tue das?»

Wieder kam dieser Blick, als er sich nach längerer Pause entschied, dies zu tun. Nach einiger Zeit, die mir viel zu lang erschien, kam er mit Schaufel und Besen tatsächlich wieder zurück und wischte die Insekten – oder was davon übriggeblieben war – weg. Sogar die auf dem Teppich zerdrückten Fliegen hatte er beseitigt, und nur noch auf dem Schreibtisch war verschmierter Lebenssaft zu erkennen, was mich ärgerte und abstiess.

«Ist jetzt alles in Ordnung?» fragte der Mann im weissen Kittel und grinste. Ich wusste nicht, was ich davon halten sollte. Aber schliesslich dachte ich, er sei als Hauswart wahrscheinlich völlig überfordert, sonst hätte er nicht so dumm gefragt.

«O.k., lassen wir's für heute», gab ich ihm zur Antwort.

Als er gehen wollte und bereits unter der Türe stand, sagte er:

«Damit ich's nicht vergesse! Mein Name ist Gustincic. Ich bin der Betriebstierarzt, und mein Büro liegt gleich nebenan. Wenn Sie also ein Problem haben, rufen Sie mich!»

Mich traf fast der Schlag. Mit offenem Mund und grossen Augen starrte ich mein Gegenüber an, der mich immer noch lächelnd – ja, verzeihend – anschaute. Ich muss sehr komisch aus der Wäsche geguckt haben. Denn jetzt begann der Mann im weissen Kittel wirklich zu lachen.

Fassungslos entgegnete ich:

«Oh, Doktor! Das ist mir aber peinlich. Ich glaubte, Sie seien der Hauswart!»

«Schon gut! Der Hauswart konnte nicht so schnell gefunden werden, darum hat der Empfang mich gebeten, Ihnen behilflich zu sein.»

Plötzlich wurde mir meine Überheblichkeit bewusst, die mich in meinem Amt befiel. Was war eigentlich mit mir los? Machte ich einen Egotrip? Woher nahm ich das Recht, mich gegenüber einem ausländischen Arbeitnehmer so schäbig zu benehmen? Zumal es sich um eine so bescheidene Persönlichkeit wie Dr. Vilko Gustincic handelte? War ich denn jetzt mehr, als dieser «Versager» Daniel Heim, der mit mehr Glück als Verstand diesen gut bezahlten Job bekommen hatte? Jetzt hatte ich nicht ohne Grund einen heissen Kopf. «Es ist gut, Daniel Heim, dass dir wieder klar wird, wer du bist», hörte ich eine innere Stimme in mir sagen und schämte mich zutiefst.

Dr. Gustincic war nicht nur einer der liebenswürdigsten Menschen im grossen Betrieb, er war auch eine Koryphäe auf seinem Gebiet. Seine Ausbildung hatte er in Deutschland an den besten Schulen und Universitäten genossen. Die Kulmbacher Fachschule – eine Bundesanstalt für Fleischforschung – wollte ihn als leitenden Direktor einstellen. Andererseits lag ein Angebot als Professor der Technikerschule in Lemgo (Westfalen) auf seinem Tisch. Dann aber war Lukas Kunz gekommen, hatte ihn mit reichhaltigen Versprechungen in die Schweiz gelockt. Lukas wollte einen Musterbetrieb in der schweizerischen Fleischindustrie schaffen. Dazu brauchte er diesen Mann: Vilko Gustincic. Seine Professionalität schätzten und anerkannten nicht nur die Experten in den verschiedenen Universitätsinstituten und Lebensmittelforschungsbetrieben im In- und Ausland. Sogar bei der Konkurrenz Migros und Bell galt er mehr als im eigenen Hause. Stets suchten sie seinen Rat, wenn es galt, wichtige Grundsatzentscheidungen bei der Lebensmittelhygiene, der Auswertung und Ausschöpfung der Fleischproduktion, zu treffen.

Als Gustincic in die Schweiz kam, galten immer noch die Lebensmittelgesetze von 1905. Er plädierte immer und immer wieder dafür, die Schweiz sollte ihre Gesetzesbestimmungen den damals noch am Anfang stehenden EU-Normen anpassen. Er war wissenschaftlich und wirtschaftlich um zwanzig Jahre voraus. Heute wird Gustincic – auch nach Jahrzehnten – laufend in Fachblättern und bei wissenschaftlichen Organen zitiert. Er hielt an nationalen und internationalen Kongressen Vorträge, die nicht nur die Schweizer aufhorchen liessen. Insbesondere ist bekannt sein Motto: *Gesunde Ernährung – gesundes Volk; gesunde Gesetze, gesunde Wirtschaft!*

Lukas Kunz hatte mit seiner Wahl Weitblick bewiesen und fand den richtigen Mann, der ihm wertvolle Hilfe in diesem Gesetztesdschungel leistete. Gustincic war es, der massgeblichen Einfluss auf die neuen schweizerischen Lebensmittelgesetze nahm.

Nur einer mochte ihn nicht: Jakob Kunz. Zwar respektierte er sein Können und seinen Mut, ihm taktvoll und furchtlos zu begegnen.

Er mochte ihn nicht, weil er sich gegen seine Interessen stellte, sich für die der Konsumenten einsetzte und sich an die Lebensmittelgesetze hielt. Vilko war weder als Wissenschaftler noch als Mensch bestechlich. Er unterzeichnete weder Zertifikate,

Dokumente noch Bescheinigungen, wenn sie den Gesetzen nicht entsprachen. Für Jakob war der Doktor der Hemmschuh seiner zeitweilig zwielichtigen Aktivitäten. Aber schliesslich war Gustincic im Betrieb der verlängerte Arm des Gesetzes. Nie hörte er eine Beschwerde von Seiten der Behörden in all den vielen Jahren, in denen er bei den Gebrüdern Kunz gearbeitet hatte. Das schier unbegrenzte Vertrauen der Behörde in ihn war berechtigt.

Es gab aber auch noch einen anderen Grund für Jakobs Missfallen Dr. Gustincic gegenüber. Erstens: Jakob war ein einfacher, praktisch gebildeter Mann, ein Metzger – was nicht unbedingt etwas heissen muss. Jakob hatte ganz einfach eine Abneigung gegen jede Art Bildung, die seine übertraf. Auch wenn er einsah, dass Dr. Gustincic für seinen Betrieb wertvoll war, insbesondere durch seine wissenschaftlichen Arbeiten und Neuerungen, so machte er doch einen grossen Bogen um ihn. Interessant war jedoch, dass ausgerechnet einer der Söhne Jakobs eine Hochschulbildung genoss. Aber noch hatten sie im Betrieb nichts zu sagen, und er würde es auch zu verhindern wissen, dass sie wesentliche Entscheide treffen könnten, solange er lebte.

Zweitens: Lukas hatte Dr. Gustincic auf eine dringende Empfehlung höchster Fachkräfte eingestellt zu einem Zeitpunkt, als Jakob wegen seines Geschäftsgebarens fast ins Gefängnis wanderte. Deshalb war ihm alles, was sein Bruder in dieser Zeit ohne seine Zustimmung entschied, zutiefst verhasst.

Jakob pflegte Gustincic vor seinen Schlachtgesellen offen zu beleidigen und liess keine Gelegenheit aus, ihn auf jede Art und Weise zu demütigen. Die Belegschaft, die nicht nur heimlich darüber lachte, nahmen den Tierarzt demzufolge auch nicht mehr ernst, ignorierten seine Anweisungen oder glaubte sogar, ihm Befehle erteilen zu können. Hinzu kamen die ständigen primitiven Witze der Metzgerburschen im Fäkaljargon, denen er ausgesetzt war.

Wie schmerzlich es für den feinfühligen, hochsensiblen Vilko Gustincic gewesen sein muss, auf diese Art und Weise erniedrigt zu werden, kann man sich vorstellen. Die wenigen, die sich darüber Gedanken machten, wussten besser Bescheid über die Gebrüder Kunz und ihre Machenschaften, als diesen lieb gewesen sein muss.

Zwar versuchte Gustincic seine Depressionen zu unterdrücken; die Familie litt aber sehr darunter. Gequält begab sich der Tierarzt Tag für Tag ins Geschäft und versteckte sich dort buchstäblich im Labor. Hin und wieder wurde er zu Sitzungen eingeladen, forsch zwar und ohne irgendwelche Entscheidungsgewalt. Rückfragen getraute er sich schon gar nicht mehr zu machen, weil er stets mit einer zusätzlichen Demütigung zu rechnen hatte. Wenn es die Notwendigkeit wegen der neuen Gesetzesbestimmungen erforderte, etwas zu sagen, wurde er mit lapidaren Bemerkungen oder schlüpfrigen Scherzen abgewimmelt. Er habe seine Arbeit zu tun und sich nicht einzumischen in etwas, das er als Nicht-Metzger sowieso nicht verstünde. Er, Jakob Kunz, hätte schon viele Jahre gewurstet, noch bevor es unbedingt notwendig geworden sei, eine Laborkraft in einem Metzgereibetrieb zu beschäftigen.

Der Akzent lag dabei auf gewurstet, und das war genau das zutreffende Wort. Gewurstet wurde allemal. Und wie!

Immer, bevor Vilko Gustincic in die Ferien ging, entstand bis zur letzten Minute eine hilflose Hektik, ein unentwegtes Hasten und Hetzen, weil dieses oder jenes Formular noch nicht ausgestellt war. Ohne unterzeichnete Formulare drohte der «Karren» plötzlich stillzustehen. Eigentlich hätte man glauben können, gerade dann hätte es Jakob Kunz einleuchten müssen, dass ein Grossbetrieb wie seiner ohne fachtierärztliche Kompetenz zum Stillstand kommt.

Es war längst nicht mehr zu übersehen: Dr. Gustincic war Jakob Kunz ein Dorn im Auge. Er war offensichtlich der Meinung, dessen Tätigkeit könnte ein simpler Lebensmittel-Laborant mit wesentlich geringerem Einkommen ebenfalls schaffen.

Aus diesem Grunde wurde sein Bruder so lange bestürmt, Gustincic, der nun über fünfzehn Jahre erfolgreich im Betrieb Kunz arbeitete, zu kündigen. Er, Lukas, habe ihn seinerzeit eingestellt, und Jakob wolle ihn nun unbedingt weg haben.

Die Kündigung schlug wie eine Bombe ein. Dr.

Gustincic, der mit allen möglichen Versprechungen von Lukas Kunz in die Schweiz gelockt worden war, hatte mittlerweile Kinder – zwei Mädchen –, die im Nachbardorf Schänis zur Schule gingen. Sie wurden konfirmiert und machten eine berufliche Ausbildung. Die eine wurde Lehrerin, die andere kaufmännische Angestellte. Dr. Gustincics Familie verlor auf einmal das Einkommen!

Längst hatte ich mich mit Vilko Gustincic und seiner Familie angefreundet. Seine Frau, eine reizende Persönlichkeit mit kunstgewerblicher Begabung, bemühte sich für ihre Familie um das Schweizer Bürgerrecht. Schweizer tun sich in der Regel schwer, wenn es um eine Einbürgerung geht. Auch wenn die Gustincics sehr beliebt waren und sich viel Mühe gaben, Schweizerdialekt zu sprechen, Unterricht in Geschichte und Geographie nahmen, um so *schweizerisch* wie möglich zu werden, hörte man doch heraus, dass sie noch Ausländer waren. Nur die Kinder sprachen einwandfreies Schweizerdeutsch, weil sie hier aufgewachsen waren. Die beiden Mädchen, Meike und die jüngere Vesna lagen mir besonders am Herzen. Beide intelligent; Meike mit deutscher, Vesna mit slowenischer Herzlichkeit gesegnet.

Ich war bereits nicht mehr bei der Firma Kunz, als ich eines Abends einen verzweifelten Anruf von Heidrun Gustincic erhielt. Sie erzählte mir, was bei Kunz wirklich geschehen war. Ihre Stimme vibrierte, und ich spürte, dass sie sich zwingen musste, nicht zu weinen.

Die ganze Familie war am Boden zerstört, verzweifelt und zutiefst in ihrer Würde verletzt.

Die Bürgerinnen und Bürger von Schänis, Bilten und vor allem auch die Kundschaft kannten Dr. Gustincic und seine ganze Familie. Die Kündigung sauste wie ein Damoklesschwert auf sie nieder. Wie viele Nachbarn, Freunde aus nah und fern während dieser schweren Zeit der Familie Gustincic die Treue hielten, sie moralisch aufzurichten versuchten und ihr beistanden, war rührend. Gerade, weil Schweizer eher als spröde und zurückhaltend gelten, waren diese Treuebeweise, die der Familie Kraft gaben, unerhört bewegend. Die Gustincics freuten sich trotz allem darüber und zeigten ihre Dankbarkeit. Nicht zuletzt deshalb fühlten sie sich nun mit ihrer neuen Heimat noch mehr verbunden. Wahrscheinlich waren sie inzwischen bessere Schweizer, als wir hier Geborenen.

An jenem Abend versprach ich, anderentags bei ihnen vorbeizuschauen. Denn alles konnte und wollte sie mir am Telefon nicht erzählen.

Als ich bei den Gustincics eintraf, umarmten mich Heidrun und die Kinder. Ihre Augen waren verweint, und Vilko wirkte niedergeschlagen. Obwohl Heidrun stets mit Liebe und Geduld für ihre Gäste ein Essen zuzubereiten pflegte, hatte niemand so richtig Appetit.

Ich vernahm mit langen, schweren Atemzügen abwechselnd von Vilko und Heidrun die Umstände seiner Entlassung. Immer wieder entstanden Pausen, weil sie von mir irgendeinen Rat erwarteten.

Dann sagte ich nachdenklich und völlig ruhig:

«Macht euch keine Sorgen. Vilko, du bekommst deine Arbeit bei Kunz zurück. Er ist sich offensichtlich gar nicht bewusst, dass er dich braucht – nein, dass er gar keinen besseren und fähigeren Mann bekommen könnte. Das werden ihm jene Amtsstellen schon einbläuen, die etwas davon verstehen.»

Die Gustincics blieben zwar skeptisch, doch die Überzeugung, mit der ich das sagte, beruhigte sie. Ja, sie glaubten schliesslich daran. Und immer und immer wieder, wenn ich sie in diesen schweren Wochen und Monaten besuchte, wiederholte ich dasselbe.

Gleichzeitig empfahl ich Vilko, er sollte sich ernsthaft um eine Arbeitsstelle bei einem Konkurrenzunternehmen bemühen. Denn allein die Tatsache, dass es ihm ernst sei, nicht mehr bei Kunz arbeiten zu wollen, könnte Jakob umstimmen. Vilko lag als Wissenschaftler alles, was mit Korrespondenz und Bewerbung zu tun hatte, überhaupt nicht. Es war ihm verhasst, sich anbieten zu müssen. Aber es war notwendig; diese Arbeit konnte ich ihm nicht abnehmen.

Inzwischen hatte sich Vilko tatsächlich bei anderen Unternehmen umgeschaut. Etwas irritiert über die Arbeitslosigkeit eines so hochqualifizierten Mannes, wollten die Unternehmer wissen, was eigentlich geschehen sei. Grundlos wird man doch nicht auf die Strasse gestellt. Und das von einem Unternehmen, das auf die Bekleidung einer so wichtigen Stelle angewiesen ist! Es war für ihn ermüdend, deprimierend und schmerzhaft zugleich, immer und immer wieder die gleichen Fragen beantworten zu müssen, um einen Job vielleicht in Aussicht gestellt zu bekommen, aber nur unter Vorbehalten.

An Vesnas Konfirmation war ich bei den Gustincics eingeladen. Rund zwei Dutzend Menschen waren da. Ich kannte niemanden, und eine Ansammlung fremder Leute sind mir zutiefst zuwider. Ich hatte Hemmungen, und Heidrun hatte enorme Mühe, mich bei all den Leuten vorzustellen. Als das überstanden war, verzog ich mich in eine stille Ecke. Die dankbare und anhängliche Vesna freute sich über das kleine Geschenk, das ich ihr brachte. Ich gab es ihr noch, bevor wir zur Kirche gingen.

Jakob Kunz kam langsam in Bedrängnis, weil er noch keinen Ersatz für Gustincic gefunden hatte. Er kontaktierte den Kantonstierarzt in Glarus, der ihn an die Universität in Zürich verwies. Alle waren erstaunt, dass Vilko Gustincic nicht mehr bei ihm arbeiten sollte. Jakob erzählte den Leuten natürlich nicht, dass er seinen Tierarzt feuern liess. Einhellig hörte er immer dasselbe, nämlich dass er eine solche Kapazität wie Vilko Gustincic in der Schweiz kein zweites Mal wiederfinden werde.

Eines Tages rief bei der Firma Gebrüder Kunz AG der Chef des Metzgereibetriebs Suttero AG in Gossau an. Es war eine Anfrage über Dr. Gustincic, der sich bei ihnen beworben habe. Eine Fachkraft wie ihn würden sie für die Zukunft dringend brauchen. Nebenbei wurde auch über die Lohnansprüche gesprochen. Der Personalchef eilte nach diesem Gespräch zu Jakob Kunz und erzählte ihm, Suttero wolle Dr. Gustincic einstellen. In Bedrängnis geraten und vor der Frage, diesen Mann womöglich völlig verkannt zu haben, fürchtete Jakob vor allem die Konkurrenz. Da war nämlich die Fertiggericht-Produktion, die von Dr. Gustincic entwickelt worden war und die nach den Tests sehr vielversprechend zu werden schien. Ebenso ging es um andere Produkte, wie das Hundefutter, das sich als eines der besten und hochwertigsten auf dem gesamten Markt herausstellte und jährlich tonnenweise an Hundezüchter, Polizeihundestaffeln und kynologische Vereine verkauft werden konnte. Allein für dieses Produkt erhielt Kunz Hunderte von Briefen und überwältigendes Lob. Von der Konkurrenz und anderen Fleischverwertern wurde dieses Hundefutter oft kopiert, konnte aber nie den Standard von Gustincic erreichen. Kunz hatte nie genug davon produzieren und liefern können, weil von diesen hochwertigen Produkten einfach zuwenig vorhanden waren. Gustincic hatte alle Produktions-Ausstösse sorgfältig überwacht, damit ja keine minderwertige Ware eingeschleust würde.

All diese Neuprodukte drohten nun nicht mehr bei Kunz, sondern bei Suttero in Produktion zu gehen, wenn der Tierarzt bei der Konkurrenz arbeiten sollte. Das wusste nicht nur Kunz, sondern auch Suttero. Neid und die Gier siegten schliesslich!

Es muss Jakob Kunz viel Überwindung gekostet haben, seinen früheren Arbeitnehmer anzurufen. Der Doktor war allerdings nicht zu Hause. Jakob Kunz war ausnehmend freundlich zu Frau Gustincic und sagte, er werde nach dem Mittagessen wieder anrufen. Ob dann vielleicht ihr Mann da wäre? Er wird da sein, meinte die Ehefrau ziemlich frostig.

Heidrun Gustincic hatte von langer Hand allerlei Notizen gemacht über die jahrelangen Leistungen ihres Mannes in der Firma Kunz, die Beschwerden und die leidvollen Schwierigkeiten, die er hatte hinnehmen müssen. Auch Nennenswertes über die Arbeit, die Freizeit, die er für Kunz aufgewendet hatte und mehr, hatte sie zusammengetragen. Sie wollte gewappnet sein, wenn einmal Jakob Kunz anrufen sollte. Und so kam ihr dieser Anruf gerade recht. Schlag auf Schlag las sie ihm eine Dreiviertelstunde lang die Leviten. Kunz unterbrach sie nicht ein einziges Mal. Er war sprachlos und hätte sich wohl kaum gedacht, eine so mutige Person zu hören. Auch wenn manches sicher schmerzte, was sie ihm sagte, so wusste Kunz doch, dass sie in jedem Punkt recht hatte.

Als das Gespräch zu Ende war, war Frau Gustincic

vor Erregung purpurrot im Gesicht. Dennoch fühlte sie sich wohler. Jetzt hatte sie Jakob Kunz endlich ihren Standpunkt über Kunz' Unverschämtheiten mitgeteilt. Wer konnte wissen, aus welchem Grund er ihren Mann wieder sprechen wollte? Allerdings so freundlich hätte sie Jakob Kunz nicht erwartet, nachdem sie so viel Negatives von ihm gehört und durch ihn erlebt hatte.

Jakob Kunz versprach Frau Gustincic, dem grossen Wissen ihres Gatten von nun an in ganz anderer Weise Rechnung zu tragen; ihm sei jetzt klar, was Gustincic für sein Haus bedeutet habe und bedeuten werde.

Am frühen Nachmittag rief Jakob Kunz erneut an. Wieder nahm Frau Gustincic den Hörer ab, und Jakob sprach eine Zeitlang in gemässigtem Ton. Sie scherzten sogar zusammen. Nicht die geringste Andeutung über das vormittägliche Telefongespräch war zu vernehmen. Dann die Frage nach dem Doktor, den sie rief, obwohl dieser nur einen halben Meter vom Hörer entfernt stand. Es dauerte einen Moment, bis sich Vilko gesammelt hatte.

Nachdem sich Gustincic meldete, entstand für Sekunden eine Pause, bis Jakob Kunz reagierte:

«Guten Tag, Herr Dr. Gustincic. Hier spricht Jakob Kunz. Mein Bruder hat sie doch bei der Holding entlassen. Wollen Sie nicht bei uns in der Metzgerei angestellt werden? Wir brauchen Sie dringend!»

Vilko Gustincic bekam fast einen Hustenanfall, als er entgegnete:

«Ich weiss nicht, Herr Kunz, ob das geht. Gerade heute Morgen habe ich einem neuen Arbeitgeber mündlich zugesagt. Der Vertrag ist unterwegs, und ich hätte doch ein schlechtes Gewissen, wenn ich jetzt wortbrüchig würde...!»

Pause. Vernehmliches Schnaufen und Papierrascheln. Dann wieder Jakob:

«Wir können über alles reden. Das mit Ihre Zusage wegen des neuen Jobs könnte ich schon hinkriegen. – Wenn Sie mehr Geld brauchen, sagen Sie's nur. Und wegen der Pensionskasse können wir noch eine besondere Klausel einfügen. Sie könnten gleich in den nächsten Tagen wieder anfangen, wenn Sie wollen.»

Wieder eine Pause, diesmal von Dr. Gustincic. Er meinte:

«Ach, wissen Sie, Herr Kunz, die ganze Sache ist doch schon ziemlich verfahren! – Sie wissen ja selbst, wie sehr Sie mich dauernd vor der ganzen Belegschaft beleidigt und fertiggemacht haben. Können Sie sich vorstellen, dass jetzt noch die nötige Reputation möglich wäre? – Ich kaum!»

Pause. Dann beschwichtigend, ja versöhnlich:

«Ich weiss, Herr Dr. Gustincic, dass zwischen uns nicht alles so gelaufen ist, wie es hätte sein sollen. Aber jetzt würde *ich* Sie einstellen, und das wäre etwas ganz anderes. Ich kann Ihnen versichern, dass man Ihnen mit Würde und Respekt begegnen wird. Wollen wir einen Neuanfang wagen? Wollen wir nicht das Kriegsbeil begraben? An mir soll es nicht liegen. Und über alle andern Details reden wir in den nächsten Tagen. Es wird wieder gut werden, und Sie haben völlig freie Hand, was den Betrieb und das Labor betrifft. Sagen Sie mir, was Sie brauchen – Sie bekommen es!»

Vilko Gustincics Hand war feucht geworden; er hatte eine weitere schwere Belastung für seine ohnehin strapazierten Nerven hinnehmen müssen.

«Gut, ich bin einverstanden. Geben Sie mir Bescheid, wann ich bei Ihnen vorbeikommen kann!»

«Ich danke Ihnen, Doktor. Sie werden es nicht bereuen!»

Dann knackte es; die Leitung war unterbrochen.

«Was ist?» wollte Heidrun wissen.

«Er will mich wieder haben. Unter besseren Bedingungen. Wir bleiben in Schänis!»

Am Abend erhielt ich den Anruf von Heidrun, dass sich alles so ergeben habe, wie ich vorausgesagt hatte. Vilko habe jetzt wieder seinen Job mit viel besseren Bedingungen als vorher.

Jakob hielt Wort. Er begrüsste Dr. Gustincic vor versammelten Mitarbeiterinnen und Mitarbeitern. Und allen wurde klar und deutlich mitgeteilt, dass sie sich an die Anweisungen des Tierarztes zu halten hätten. Es sei nur zum besten des Betriebes.

Seit der Kehrtwendung von Jakob Kunz waren all jene Stimmen verstummt, die vor der Entlassung von Gustincic Peinlichkeiten ausgelöst hatten. Es wurde erstmals, nach fast sechzehn Jahren, ein angenehmes Verhältnis. An den Sitzungen gab es keinerlei Bemerkungen und kein Grinsen mehr, wenn der Tierarzt einen Vorschlag auf den Tisch legte. Jetzt galt er etwas; seine Anweisungen wurden zur Kenntnis genommen und durchgeführt.

Am ersten Arbeitstag nach der Wiedereinstellung schlug ihm eine Welle der Sympathie seiner alten Arbeitskollegen entgegen, die immer an ihn geglaubt und zu ihm gestanden hatten:

«Wir haben gewusst, dass Sie zurückkommen.»

An einem Freitag betrat Lukas mein Büro und forderte mich auf, mit ihm zu kommen. Eines der beiden Firmenflugzeuge stehe bereit, und wir müssten Besuche in Cellerina im Engadin, in Klosters und weiss wo machen. Ich müsse jetzt einmal die *Bon Patron*-Betriebe sehen. Lukas konnte das Flugzeug nicht selbst steuern und beauftragte den Schweinemäster Steiner, der bei der Kunz-Tochterfirma *Sana Porc* arbeitete und den Flugschein hatte. Dieser war abwesend, so dass nach Rücksprache mit dem Flugplatz ein Primarschullehrer aufgeboten wurde, der ein Brevet hatte.

Lukas und ich fuhren zum Flugplatz Wangen, wo die Maschine startete.

Die vierplätzige Maschine war klein und so eng, dass ich bereits ins Schlottern geriet, bevor wir abhoben. Zu allem Elend fragte Lukas den Piloten:

«Wieviele Flugstunden haben Sie hinter sich?»

«Genug, um diese Maschine fliegen zu dürfen», war die Antwort. Ob soviel Sarkasmus geriet ich arg in Zweifel, ob der junge Mann wirklich geeignet war, die Maschine ans Ziel zu bringen.

Lukas Kunz musterte ihn, und wie immer, wenn er über etwas nachdachte, kaute er an seinem Oberlippenbart.

Ob es Lukas ebenfalls beunruhigte, wusste ich nicht, denn ich hatte noch nie den Eindruck gehabt, er fürchte sich vor irgend etwas.

«Kennen Sie wenigstens den Flugplatz von Samedan»? fragte er daraufhin den Piloten.

«Kennen ist wohl zuviel gesagt. Aber ich weiss, wo er liegt. Gelandet bin ich dort noch nie. Warum, ist daran etwas Besonderes?»

«Etwas Besonderes», wiederholte Lukas, «ist es nur, wenn Sie ihn nicht finden oder nicht richtig anfliegen. Aber bitte, Sie sind der Pilot!»

Daraufhin wurde gestartet.

Ich entsinne mich, dass ich betete, als sich die Maschine in die Luft hob, und schwor, nie wieder in eine so heimtückische Kiste einzusteigen und dem lieben Gott keine Schande mehr zu machen, wenn ich heil und gesund wieder auf dem Boden aufsetzen würde.

Der Flug lässt sich nicht beschreiben. Alleweil fielen wir in irgendein «Loch». Dann sackte die Kiste jeweils einige Meter ab und fing sich wieder auf. Ich muss grün im Gesicht geworden sein. Jedenfalls fragte mich Lukas, nachdem er mehrere Male zu mir auf den Hintersitz geschaut hatte, etwas besorgt:

«Wie geht es, Herr Heim? Ist Ihnen nicht wohl? Sie sehen nicht besonders gut aus. Falls Sie etwa erbrechen müssen, hinter Ihnen gibt es Papiersäcke!»

«Eine schöne Bescherung», dachte ich, antwortete nicht und brachte nur mit Mühe ein gequältes Lächeln zustande.

Es ging über die Alpen, die bereits in der Abenddämmerung lagen. Mir war klar, wenn die Nacht hereinbrechen und der Pilot die Piste bis dahin nicht gefunden hätte, würde nichts von uns dreien übrigbleiben.

Endlich – nach unendlich langer Zeit, wie mir schien – redete der Pilot mit dem *Tower*, der ihm Anweisungen über Windverhältnisse und Landerichtung gab. Die Landung schien doch zu klappen. Aber nie mehr, dachte ich, nie mehr werde ich in so ein Flugzeug einsteigen. Lieber werde ich mit dem Zug die endlos lange Strecke zurückfahren, als diese Strapaze nochmals über mich ergehen lassen.

Der Pilot flog erst anderentags zurück. Kunz führte mich in eines seiner Hotels in Cellerina, wo wir gemeinsam das Nachtessen einnahmen. Der Hunger war mir vergangen, und ich begab mich sehr bald zu Bett. Am folgenden Morgen trafen wir uns wieder im leeren Speisezimmer. Die Zwischen-Saison war vorüber, und Lukas bestieg seinen bereitstehenden Porsche, den er von seinen Kindern und seiner Frau

Heidi als Geburtstagsgeschenk bekommen hatte, und fuhr mit mir zu seiner Ladenkette *Bon Patron.* Zum Teil waren es gleichzeitig kleine Einkaufszentren am jeweiligen Ort.

Lukas fragte die Abteilungschefs der Läden, wie die Geschäfte liefen. Auch die Mieter der Lebensmittelläden, der Coiffeursalons, der Drogerien und anderer Geschäfte wurden besucht und befragt. Ich musste mir alles aufschreiben, damit ein Protokoll erstellt werden konnte, und die Wünsche – sofern es überhaupt welche gab –, vor allem aber die Beschwerden notieren. Nach Kunz' Anweisungen hatte ich dann mit dieser oder jener Person oder Firma Kontakt aufzunehmen, damit Schäden behoben, Garantieleistungen ausgeführt werden konnten und so weiter.

So fuhren wir denn – oh Schreck –, kaum hatte man einen so tollkühnen Flug überstanden, mit dem holprigen Gefährt durchs ganze Engadin, bis nach Klosters. Von Fahren konnte allerdings nicht die Rede sein: Lukas beherrschte dieses «Teufelsfahrzeug» wirklich nicht. Die Turbomaschine wurde von Lukas ruckartig von Kurve zu Kurve beschleunigt. Mir wurde wieder übel und schwindlig, so dass ich Lukas mehrfach ermahnen musste, seine Fahrweise zu ändern. Natürlich tat er das nicht. Dafür kotzte ich ihm die Karre voll, was ihn nicht einmal zu ärgern schien. Meine Kleider waren verschmutzt, und es roch nur deshalb nicht bestialisch, weil das Auto ein offenes Dach hatte. Ich dachte, die Flecken auf dem schwarzen Teppich würden sich sicher nicht mehr entfernen lassen. Ich wünschte es sogar, so wütend war ich.

Lukas nahm überhaupt keine Notiz von meinen Leiden, quatschte und quatschte, dass ich mich nur wundern konnte. Gerne hätte ich den restlichen Weg von Landquart nach Bilten im Zug gemacht. Aber es war schon spät, ich wohnte damals in Zürich und hatte von Bilten aus den einstündigen Weg dorthin noch auf mich zu nehmen. Zum Glück stand das Wochenende bevor.

In Landquart gab es ein Einkaufszentrum, in das er investieren wollte, obwohl auf der gegenüberliegenden Strassenseite gerade ein grosser Migrosmarkt gebaut wurde. Doch Lukas Kunz war – trotz meiner Bedenken – nicht davon abzubringen. Er wollte neben der Ladenkette Denner und anderen auch ein Café und einen Schuhladen oder sonst einen Mieter darin haben.

Auch in Thusis gab es ein langes, zähes Verhandeln mit einer Hauseigentümerin, die ihr Haus nicht verkaufen wollte, obwohl Kunz sehr viel Geld dafür bot. Dort wollte er ein kleines Einkaufszentrum mit einem Hotel Garni bauen. Wiederum sollte Denner, ein Café und eine Metzgerei, ein Coiffeursalon und ein Musikgeschäft darin eingemietet werden. Bereits gab es dort das neue, sehr grosse Einkaufszentrum *Via Mala* von Coop; auch die Migros verfolgte ein ähnliches Projekt.

Wiederum riet ich Lukas davon ab, weil ein weiterer Bedarf gar nicht vorhanden sei. Aber er glaubte, für Einwohner und Passanten sei ein Ladengeschäft mitten im Dorf besser, als am Ein- und Ausgang erstellte Zentren. Ich hatte mit dem Architekten zu verhandeln und alle Details, die Lukas wünschte, zu besprechen, so dass dieser sie nur noch abzusegnen hatte. Doch es eilte ihm nicht – warum auch? Es würde so oder so ein Flop.

Dann kam alles ganz anders nach der Manier von Kunz! Eines Tages lag auf meinem Schreibtisch ein kleiner, abgegriffener Zettel, auf dem mit Bleistift geschrieben stand:

«Herr Heim, ich möchte das Anstellungsverhältnis zwischen uns auf den nächsten möglichen Termin auflösen. Wir besprechen es am nächsten Freitag, wenn ich aus Wien zurückkomme!»

Das war's dann! – Finito!

Zwar wollte Lukas, dass ich weiterhin zur Verfügung stand und stundenweise für ihn tätig sein sollte, wann immer er mich einsetzen könnte. So hätte er keine festen Unkosten mehr, die sein Budget belasteten.

Es war ein kurzes Gastspiel von sechs Monaten gewesen, bei dem ich fast etwas verloren hätte: Würde und Anstand! Zum Glück erlebte ich den Zusammenbruch der verschiedenen Unternehmungen nicht mehr. Jakob war ja noch da und er sorgte dafür, dass Lukas Jahr für Jahr seine reichlich fliessenden Zuwendungen aus dem Metzgereibetrieb erhielt, mit denen er sich dann seine Hotels kaufte und in die *Heidi*-Hotelkette umwandelte.

Nun möchte ich noch eine typische Lukas Kunz-Episode nachtragen, um mit einer Pointe abzuschliessen:

Es war eine lange Tradition bei den Gründern, alle Mitarbeiter, die ein ganzes Jahr ohne Absenzen tätig gewesen waren, mit Geschenken zu belohnen. Diese «Unfehlbaren», wie sie genannt wurden, erhielten in der Zeit, als Jakob Kunz noch lebte, jeweils Neuenburger Pendülen, Teppiche, Städtereisen oder Fleisch. Einmal wünschte sich jemand sogar einen Esel. Als dann Lukas Kunz die Herrschaft über den Betrieb übernahm, änderte er dies in Treuebons im Wert von vierhundert Franken, für die Fleischwaren bezogen werden konnten, oder man konnte übers Wochenende in einem «Heidi-Hotel» von Kunz Urlaub machen. Aber was soll etwa ein Gastarbeiter in einem so teuren Hotel? Zudem wollten die Hotel-Pächter diese Gutscheine nicht entgegennehmen. – Wen wundert's?

Nach dem Konkurs wollte die Gewerkschaft diese Gutscheine auf andere Weise einlösen. Indem sie nämlich einen Autocar mieteten und mit den vierzig Arbeitern, die diesen Treuebon einreichten, gemeinsam in Kunz's Nobelrestaurant «Klosterhof» auf dem Zürichberg fuhren, wo sie sich ein gemütliches Essen genehmigten und zum Abschluss jeder eine auserlesene Flasche Wein mitnahm.

Als es ums Zahlen ging, übergab der Gewerkschaftsleiter die Treuebons, die jedoch nicht angenommen wurden. Das heisst, der Kellner ging zu seinem Chef, der diese dann zurückwies. Ganz hinten in der Gaststube sass Lukas Kunz mit seiner Frau Heidi. Zufall oder nicht? Sicher hatte die Gewerkschaft die Ankunft der Gäste gemeldet und das Menü bestellt. Es lag doch auf der Hand, dass der Pächter den Hotelinhaber benachrichtigt hatte. Und der liess nun hartnäckig die Treuebons, die er selbst ausgehändigt hatte und die ein Bestandteil des Lohns waren, ablehnen...

Der Gewerkschaftsleiter bestand jedenfalls auf der Bezahlung mit diesen Gutscheinen, und die ganze Clique sang laut und misstönend, wie es der Stimmung ohnehin entsprach: «Wer soll das bezahlen, wer hat so viel Geld? Lukas hat soviel Pinke, Pinke, er hat soviel Geld!»

Beim Abschied fehlte es Lukas nicht an Courage: Ganz königlich stand er beim Ausgang und schüttelte allen ehemaligen Vasallen die Hand. Tage später erhielt der Gewerkschaftsführer, der das Mittagessen bestellt hatte, eine Rechnung ins Haus mit der Aufforderung, diese innert zehn Tagen zu begleichen. Vielleicht ist diese Rechnung inzwischen bezahlt worden, vielleicht hatte Lukas Kunz auch das Nachsehen. Wer weiss, wie traurig diese Festlichkeit für jene Mitarbeiter war, die nun arbeitslos geworden und Weihnachten feiern sollten? Vielleicht würgen sie an diesem Essen heute noch.

6. KAPITEL

Unheilvolles Zusammenspiel

Rund drei Jahre zuvor hatte ich eine Verlags AG in Glarus mit einem voll liberierten Aktienkapital von zweihunderttausend Franken gegründet. Diese «ruhende» Gesellschaft wollte ich jetzt wieder flott machen, nachdem ich nun wieder Zeit dafür hatte und nicht mehr für die Firma Kunz arbeitete. Zwar hatte mir Lukas offeriert, er würde mich rufen lassen, wenn er meine Hilfe bräuchte. Ich erhielt auch Anrufe, meldete mich aber nicht mehr. Wer hätte denn so etwas freiwillig weiterhin auf sich nehmen wollen!

Gerade, weil ich meine Stärken und Schwächen zu kennen glaube, suchte ich über Anzeigen einen Geschäftspartner, der etwa die Hälfte des Aktienkapitals übernehmen sollte. Meistens ist es so, dass derjenige, der die kaufmännische Leitung übernimmt, die Mehrheit eines Aktienpaketes an sich zu reissen versucht. Das wollte ich auf jeden Fall verhindern.

Unter den vielen Bewerbern, die sich meldeten, waren Handwerker, Briefkastenfirmen mit dubiosen und undurchsichtigen Verschachtelungen, bei welchen man nicht genau herausfinden konnte, wer was zu sagen hatte und aus welchen Quellen das Geld stammte, Treuhandfirmen und Anwaltskanzleien, die angeblich im Auftrag ihrer Klientschaft sondieren, aber nicht persönlich in Erscheinung treten wollten, Akademiker, Kaufleute und Spekulanten.

Meine Talente liegen eindeutig im Bereich des Schöpferischen, bei Marketing und Verkauf. Gute Ideen zu haben ist eine Sache, sie in die Tat umzusetzen eine andere. Als Kaufmann bin ich eine Niete, auch wenn ich gut rechnen kann. Alles zu beherrschen, dürfte keinem Menschen vergönnt sein. Ich wünschte und wollte immer möglichst vollkommen sein. Man mag sich fragen, ob das nicht vermessen und hochmütig ist. Ich versuche es trotzdem weiterhin. Vielleicht fände ich ja einmal den Dreh.

Als Unternehmer muss man Prioritäten setzen, und dies wollte ich, indem ich einen Partner mit Bildung suchte, der auch das kaufmännische Können mitbrächte. Ausserdem sollte er konziliant, ehrlich und verständnisvoll sein. Bis zu diesem Tag war ich immer allein gewesen. Ich entschied selbst über alles und jedes und hatte daher auch die Verantwortung dafür zu tragen gehabt. Oft dachte ich, es wäre mit vielem besser bestellt gewesen, wenn ich verheiratet gewesen wäre, und meine Frau – sofern sie überhaupt ein entsprechendes Wissen mitgebracht hätte – wäre mir beigestanden. Es brauchte ja nicht unbedingt eine kaufmännisch geschulte Person zu sein, vielmehr eine mit Herz, Verstand und einer gesunden Portion Mut. Einfach eine Frau, die mit beiden Beinen auf dem Boden steht!

Aber ich war ein eingefleischter Junggeselle und hatte alles andere als Sehnsucht, mich an irgend jemanden zu binden. Zu lange war ich abhängig gewesen, und alles wurde mir diktiert. Zudem: ins Unglück rennen wollte ich lieber alleine, statt womögliche Unschuldige mit hineinzuziehen. Schon gar nicht eine Ehefrau oder gar eine Familie. Leid und Tragik habe ich zuviel gesehen und am eigenen Leibe gespürt. Dies durch mangelnde Fähigkeiten jemand anderem aufzubürden, hatte ich keine Lust.

Seit langem bin ich jedoch mit der Literatur und der klassischen Musik «verheiratet». Wenn mich Worte oder Misstöne verärgern, kann ich entweder das Buch schliessen oder den Ton abstellen. Bei einer Frau geht das nicht; da kann der Ärger endlos weitergehen. Und ich vertrage nun einmal keine Missstimmungen, auch wenn ich sie nicht immer verhindern kann. Dennoch bin ich den Menschen nicht fern. Ich gehe auf sie zu und höre ihre Leiden und Nöte an. Wer kennt sie nicht besser als ich! Aber in allem Leid liegt auch Trost, eine Hoffnung. Beides nicht zu verlieren, ist mein Ziel, damit man bescheiden und dem lieben Gott dankbar bleibt. Alles, was uns bis ins Innerste des Herzens und der Seele schmerzt, hat auch etwas Gutes – es macht uns stark. Prüfungen in jeder Form bringen uns weiter. Darum habe ich sie zu akzeptieren und ihnen nicht aus dem Weg zu gehen gelernt. Je unverkrampfter ich mich mit meinem Schicksal befasse, desto leichter wird mir Hilfe zuteil. Sträube ich mich dagegen, habe ich die Erfahrung gemacht, werde ich noch unruhiger und unter Umständen an Leib und Seele krank.

Aus diesem Grund ist für mich das Gebet so wichtig geworden. Es gibt mir nicht nur Kraft, vielmehr werde ich mir dabei bewusst, dass ich mich dem Schicksal niemals entziehen kann.

Allzugerne hätte ich einen Geschäftspartner gefunden, der auch mit diesen geistigen Gesetzen vertraut ist. Sicher wäre es dann in manchen Dingen anders gelaufen. Es hätte keine Übervorteilungen und keine Schlitzohrigkeiten mehr gegeben. Und vor allem: ich wäre dann vielleicht auch nicht immer wieder von meinen Partnern bis aufs Hemd ausgezogen worden.

Ein Geschäftspartner, der Geld aufs Spiel setzt, denkt jedoch anders. Er kann sich kaum Gefühle leisten, und selten sind geistige Werte im Spiel. Beide Parteien rechnen kalt mit Erfolg und Gewinn. Einer muss aber die kaufmännische Verantwortung tragen, wenn der andere das Fachwissen mitbringt. Dennoch sollte alles zusammenspielen – das kühle Rechnen und das Denken!

Ich entschied mich für einen älteren Herrn. Ein Mann mit finanziellem Background, wie es im Englischen so schön heisst. Ausserdem war er Chemiker, also Akademiker. Wenn er mit Büchern bis dato auch nur soviel zu tun gehabt hatte, als ihn diese für sein Fachgebiet interessierten, so musste er nun viel dazulernen. Der Versandhandel war ihm fremd. Eine chemische Fabrik im Tessin soll er gehabt haben und habe diese gut verkaufen können. Er sei – wie er mir sagte – vor allem in Ostblockgeschäften tätig. Er finanziere Maschinen für irgend so eine korrupte Bande.

Der Mann hiess Karl Werner Danegger, war Doktor der Chemie und ein Berner, kleingewachsen, listig, vif, raffiniert, geizig und über siebzig Jahre alt. Eine bemerkenswerte Erscheinung, wenn auch eher unscheinbar. Ja, er sah nach nichts aus. Aber vielleicht war es gerade das, was diesen kleinen Greis prägte.

Es liegt in meiner Natur, den Menschen zu vertrauen. Nachdem Danegger die von der Treuhandgesellschaft geprüfte Buchhaltung akzeptiert und sich vom Bestand der Bankaktiven wie auch der Sachwerte überzeugt hatte, kam ich mit ihm überein, dass er seine einhundertzehntausend Franken als Gegenwert für Aktien im Wert von hunderttausend Franken bei Vertragsabschluss auf mein Konto überweisen sollte. Voller Vertrauen und auf das Versprechen hin, er würde diese Transaktion vornehmen, übergab ich ihm die Aktienanteile nach Vertragsunterzeichnung. Gleichzeitig beschlossen wir, in der gesetzlich vorgeschriebenen Frist eine Verwaltungsratssitzung abzuhalten. Aber auch nach zwei Wochen, als die Verwaltungsratssitzung stattfand – nur mit uns beiden –, war das Geld noch immer nicht überwiesen worden. Mein Vertrauen schwand, doch Danegger kam mit einem Vorschlag, der mir völlig neu war: Er wollte eine Holdinggesellschaft gründen.

Inzwischen hatte er die Deferlenz-*Consulting AG* gegründet, in der er als einziger Verwaltungsrat sass. Diese Deferlenz sollte sich an der Verlagsgesellschaft beteiligen. Im Verwaltungsrat des Verlags sassen nun Danegger, Dr. Rüdiger von Canal, der mir schon in früheren Jahren in Deutschland beigestanden hatte, und ich.

Eine weitere Kapriole bestand darin, dass Danegger eine zusätzliche Aktiengesellschaft gründen wollte: die *Teamco-Invest AG* mit Dr. von Canal und mir als Verwaltungsräte sowie eine Gesellschaft, die *Sardona Versandhaus AG*, bei der nur ich mit Einzelunterschrift im Verwaltungsrat war. Was Danegger eigentlich damit bezweckte, war mir unklar. Überall war nun die Deferlenz Consulting mit Danegger als Generalbevollmächtigter dabei. Jetzt sass ich plötzlich in einer Reihe von Unternehmungen im Verwaltungsrat, hatte neunundvierzig Prozent der Aktien auf Depotleistungen, die Danegger auf einer Drittbank plazierte. Gleich viele Aktien besass Danegger über die Beteiligungsfirma Teamco Invest, und je zwei Aktien hatte Dr. von Canal in Händen, falls es zum Clinch kommen sollte. Das ganze war ziemlich verschachtelt, und mir blieb nichts anderes übrig, als Danegger Vertrauen zu schenken. Dr. von Canal glaubte mir, was ich von Danegger zu hören bekam und ihm weitergab.

Statt einen Treuhänder oder einen Rechtsanwalt zu konsultieren, nahm ich alles für bare Münzen. Zwar wollte ich einen Rechtsanwalt zuziehen, doch Danegger hielt mich davon ab, weil dies seiner Meinung nach gleich wieder einige tausend Franken gekostet hätte. Noch hatte ich das versprochene Geld, wie vereinbart, nicht erhalten; dieses sollte als Geschäftsanteil in der Teamco Invest und der Sardona Versandhaus AG stecken. Zu allem Elend sollte ich jetzt sogar meiner eigenen Gesellschaft sechzigtausend Franken schulden, die ich als Darlehen in die beiden Firmen Teamco Invest und Sardona Versandhaus noch nicht eingebracht hätte. Ich fragte mich bestürzt, was da eigentlich vorging. Den Durchblick hatte ich schon lange nicht mehr.

Obwohl ich bei der Sardona Versandhaus AG einziger Gesellschafter mit Einzelunterschrift war, wusste ich nicht einmal, wo sich das Geld dieser Gesellschaft befand. Zwar war das Geld vor der Gründung bei der Schweizerischen Bankgesellschaft in Glarus deponiert worden, es floss dann aber wieder ab. Wohin, hatte ich keine Ahnung. Denn als nach der amtlichen Publikation wieder über das Aktienkapital verfügt werden konnte, stand Danegger tags darauf in meinem Büro und verlangte für den Bezug des Geldes eine Unterschrift von mir, weil er die Gelder gewinnbringend anlegen wollte.

Langsam wurde es mir ungemütlich. Ich stellte Danegger zur Rede. Ich hätte eine Verantwortung zu tragen und wüsste überhaupt nicht, wo sich die

Gelder befänden. Inzwischen hatte er durch Verwaltungsratsbeschluss beim Verlag ebenfalls Einzelunterschrift erwirkt, und in der Folge wurden diesem erhebliche Geldmittel entzogen. Erst als der Belastungsbeleg von der Bank eintraf, wurde mir bewusst, dass hier nicht alles richtig lief. Danegger war mit allen Wassern gewaschen und spielte seine Trümpfe aus, weil er meine mangelhafte Rechtsgrundlage sehr rasch erkannt hatte. Jetzt verlangte er eine erneute Verwaltungsratssitzung der Verlagsgesellschaft, weil er von mir inzwischen wusste, dass ich Darlehensgeber Kälin, der sich ebenfalls am Verlag beteiligt hatte, als Sicherheit Aktien im Wert von dreissigtausend Franken aus meinen Anteil abgegeben hatte.

An dieser Verwaltungsratssitzung nahmen nicht nur Danegger und ich, sondern auch Kälins Treuhänder, Härter, teil. Es war nicht von der Hand zu weisen, dass mir die Überlegenheit der beiden anderen Partner schwer zu schaffen machte. Da Kälin von mir mit keiner treuhänderischen Vollmacht über der Aktien betraut worden war, hätten er oder sein Treuhänder auch kein Stimmrecht. Aber das wusste ich damals nicht, und dieses Manko machte mich von einer Stunde auf die andere zum Bettler. Denn jetzt erhielt Danegger mit der Stimme Härters *Carte blanche*, nämlich das Verwaltungsratspräsidium. Danegger konnte mich nun jederzeit vor die Türe setzen und würde dies bestimmt auch tun, wenn ich seinem Willen nicht entspräche. Ich war verzweifelt, weil ich einen derartigen Betrug nicht fassen konnte. Und mit einem solchen Menschen sollte ich im selben Büro arbeiten? Nein!

Ich war völlig verstört, versuchte Hilfe bei der Anwaltskanzlei Brodbeck in Glarus zu bekommen. Hilfe von dort zu erhoffen, war jedoch zwecklos. Zwar nahmen die Anwälte das Mandat an, schrieben Briefe an Danegger und an mich, machten aber Gespräche immer wieder vom ferienabwesenden Kollegen Brodbeck abhängig.

Ich ersuchte Dr. von Canal, der zu jener Zeit in St. Moritz Ferien machte, um Beistand. Er kannte sich aber in den Schweizer Gesetzen nicht aus, so dass wir gemeinsam in St. Moritz einen Rechtsanwalt aufsuchten. Dieser Anwalt berief sofort im Auftrag von Dr. von Canal und mir eine ausserordentliche Verwaltungsratssitzung der Teamco Invest und der Sardona Versandhaus AG ein und lud dazu auch Danegger ein. Obschon ich kein Geld mehr von irgend einem Geschäftskonto beziehen konnte, hatte ich immer noch die Firmen-Kreditkarte und bezog ein Hotelzimmer in St. Moritz.

Zum Sitzungstermin erschien Danegger ziemlich wütend und wollte zuerst mit Dr. von Canal reden. Dieser wollte aber nur im Beisein von mir und dem Rechtsanwalt ein Gespräch führen. Inzwischen wurde von Canal mit allen Details über Daneggers Machenschaften informiert, ebenso der Anwalt.

Danegger als angeblicher Generalbevollmächtigter der Deferlenz und Teamco-Invest hatte mich inzwischen aus der Sardona Versandhaus AG hinausgeworfen, obwohl dafür gar keine Sitzung einberufen worden war. Das entsprechende Protokoll war von Härter und Danegger unterzeichnet worden und bereits beim Handelsregisteramt zur Publikation hinterlegt.

Der Anwalt rollte nun den Tatbestand auf, und bei der Abstimmung, vor der Danegger immer und immer wieder versuchte, von Canal auf seine Seite zu ziehen, unterlag Danegger mit einem Stimmenverhältnis von zwei zu eins. Danach wurde vom Rechtsanwalt und Notar ein Protokoll aufgesetzt, das von Canal und ich unterzeichneten. Damit ging ich nun ebenfalls zum Handelsregisteramt Glarus und deponierte es dort. Buchführer Zweifel wusste nicht, was er tun sollte, weil Danegger bereits ein weiteres hinterlegt hatte und die angebliche Verwaltungsratssitzung in St. Moritz als illegal bezeichnete. Da aber mein Dokument von einem Anwalt und Notar verfasst und unterzeichnet worden war, konnte er nicht anders, als es zu akzeptieren.

Zur Zusammenarbeit mit Danegger war ich nicht mehr bereit. Denn dieser wollte, dass ich keinerlei Kompetenz mehr hätte. Ausgebootet und mit leergeräumten Konten stand ich da. Eine Hilfe waren die beiden Herren Anwälte Brodbeck und Marti gewiss nicht, obwohl ich sie für ihre Dienste bezahlen musste. Sie händigten vor meinen Augen der Gegenpartei die Büroschlüssel aus, obwohl die Rechtslage völlig unklar war und zuerst ein Gericht hätte entscheiden müssen.

Eine unglaubliche Sache.

Dann kam mir der Zufall zu Hilfe in Form einer Mitteilung der Migros Bank-Filiale Bern. Für das Gesellschaftskapital der Sardona Versandhaus AG sei von Dr. Danegger ein Depot mit Aktien der *Royal Dutch* eingerichtet worden. Einen Monat zuvor hatten diese Aktien einundsiebzig Franken und fünfzig Rappen das Stück gegolten. Durch die Fusion der Shell mit einer anderen riesigen Ölgesellschaft schnellte die Aktie der Royal Dutch auf einhundertfünf Fanken und fünfzig Rappen hoch. Das ergab eine Summe von einhundertsechzehntausend und hundertfünfzig Franken. Ich war bei unserer Firma damals das einzige Verwaltungsratsmitglied mit Einzelunterschrift. Da Danegger mir nicht einmal mehr soviel übrig liess, dass ich vom Verlag mein Gehalt beziehen konnte, fuhr ich nach Bern und besuchte die Migros Bank. Ich wies mich korrekt mit einem Handelsregisterauszug und den Personalpapieren aus und bezog von dort mein Gehalt. Im Nachhinein dachte ich, es wäre besser gewesen, ich hätte die ganzen Aktienpapiere an mich genommen, diese verkauft und hätte so wenigstens einen Teil des von Danegger geschuldeten Geldes zurückgehabt. Aber ich wollte weder als Betrüger noch als Dieb dastehen und vertraute aufs Gericht.

Danegger hatte inzwischen herausgefunden, dass ich bei der Gründung der Verlags AG eigentlich nur einhundertsiebzigtausend statt der angegebenen zweihunderttausend Franken eingezahlt hatte. Dies lag an der Bewertung der Aktivposten, die mir von der Treuhandfirma vorgelegt worden war. Auch wenn mich keine direkte Schuld traf, so hatte ich doch meine Unterschrift vor dem Notar abgegeben. Ein von einem Notar unterzeichnetes Schriftstück, dessen Inhalt nicht den Tatsachen entspricht, ist nach schweizerischem Strafgesetz strafbar. Eine solche Tat wird als «Erschleichung einer Falschbeurkundung» bezeichnet und im schlimmsten Fall mit Gefängnis bestraft.

Danegger wollte mich damit unter Druck setzen und machte diese Angabe gegenüber meinen Anwälten Marti und Brodbeck, die dann auf eine gütliche Einigung beider Parteien drängten. Ich fühlte mich betrogen und dermassen hintergangen, dass von einer Zusammenarbeit mit Danegger in keinem Fall mehr die Rede sein konnte.

Dieser machte nun das Mass voll: Er klagte mich nicht nur wegen Falschbeurkundung ein, sondern warf mich aus den eigenen Räumen, verlangte meinen Wagen, der auf den Namen des Verlags lief, und von den Rechtsanwälten auch noch die Schlüssel zu meiner Wohnung. Die Wohnung und das Büro waren zusammengelegt worden, weil ich damals alleiniger Gesellschafter war und keine separaten Räume brauchte. Danegger hatte nicht nur die wertvollen

Teppiche, Bilder und Bücher mitgenommen, sondern auch meine persönliche Habe. Kleider, die seinem Schwiegersohn Müller passten, durfte dieser mitnehmen. Private Akten, Fotos, Briefe und Unterlagen warf er in den Abfall.

Welche Abgründe sich da für mich auftaten, war grauenhaft. Auf einen Gerichtsentscheid hoffend, der Monate um Monate hinausgeschoben wurde und nach Meinung von Zivilgerichtspräsident Ryhner für mich wenig aussichtsreich wäre, da zuwenig Beweise vorlägen, wurde jedes Rechtsempfinden erschüttert. Inzwischen konnte Danegger alles an sich reissen und mich ruinieren. Ausser den Kleidern am Leib hatte ich nichts mehr.

In Zürich suchte ich eine Anwältin auf, nachdem ich festgestellt hatte, dass Danegger die Anwaltskanzlei Brodbeck völlig für sich eingenommen hatte und sie ihm offensichtlich eher glaubten, weil er einen Doktortitel hatte. Nun hauste Danegger in meinen privaten Räumen. Er gab mir weder die Kleider noch irgendwelche privaten Utensilien heraus. Auf diese Weise wollte er mich zwingen, die Verlagsgeschäfte wieder aufzunehmen, denn davon verstand er nichts. Und für die geplante Aktivitäten waren schon erhebliche Mittel ausgegeben worden, die zu verlieren Danegger sehr schmerzten. Schliesslich kam er noch dahinter, dass ich bei der Migros Bank in Bern vorstellig geworden war und dort Geld bezogen hatte.

Seine Wut war grenzenlos. Sie wurde noch gesteigert, weil meine Anwältin in Zürich mit ihm fertig zu werden drohte. Das schien für ihn den Bogen endgültig zu überspannen.

Seine Frau hatte das Geld in die Ehe gebracht, über das er nun nach Lust und Laune verfügte. Bei einer gerichtlichen Verhandlung erklärte sich Danegger wenigstens bereit, die privaten Effekten herauszurücken. Diese waren in einem Koffer zusammengedrückt. Beim Öffnen stellten wir fest, dass Danegger darübergepinkelt haben musste; die Kleider stanken erbärmlich nach Urin. Sie waren nicht mehr zu gebrauchen.

Da der Koffer angeblich an einem allgemein zugänglichen Ort im Keller gelagert worden war, konnte Danegger nicht bewiesen werden, dass er es gewesen war. Für eine wissenschaftliche Untersuchung des Vorfalls hätte das Gericht wiederholt einen sehr hohen Kostenvorschuss verlangt. Es war zum Verrücktwerden: Bei allem, was ich tat, Danegger schien immer die Oberhand zu behalten, und mir wurde klar, dass es keinen Zweck hätte weiterzustreiten.

Von Untersuchungsrichter Schubiger wurde ich wie ein Verbrecher behandelt. Zuerst hörte er Danegger an, der ihm die Falschbeurkundung bei der Gründung der Verlagsgesellschaft und weiss was erzählte. Als ich endlich an die Reihe kam, war ich vor Schubiger bereits abgestempelt. Gab es ausser meiner Anwältin, Frau Doris Slongo, überhaupt jemanden, der mir in dieser Situation beistand? – Ich war verzweifelt und zornig. Zu allem Überfluss verlangte die Anwaltskanzlei Brodbeck für ihren Verrat auch noch tausend Franken von mir. Mich ärgerte, dass ich die Royal Dutch-Aktien nicht gleich mitgenommen und verkauft hatte. Aber ich wollte nicht noch mehr mit den Gerichten zu tun haben.

Die ganze Angelegenheit spielte sich in knapp zwei Monaten ab. Vormals hatte ich etwas Vermögen besessen, und jetzt musste ich buchstäblich um Arbeit betteln gehen. Frau Slongo führte in der Klageschrift gegen Karl Danegger aus: «Tatsache ist nämlich, dass das Vermögen von Daniel Heim für die beiden Firmen Teamco-Invest AG und Sardona Versandhaus AG durch unlautere Machenschaften des Mitaktionärs Dr. K. Danegger von der Verlags AG abgezogen wurde – zur Verwendung für gesellschaftsfremde Zwecke. Es kann nicht angehen, dass durch einen willkürlichen, die elementarsten Rechte einer Prozesspartei verletzenden Entscheid dem Beschwerdeführer der angehobene Prozess verunmöglicht wird.»

Danegger hatte sich in seiner Wut soweit gesteigert, dass er, nachdem er der Verlags-Gesellschaft das Inventar und sämtliche Geldmittel entzogen hatte, das Unternehmen in Konkurs gehen liess. Ein Jahr zuvor hatte der Verlag mit einen Reingewinn von über hundertdreiundneunzigtausend Franken abgeschlossen.

Jetzt schoss Danegger den Vogel ab: Der Gerichtsbeschluss, mit dem ich Danegger zwingen wollte, die privaten Unterlagen herauszurücken, konnte nicht vollzogen werden, weil ein Inventar fehlte und Danegger sich hartnäckig weigerte, ein solches in seinem Beisein durch mich erstellen zu lassen. Das Gericht befand es auch nicht für nötig, vorsorgliche Massnahmen zu treffen, zum Beispiel bis zur Klärung des Falles durch Versiegeln der Räume, weil jetzt Mieterin eine Dr. Danegger gehörende Firma war. Danegger hatte alles, was ihm wertvoll erschien, nach Bern zu sich nach Hause genommen. Mietverträge wurden auf seinen Namen geändert und Postfächer geschlossen, so dass ich keine Post mehr – nicht einmal meine persönliche – abholen konnte. Auch meinen bezahlten Wagen hatte er durch die Polizei beschlagnahmen lassen. In einem Brief schrieb Danegger an die Anwälte Brodbeck & Marti, dass er soeben von Frau Dr. Doris Slongo «einen sehr anmassenden Brief erhalten habe». Er beschuldigte sie der Verleumdung und des wirtschaftlichen Nachrichtendienstes. Ausser diesen stupiden Tiraden behauptete Danegger immer wieder, «dass Heim seine Engelsgeduld überstrapaziere ... und er jetzt Mittel finde, um mit aller Schärfe gegen ihn vorzugehen...»

Ich musste wohl annehmen, dass dieser Mann von übelster Gesinnung war. Seine ganze Niederträchtigkeit bestand nur darin, Recht zu bekommen, wo er keines verdiente. Wenn die Justiz normalerweise auch sehr schnell reagiert, so liess sie mich hier völlig im Stich. Danegger hatte mich zwar bestehlen können, er hat mich aber nicht dazu gebracht, wieder mit ihm zusammenzuarbeiten. Ich hätte auch raffiniert sein und wieder einsteigen können, um mich meiner Habe zu bemächtigen und den Partner dann im Stich zu lassen. Das ist jedoch nicht mein Stil. Bei soviel Betrug, Demütigung und Beleidigung mag ich immer noch nicht hassen, aber ich bin wenigstens konsequent und will mit solchen Leuten nichts mehr zu tun haben.

Ein Unglück kommt selten allein: Durch die Anzeige Daneggers wegen des Geldbezuges bei der Sardona Versandhaus AG wurde ich erneut zum Verhör geladen. Frühere Anklagen in anderen Fällen, die mich betrafen, aber weniger auf deliktischen, vielmehr auf Unwissenheit und Fehlerhaftigkeit beruhten, waren noch beim Bezirksamt Gaster in Uznach hängig. Sie wurden über Jahre verschleppt, weil der dortige Untersuchungsrichter überfordert war. Jetzt aber – nach fast zehn Jahren – wollte Bezirksammann Edi Widler mit aller Strenge gegen mich vorgehen, nachdem Danegger bei ihm gewesen war und eine ganze Reihe von willkürlich erfundenen Strafanträgen gestellt hatte.

Wieder schenkte man jemandem mit einem Doktortitel mehr Glauben als mir. Ausserdem waren die verschiedenen hängigen Strafanträge nicht nur grösstenteils verjährt, sondern bloss zivilrechtlichen Charakters. Widler lud mich vor und hatte bereits einen Haftbefehl ausgestellt. Da er damit nicht behelligt werden wollte, setzte er einen Freund und Rechtsanwalt im Dorf, Hugo Waibel, als ausserordentlichen Untersuchungsrichter ein. Eine Vetternwirtschaft ohne gleichen! Was sollte ich da noch für ein Recht erwarten? – Hatte es überhaupt einen Sinn zu kämpfen? Den materiellen Verlust hätte ich verschmerzen können, aber von einem voreingenommenen und bornierten Bezirksammann hinter Schloss und Riegel gesetzt zu werden, das war zuviel.

Noch zu Beginn der achtziger Jahre galt ein weiblicher Anwalt besonders auf dem Lande nichts. Wie immer, wenn eine Frau in eine Männerdomäne eindringt, erfährt sie die primitivsten Unterstellungen und unwürdigsten Behandlungen seitens ihrer Kollegen. Eine Vorläuferin dieser weiblichen Juristen war die Zürcher Anwältin Doris Slongo, Doktor der Rechte und Privatdozentin an der Universität Zürich. Sie half vor allem sozial Schwachen, und ich hatte sie kennengelernt, als ein Jugendlicher von der städtischen Behörde in eine Verwahrungsanstalt eingeliefert werden sollte. Auch wenn ich nicht den ganzen Hintergrund dieses jungen Menschen kannte, so rüttelte mich der Fall seinerzeit doch sehr auf und ich wurde an meine eigene Vergangenheit erinnert. Doris Slongo sorgte damals vor Gericht dafür, dass es für den jungen Mann nicht ganz so schlimm herauskam, wie befürchtet.

Als ich mit den beiden mir heute fragwürdig erscheinenden Juristen Widler und Waibel in Uznach zu tun hatte, erinnerte ich mich wieder an sie. Wie geringschätzig, ja feindselig sich ihre männlichen Kollegen einer Berufskollegin gegenüber benahmen, beweist, wie wenig sie ernstgenommen wurde. Jeder Winkeladvokat hätte mehr Beachtung gefunden als diese wirklich fähige Juristin Doris Slongo.

Gerichtsverfahren wurden ihretwegen verschleppt, Beschwerden und Gegenklagen fast mit sträflichem Leichtsinn behandelt oder abgewiesen. Wie überall musste hier eine Frau zehnmal mehr ihren «Mann» stellen. Selbst dann wurde sie von hämischen bis missbilligenden Attitüden ihrer Kollegen nicht verschont. Immer wieder hatte ich hören müssen, es wäre besser, einen männlichen Juristen beizuziehen, weil eine Frau hinter den Herd gehöre, von solchen Dingen nichts verstehe und vor allem nicht die erforderliche Erfahrung mitbringe.

Meine Aktienanteile der Verlags AG hatte ich bei meiner Rechtsanwältin Slongo hinterlegt. Sie sollten einerseits vor einer Beschlagnahme durch Danegger geschützt sein, andererseits zur Deckung der entstehenden Kosten von rund zehntausend Franken für das Anwaltshonorar und das Rechtsverfahren dienen. Von der Teamco-Invest und der Sardona Versandhaus AG wurden mir von Danegger nie Aktienzertifikate ausgehändigt, obwohl ich dort zu fast fünfzig Prozent beteiligt gewesen war. Auf

Anraten der Anwältin wurde die Anfechtung des Generalversammlungsbeschlusses beantragt, da Danegger wissentlich und willentlich sich mit dem völlig inkompetenten Härter zusammengetan hatte und als angeblich Generalbevollmächtigter gehandelt hatte. Weil die Aktien von Danegger nie bezahlt wurden, galten die in seinem Besitz befindlichen immer noch als mein Eigentum.

Danegger setzte sich mit Untersuchungsrichter Waibel in Verbindung, der unverzüglich ein Rechtshilfeersuchen an die Zürcher Staatsanwaltschaft richtete.

In einer turbulenten Aktion mit über zwei Dutzend Polizisten wurde der Personenlift und der Treppenaufgang der Anwaltskanzlei von Dr. Slongo abgeriegelt. Der Chef der Sicherheitspolizei erschien mit einer Staatsanwältin im Büro der Anwältin. Ich war zugegen – und mitten im Gewühl stand auch Danegger. Er gab dem Untersuchungsrichter an, ich hätte inzwischen *seine* Aktienanteile des Verlags neu ausgestellt, um für den Generalversammlungsbeschluss in den Besitz der Mehrheit zu kommen. Denn ordnungsgemäss war Danegger – trotz seines unrechtmässig gehaltenen Aktienanteils – zu einer neuen ausserordentlichen Generalversammlung am Sitz meiner Anwältin auf diesen Zeitpunkt eingeladen worden. Jetzt wollten die Staatsanwältin und Danegger prüfen, ob die dessen Anschuldigungen zuträfen.

Zuerst verweigerte Dr. Slongo den Zugriff. Auf die von der Staatsanwältin erhobenen Verdächtigung und Anschuldigung Daneggers hin und nicht zuletzt, weil ein erneuter Straftatbestand vorzuliegen schien, gab sie Einblick in die Akten. Allerdings verlangte sie, dass Danegger sich aus dem Büro entfernte, was dann auch geschah. Danegger schaute mich voll abgrundtiefen Hasses an und glaubte schon, als Sieger hervorzugehen. Mir war keine Verfehlung nachzuweisen. Danegger hatte den Untersuchungsrichter Waibel, die Zürcher Staatsanwältin und die aufmarschierte Polizei schön zum Narren gehalten! Mir wäre ein solches Schelmenstück nicht einmal in den Sinn gekommen. Und wenn schon, dann hätte ich mich vorher bestimmt von meiner Anwältin beraten lassen.

Danegger wurde ziemlich hämisch stehen gelassen; keiner wechselte ein Wort mit ihm. Dadurch wuchs sein Zorn noch mehr. Auch für Waibel war diese Niederlage eine herbe Enttäuschung. Er liess sich eine anderen Taktik einfallen, nämlich, er müsse mich inhaftieren lassen, um mich von der schützenden Anwältin zu entfernen.

In der Schweiz einmal in Haft genommen, verlässt man das Gefängnis nicht wieder ohne die Zustimmung des Untersuchungsrichters – und das kann unter Umständen Jahre dauern. Zwar ist es möglich, bei der Anklagekammer des jeweiligen Kantons zu rekurrieren. Ein wenig geübter Schreiber oder einer, der sich in den Gesetzen nicht auskennt, hat als Inhaftierter keine Möglichkeit, sich diesen Fallstrikken zu entziehen und ist oft völlig behördlicher

Willkür ausgeliefert. Eigentlich sollte das Gesetz gelten, dass jemand so lange als unschuldig gilt, bis er verurteilt ist. Ein Land, das beispielhaft für soziale Hilfe und Menschenrechtsverletzungen einsteht und dennoch so mit seinen eigenen Gesetzen umgeht...

Wie dem auch sei, einige Tage später klopfte es morgens früh um sieben Uhr an meine Wohnungstür, und lautstark, damit es die Nachbarn auch wirklich hören sollten, brüllte eine Männerstimme:

«Aufmachen, Polizei. Aufmachen!»

Als nicht gerade geöffnet wurde, weil ich zuerst in die Kleider schlüpfen wollte, polterten die Männer an die Tür. Als ich endlich aufschloss, überrannten mich zwei Männer, durchsuchten die ganze Wohnung, ob sich darin noch jemand befinde, während ein Dritter unter dem Türrahmen stand. Ich wollte wissen, was das eigentlich soll. Da kam kurz und bündig die Antwort:

«Sie müssen mitkommen! Sie sind verhaftet.»

Ich fragte ziemlich aufbrausend:

«Wer sagt das? Und wer hat Ihnen überhaupt den Auftrag gegeben?»

Der zweite Polizist antwortete prompt und unverschämt:

«Das wirst du dann schon sehen! Wir sind nicht verpflichtet, dir etwas zu erklären. Zuerst kommst du mit.»

Ich wollte die Anwältin anrufen, doch das Telefonieren wurde mir verboten. Ebenfalls durfte ich nichts weiter mitnehmen als ein paar Kleidungsstükke, Zahnbürste, Seife und das Rasierzeug. Ich wurde in einen Wagen gepfercht, während die Nachbarn vor den Wohnungstüren standen und verdutzt, aber neugierig zusahen. Sie konnten sich keinen Reim auf das Geschehen machen.

Zuerst ging es in die Polizeikaserne, wo ich in einen Raum mit einer langen Bank gesperrt wurde. Nach etwa einer Stunde kam ein Beamter, und ich musste ihm meine Personalien angeben. Ausweispapiere, Geldbeutel, Schuhriemen und Gurt wurden mir abgenommen. Wieder vergingen zwei Stunden. Dann kamen zwei Beamte herein, legten mir Handschellen an und führten mich wieder zu einem Auto. Sie fuhren mich zum Zürcher Hauptbahnhof, wo ich erneut in eine kleine Zelle, die knapp einen Quadratmeter mass, gesperrt wurde. Es dauerte nochmals über eine Stunde, bis geöffnet wurde und mich zwei Polizisten durch den bevölkerten Bahnhof führten. Jedermann konnte sehen, dass die Polizei hier einen Delinquenten begleitete ins Gepäckwagenabteil eines Zuges, in dem sich ein Käfig befand. Erst dort wurden mir die Handschellen abgenommen, und ich wurde eingesperrt. Hinausschauen konnte ich nicht. Das Fenster war aus Milchglas und verriegelt. Nur unter der Türe hatte es einen Lüftungsschlitz. Ich setzte mich auf die Bank und wartete. Mit keinem Wort war mir mitgeteilt worden, wohin die Fahrt ging und was mit mir geschehen würde.

Ich kam mir wie im Kreml vor, wenn man von der Geheimen Staatspolizei festgenommen wird und in ein Gulag verfrachtet wird. Es war für mich unvorstellbar, dass so etwas mit einem Menschen in der ach so rühmlichen Schweiz geschieht, der noch nie mit der Polizei oder mit der Strafjustiz zu tun gehabt hatte.

Der Zug fuhr nach Rapperswil, wo ich wieder von zwei Beamten in Handschellen abgeführt, in ein Auto gestossen und dann in ein fensterloses Keller-Verlies gesteckt wurde. Da ich in engen Räumen unter Angstzuständen leide, geriet ich in eine ungeheure Beklemmung, so dass ich dauernd an die Türe hämmerte. Schliesslich kam Untersuchungsrichter Waibel, zeigte mir einen roten Zettel, der ein Haftbefehl war, und den ich jetzt, nachdem er mir eine lange Liste von Anklagepunkten vorgelesen hatte, unterzeichnen sollte. Ich tat es natürlich nicht, weil ich seine Vorwürfe als haltlos und konstruiert betrachtete und nicht anerkannte. Ausserdem verlangte ich die Anwältin zu sprechen. Er erklärte mir, das Schweizer Strafgesetz lasse ein solches Anliegen nicht zu und demzufolge könne diesem Wunsch auch nicht entsprochen werden. Ich bekam einen Weinkrampf, weil ich es in dem engen, nur mit einer schwachen Funzel beleuchtete Keller, der als Gefängniszelle diente, nicht länger aushielt.

Schliesslich beauftragte Waibel einen Polizeibeamten, den zuständigen Bezirksarzt zu holen. Alle meine Anstrengungen, Waibel klarzumachen, dass die Gründe für die mir gemachten Vorwürfe teilweise auf Missverständnissen und Unwissenheit meinerseits beruhten, weil ich von gewissen geschäftlichen Vorgängen überhaupt keine Kenntnis oder Ahnung gehabt hatte, führten zu nichts. Er wollte hart durchgreifen, und es wurde von ihm – obwohl er genau wusste, dass ich kein Krimineller war – ein «voller Erfolg» verlangt.

Inzwischen war der Bezirksarzt gekommen, der mich untersuchte, um die Hafterstehungsfähigkeit abzuklären. Da der Arzt meinen desolaten Zustand sofort erkannte, empfahl er, mich in eine psychiatrische Klinik überführen zu lassen. Jedenfalls wollte er nicht daran schuld sein, wenn der Delinquent sich etwas antun sollte. Daraufhin wurden die beiden Polizisten beauftragt, mich in die psychiatrische Klinik nach Wil zu fahren.

Zuerst sollte ich aber zur polizeilichen und erkennungsdienstlichen Registrierung nach St. Gallen überführt werden, wo man mich bei der Kantonspolizei fotografierte und Fingerabdrücke nahm. Erst dann ging es in die psychiatrische Klinik.

Diese ist in verschiedene Trakte eingeteilt. Ich kam – was zu erwarten war – in die geschlossene Abteilung. Das Aufnahmegespräch erfolgte sehr liebenswürdig und ausserordentlich einfühlsam durch den zuständigen Oberarzt, einen Ungarn. Er beruhigte mich, ging auf meine Angstzustände ein und hörte mir aufmerksam zu. Über das gegen mich eingeleitete Verfahren konnte er jedoch überhaupt nichts sagen. Ich war der Meinung gewesen, der Arzt sei vielleicht über meine Situation orientiert worden. Er sagte aber, nur für den psychischen Zustand eines Patienten verantwortlich zu sein. In jedem Fall werde er beantragen, dass ich erst einmal zur Beobachtung auf seiner Station bleiben könne.

Der Abteilungsarzt war ein kleiner, noch junger zänkischer Geselle und glich eher einem Polizeispitzel. Er meinte, ich würde simulieren und wäre absolut haftfähig. Ich fragte mich, ob er vielleicht von Untersuchungsrichter Waibel oder von Widler angehalten worden sei, dafür zu sorgen, dass ich möglichst schnell ins Gefängnis komme. Jedenfalls hielt sich dieser Koller ständig in meiner Abteilung auf und kontrollierte mich, was mich nervös machte.

Dann sah ich die Not und das Elend anderer Patienten, die nur darunter litten, krank zu sein. Wirklich krank an Geist und Seele. Sie schrien und heulten, dass Gott erbarme.

Eine Frau kannte ich von meiner Knabenzeit her. Sie war mit dem Wirt des Glarner Bahnhofrestaurants verheiratet und nicht mehr fähig, ihre Arbeit zu verrichten. Diese Frau hatte zwei Kinder, die sie besuchten. Es schmerzte, wenn man den Zerfall eines Menschen, den man kennt, mitverfolgen muss. Die Frau weinte fast den ganzen Tag, weil ihr Mann nun angeblich mit einer Serviertochter ein Verhältnis hatte. Ob ihre Angaben stimmten, weiss ich nicht, weil ich wie sie eingeschlossen war. Sie galt als stark suizidgefährdet und musste in der geschlossenen Abteilung bleiben.

Waibel kam mit einer Sekretärin zweimal in der Woche, um mich über die verschiedenen mir vorgeworfenen Straftaten zu befragen. Das dauerte Stunden um Stunden.

Auf meine Frage, wann ich wieder nach Hause gehen könne, meinte Waibel:

«Warten wir's einmal ab. Zuerst müssen Sie alles zugeben, was die Strafanträge betrifft, sonst müssen Sie, sobald die Hafterstehungsfähigkeit bestätigt ist, bis zur Gerichtsverhandlung ins Gefängnis zurück.»

Ich fragte: «Wann ist denn diese Verhandlung?»

Waibels Antwort: «Das kann je nach Belastung der Gerichte ein halbes Jahr oder länger gehen.»

Ich geriet in eine unsägliche Unruhe, stand auf und ging hin und her.

Der Untersuchungsrichter forderte mich auf:

«Setzen Sie sich wieder hin. So können wir die Befragung nicht durchführen.»

«Nein, ich will jetzt nach Hause. Ich gehöre weder in ein Gefängnis noch in diese Psychiatrische Anstalt!» entgegnete ich trotzig.

«Gut, wenn Sie nicht kooperieren, kommen wir erst wieder, wenn Sie im Gefängnis sind. Dann dauert's eben noch länger.»

Ich wusste nicht, was tun. Was sind das für Gesetze! In jedem andern europäischen Land muss sogar ein Schwerverbrecher nach der Befragung wieder freigelassen werden, wenn die Schuldfrage nicht eindeutig geklärt ist. Und selbst dann kann man gegen Kaution freikommen.

«Ich werde an den Bundesrat schreiben», schrie ich verzweifelt.

«Tun Sie das!» antwortete Waibel lakonisch, der sich offenbar in keiner Art und Weise beeindrucken liess.

Nun wurden alle komplexen Anschuldigungen Stück für Stück aufgegriffen. Was die Gründung der Neuen Buchhaus AG betrifft, war ich zwar mitschuldig, weil ich dabei gewesen war. Während mir beim Buchverlag in Glarus wohl ein Rechenfehler unterlaufen sein musste. Jetzt, wo alle Vorwürfe zusammengetragen worden waren, musste ich selbst zugeben, dass es sich dabei um einige strafrechtlich relevante Tatbestände handelte. So die nicht angegebenen Aktien der Verlags AG, der Besitz des Rolls Royce und anderer Gegenstände, die ich dem Betreibungsamt verschwiegen hatte. Zwar war ich nicht vorbestraft, und sicherlich würden diese Delikte allein nicht so schwer wiegen. Doch die anderen strafbaren Tatbestände, die ich vielleicht zuwenig sorgfältig bedacht hatte oder in die ich unwissend hineingeschlittert war, wurden mir nun ebenfalls angelastet. In diesen Fällen war ich zumindest der Mittäterschaft beschuldigt.

Die Klagen wegen betrügerischen Konkurses, Schreilechners Anschuldigungen und die von Danegger – mit Ausnahme des offenbar nicht vollständig liberierten Aktienkapitals –, auch die von Jonasch machten mir kein Kopfzerbrechen, weil sie ganz einfach nicht berechtigt waren. Waibel wollte mir aber alles anhängen und setzte mich mit Drohungen laufend unter Druck. Ich musste Protokolle unterzeichnen mit dem Passus, alle Angaben freiwillig gemacht zu haben, damit sie vor Gericht gegen mich verwendet werden konnten. Es stimmte einfach nicht. Waibel wollte den grosse Staatsanwalt spielen und brauchte dazu einen verängstigten, im Umgang mit den Gesetzen und ihren Fallstricken unbeholfenen Delinquenten.

In der Schweiz werden materielle Delikte viel höher bewertet als menschliche Schicksale. Ein Schwerverbrecher kommt in diesem Land oft wesentlich glimpflicher davon als einer, der materielle Schäden, Verlust von Gütern, verursacht. So kann der alkoholisierte Verantwortliche für einen Unfall mit tödlichem Ausgang meist nach Hause gehen, während jemand, dem ein materielles Delikt vorgeworfen wird, inhaftiert wird. Das Schweizer Strafgesetz schützt also materielle Güter besser als Leib und Leben...

Während meines Aufenthaltes in der Klinik wurde für das Gericht wieder ein psychiatrisches Gutachten erstellt. Dafür wurden alle früheren Gutachten von Frau Dr. Gerig angefordert. Wiederum so typisch: Kein Psychiater wollte oder konnte ein Gutachten machen, wenn bereits eines besteht. Er brauchte Einsicht, um vom andern einfach den Inhalt zu übernehmen. In zwei Sitzungen war es der Psychiaterin offenbar gelungen, mich völlig zu «durchleuchten». Die testpsychologische Untersuchung wurden vom klinischen Psychologen Faoro durchgeführt.

In seinem Untersuchungsbericht schrieb er, «dass die Werte am oberen Rand des Niveaus, insbesondere eine gut ausgeprägte Kombinationsfähigkeit und geistige Beweglichkeit festgestellt wird». Ich frage mich, wie er dazu kam. Denn er hatte mir bloss ein Blatt Papier gegeben, auf dem eine Reihe von Fragen stand, die ich zu beantworten hatte. Fragen allgemeiner Art, nichts Besonderes. Als kombinationsfähig muss er mich eingestuft haben, nachdem ich Klötze zusammengebaut hatte, die er mit der Stoppuhr in der Hand vor mich hinstellte. Oder er gab mir die Aufgabe, eine Figur zu zeichnen. Das war alles! Sollte damit etwa bewiesen werden, was in meinem Gehirn vorging? Mir scheint, ich hätte ebensogut zu einer Wahrsagerin gehen können, die mir aus dem Kaffeesatz etwas vorgaukelte.

Die Psychiaterin war da schon etwas konsequenter: Sie fragte mich über persönliche Dinge aus. Ich sollte ihr etwas über mich erzählen, meinte sie. Und in der Tat begann ich, von meiner Jugend in Heimen und Anstalten zu berichten. Doch kaum fünf Minuten später war ich bereits wieder bei meinen «Geschäften». Ich erzählte von meinen diversen Unternehmungen, meinen Misserfolgen, Problemen – nur nichts über mich. Immer wieder erinnerte sie mich daran, dass sie eigentlich etwas über mich wissen wollte. Ich war ganz einfach nicht imstande, etwas über mich zu erzählen, weil es darüber nichts zu sagen gab.

Nie hatte ich einen Gedanken an mich oder an meine Vergangenheit verschwendet. Was gewesen ist, war und ist vorbei; es kann nicht zurückgeholt werden. Niemals hatte ich mit jemandem über Persönliches gesprochen. Daher wusste ich darüber nun wirklich nichts. – Es machte tatsächlich den Anschein, als wäre ich völlig vereinsamt. Keine zwischenmenschliche Beziehung existierte. Ausser Geschäftsleuten kannte ich niemanden, und mich interessierte ausser den Geschäften, die selten gut liefen, kaum etwas. In Mussestunden gab ich mich der Literatur und der Musik hin. Ich lebte und war dennoch tot. Es war eine völlig fremde Welt, in der ich lebte. Ich nahm an, dass mich Menschen immer enttäuschten, weil ich vielleicht selbst ein Täuscher war.

Was steckte wirklich in mir? Plötzlich wurde mir bewusst, dass ich bisher völlig neben dem Leben hergegangen war. Das wollte ich der Psychiaterin lieber nicht erzählen, obwohl sie möglicherweise längst dahintergekommen war. Sie schrieb denn auch in ihrem Gutachten, ich würde die Realität scheuen und dies beruhe auf einer überstarken Idealvorstellung. Es musste da in der Tat eine Persönlichkeitsstörung (Psychopathie) geben im Sinne eines Geltungsbedürfnisses, das sich in Konfrontation mit einer idealen Selbstdarstellung und doch das Fehlen eines Selbstwertgefühls bemerkbar machte.

Der Untersuchungsrichter hätte es wohl gerne gesehen, wenn ich zu Verwahrung oder Bevormundung verurteilt worden wäre. Dieses Ansinnen wurde jedoch von Dr. Gerig vehement abgelehnt, weil sie darin für ihren Exploranden weder einen Sinn noch einen Grund sah. «Die konstatierte Störung des psychischen Gesundheitszustandes wird in einem Erklärungszusammenhang mit den begangenen Delikten gebracht; sowohl seine Einsicht, als auch seine Willensfähigkeit zu einsichtigem Handeln seien in der Delinquenz herabgesetzt gewesen und zwar in mittlerem Masse», schrieb Gerig.

Nach Abschluss dieser Untersuchung wurde mir mitgeteilt, ich komme nun in eine andere Abteilung. Es war die offene, weil ich auch bei Spaziergängen nie den geringsten Versuch gemacht hatte zu fliehen.

In der neuen Umgebung gab es einen berüchtigten Krankenpfleger, besser gesagt ein Oberpfleger. Schwierige Fälle wurden immer in seine Abteilung verlegt. Dieser Oberpfleger machte von Anfang an deutlich, dass er ein probates Mittel für jeden Ungehorsam oder bei Fluchtversuchen hätte. Er pflegte dann die Patienten so eng in nasse Bettlaken zu schnüren, dass sie Platzangst und Atemnot bekamen. In dieser Form wurden sie zwei bis drei Wochen ans Bett gebunden. Während dieser Zeit wurde jeder Arzt von dem Patienten ferngehalten, damit sie angeblich von dieser Schweinerei nichts mitbekommen sollten und nicht zur Verantwortung gezogen werden konnten.

Nun wunderte es mich nicht mehr, nach allem, was ich bis jetzt erlebt hatte, dass das Bundesgericht sich täglich mit Beschwerden und Rekursen herumschlagen muss. Ich war ja nicht der einzige, der unter solchen Übergriffen litt. Es gibt viele Ausländer, die in Auslieferungshaft sitzen und nicht nur von den Untersuchungsbehörden, sondern auch von der Polizei schlecht und unfair behandelt werden. Unser «Musterland Schweiz» hebt sich also nicht gerade rühmlich von anderen Staaten ab...

Alle Pfleger waren grosse, starke Männer. Jener Oberpfleger behauptete, sie hätten bisher jeden zurückbekommen, der versucht habe zu fliehen. Es war beängstigend, und mir kommt beim Schreiben in den Sinn, dass diese Foltermethode im kommunistischen Russland bei unliebsamen Bürgern in psychiatrischen Kliniken angewandt wurde. Offensichtlich hat man auch in der Schweiz sehr schnell gelernt...

All dies hätte mir nichts anhaben können, aber als mir Waibel bekanntgab, am nächsten Montag würde ich in eine Haftanstalt verlegt, weil inzwischen vom Chefarzt meine Hafterstehungsfähigkeit bestätigt worden sei, überlegte ich: Heute war Freitag. Wenn es mir gelingen sollte zu fliehen, dann jetzt. Ganz egal, was nachher passieren würde. Es war das erste Mal in meinem Leben, dass ich vor einer Sache davonlaufen wollte. Aber mir blieb nichts anderes übrig.

Ich rief meine Anwältin an und sagte ihr, sie solle nicht überrascht sein, wenn bald etwas geschehe. Mehr wollte ich ihr nicht verraten, damit sie nicht in die Sache verwickelt würde. Aber sie muss etwas gemerkt haben. Dass ich mir im jetzigen Zustand etwas antun würde, schloss sie aus, obwohl meine Briefe an sie erdrückend und verzweifelt waren. Ich wollte ihr gegenüber wenigstens etwas andeuten.

Für die Flucht musste ich alles bereithalten. Zum Glück hatte man mir bei der Einweisung in die Klinik den Geldbeutel mit den Ausweisen und die Wohnungsschlüssel zurückgegeben. Ich brauchte also bloss den Sprung zu wagen und wollte es ziemlich geschickt anstellen, obschon ich in solchen Sachen keine Erfahrung hatte. Zwar las ich nie Krimis, aber ich war doch schlau genug zu wissen, was ich unbedingt zu meiden hätte, weil die Polizei bestimmt innert zwei bis drei Stunden nach mir suchen würde...

7. KAPITEL

Die Flucht

Die beste Zeit, dachte ich, wäre nachmittags gegen sechzehn Uhr. In einem unbeobachteten Augenblick tat ich, als ginge ich zur Kapelle, die einige Häuser entfernt lag. Sollte mich jemand fragen, könnte ich glaubhaft machen, dass ich dorthin wollte. Aber es war mitten in der Arbeitszeit, und niemand kümmerte sich um mich.

Ich ging zuerst ruhig aus dem Areal. Selbst wenn man mich jetzt angehalten hätte, hätte ich immer noch sagen können, ich ginge spazieren. Das war ja nicht verboten. Dann überquerte ich die Strasse, ging zwischen den Häusern hindurch und verschwand. Jetzt musste alles schnell und unauffällig gehen; auf jeden Fall hatte ich den Bahnhof zu meiden, denn dort würde man zuerst nach mir suchen. Aber davor brauchte ich im Moment keine Angst zu haben: Vor dem Nachtessen, so gegen achtzehn Uhr, würde mich kaum jemand vermissen.

Ich nahm den Weg querfeldein Richtung Winterthur und gelangte bei Sirnach zum Murgbach. Inzwischen hatte es bereits zu dunkeln begonnen, und ich dachte, es wäre vielleicht am besten, Autostopp zu machen, denn auf der Strecke nach Winterthur wollte ich nicht gesehen werden. Man sollte annehmen, ich würde nach Zürich in meine Wohnung gehen.

In der Tat hielt auf mein Winkzeichen ein Wagen mit einer Frau am Steuer. Sie fragte, wohin ich wolle, und ich sagte, nach Zürich oder jedenfalls in diese Richtung. Sie wollte allerhand anderes wissen, und ich musste ihre Fragen beantworten, um mich nicht verdächtig zu machen. Zur Erklärung, warum ich Autostopp mache, sagte ich, mir sei in einer Kneipe das Portemonnaie gestohlen worden, worin sich auch das Bahnbillet befand. Sie bedauerte mich aufrichtig und meinte, sie könne mich etwas vor Winterthur auf einen Bahnhof bringen, um eine andere Möglichkeit zu finden weiterzukommen. Immerhin schien sie mir zu glauben, was mich beruhigte. Offenbar sah man mir die Angst und Verzweiflung über meine Flucht nicht an.

An einem Bahnhof, dessen Name mir entfallen ist, hielt sie an, und ich ging zum Schalter und fragte, wann der nächste Zug nach Zürich fahre. In einer guten halben Stunde sollte einer ankommen; ich war recht froh darüber. Nun musste ich auch noch dem Bahnbeamten erklären, warum ich kein Billet hätte und dass er mir eines geben sollte. Zum Glück hatte ich einen Ausweis bei mir, den ich vorweisen konnte. Bei uns ist es so, dass jedem Bürger, der einen gültigen Ausweis bei sich trägt und kein Geld besitzt, ein Billet für die Fahrt an seinen Wohnort abgegeben wird. Allerdings stellt dann die Bahn

Rechnung, damit der Fahrgast die Gebühr im nachhinein bezahlen kann. Ich erklärte, dies noch am selben Tag von Zürich aus zu erledigen.

Der Zug war kaum besetzt, trotzdem hatte ich den Eindruck, alle Fahrgäste gafften mich an. Ich wurde nervös; vielleicht würde das einer merken. Als der Schaffner kam, reichte ich ihm mein Ticket, und er entwertete es. Er sagte sogar, ab Winterthur hätte ich einen Schnellzugsanschluss nach Zürich, was mir sehr willkommen war. Aber aufpassen musste ich auf alle Fälle, ob irgendwo die Polizei lauerte. Meine Furcht stellte sich als völlig unbegründet heraus.

In Zürich hatte ich genügend Zeit, noch auf die Post zu gehen und alles Geld von meinem Konto abzuheben. Es waren einige tausend Franken, die als Notgroschen gedacht waren. Wieder zurück auf dem Hauptbahnhof, fragte ich am Schalter, wann der nächste Zug nach England führe. Ich hatte anscheinend Zeit bis abends zweiundzwanzig Uhr. Nun ergriff ich auch gleich die Gelegenheit, das erhaltene Bahnbillet zu bezahlen. Dann musste ich noch ein paar Sachen für die Reise zusammenpacken.

Mit der Strassenbahn fuhr ich zur vorletzten Station meines Zuhauses. Auf Schleichwegen näherte ich mich dem Haus, wo ich damals wohnte. Hinter einem Strauch versteckt beobachtete ich ziemlich lange, ob sich irgend etwas Verdächtiges tat. Ich hätte mich jetzt zu verhalten wie ein Polizist, der auskundschaftet. Nach einer Viertelstunde wagte ich mich näher; nur die Strassenlampen beleuchteten die Szenerie.

Als wäre nichts los, ging ich auf dem Gehsteig am Haus vorbei. Der Eingang blieb dunkel; niemand schien dazusein. Ich überlegte, vielleicht wartet ein Polizist vor der Wohnung oder auf der Kellertreppe und tritt sofort in Aktion, sobald er hört, dass jemand die Etage betritt, wo es bloss zwei Mieter gab. Ich wollte absolut sicher sein. Deshalb ging ich ums Haus herum, schaute zu meiner Wohnung und prüfte, ob dort Licht brannte. Das traf zum Glück nicht zu.

Langsam pirschte ich weiter ums Haus, versteckte mich aber sofort, wenn jemand ein- oder ausging. Dann versuchte ich es: Ich stand im Eingang, das Licht brannte. Ich schaute nach oben, ob sich vielleicht dort jemand aufhielte. Ich nahm vorsichtig Stufe um Stufe. Nun öffnete ich die Wohnungstür, um sie rasch von innen abzuschliessen. Zuerst sah ich nach, ob alle Rolläden unten waren. Denn wenn mich jemand erwartete, wäre das Herunterlassen sicher das Signal zum Stürmen. Mit einem ganz schwachen Licht, das im Korridor brannte, packte ich einige Kleider in den Koffer und ging dann gleich wieder weg, zum Bahnhof, wo ich das Gepäck in ein Schliessfach verstaute. Anschliessend ging ich zum Reservationsschalter und buchte einen Platz im Liegewagen nach London.

Es war erst abends um halb acht Uhr, und ich hatte noch viel Zeit. Meine Befürchtung war, nachts um zehn Uhr würden sich nicht mehr viele Leute auf dem Bahnhof aufhalten und die Polizei, die dort immer Kontrollgänge vornimmt, könnte mich finden. Ich durfte den Zug also erst in letzter Minute besteigen und musste auch dies in aller Ruhe tun, um nicht durch Nervosität oder ängstliche Hektik aufzufallen.

Ich rief einen Kollegen an, der seit kurzem mit einer Amerikanerin verheiratet war, und bat ihn, mein ganzes neues Tafelservice und den Rest meiner Kleider an sich zu nehmen, weil ich vorläufig ins Ausland gehen müsse. Wohin, sagte ich natürlich nicht, denn ich musste ja annehmen, dass die Polizei auftauchen und ihn befragen könnte, wenn er gerade die Wohnung räumte. Jürg ist eine ehrliche Haut und kann nicht lügen. Ich durfte ihm meinen Aufenthaltsort also keinesfalls verraten.

Er war über meine Probleme nicht im Bild. Daher konnte er nichts ausplaudern, auch wenn ihn die Polizei befragen sollte. Wie ich ihn kannte, bekäme er bestimmt einen mächtigen Schock, wenn man ihn über mich ausfragte. Und er würde sich sicher ernstliche Sorgen um mich machen.

Fünfzehn Minuten vor Abfahrt durchmass ich ruhigen Schrittes die Bahnhofshalle und ging zum Bahnsteig. Plötzlich standen zwei Polizisten vor mir. Zuerst erschrak ich heftig, merkte dann aber, dass sie sich nur miteinander unterhielten und vorbeigingen. Aus ihrem Funkgerät quakte und knackte es dauernd. Jetzt ging ich etwas zügiger mit dem Koffer in der Hand auf den Zug zu, schaute nach der Wagennummer und stieg ein. Irgendwo musste mein Name stehen. Aber nichts war dort zu lesen, obschon auf meinem Ticket die Wagen- und Abteilnummer angegeben waren. So betrat ich denn das abgedunkelte Abteil. Alsbald kam der Schaffner und verlangte meine Fahrkarte. Er sagte, da das ganze Abteil leer sei könne ich schlafen, wo ich wolle. Ich bat ihn, die Türe abzuschliessen, sobald wir abgefahren seien. Ich musste ihm noch meinen Pass aushändigen, weil die Passkontrolle nicht im Abteil vorgenommen wurde. Da es sich um französische Zollbeamte handelte und wir über Basel fuhren, war kaum anzunehmen, dass ich noch Gefahr lief, von irgendwem abgefangen zu werden.

Überhaupt hatte ich viel zu grosse Angst und nahm mich für viel zu wichtig. Weder war Interpol an mir interessiert, noch wusste die Zürcher Polizei bisher etwas von meinem Verschwinden, ich war also noch nicht steckbrieflich gesucht. Aber die Erfahrung der letzten Wochen hatte mich gelehrt, vorsichtig zu sein.

Langsam setzte sich der Zug in Bewegung und rollte aus dem Bahnhof. Endlich konnte ich mich wenigstens hinlegen und eine Decke über mich ziehen. Der Schaffner hatte auch Kissen gebracht, und das Abteil wurde geschlossen. Erst jetzt, wo ich mich sicher glaubte, fühlte ich mich unsäglich müde. Die Angst, wieder in die Hände der Häscher zu fallen, und nicht zuletzt die drohende «Wickelstrafe», wie sie die Patienten in der Psychiatrie nannten, hatten mich sehr ermüdet. Trotzdem konnte ich nicht einschlafen. Das «Tok-to-tok» der Räder liess mich nicht zur Ruhe kommen. Noch hatten wir die Grenze nicht passiert.

Irgendwann hielt der Zug an. Es war in Basel. Aber dann fuhr er über die Grenze, und ich hörte draussen laute Stimmen Französisch sprechen. Waren wir also bereits auf ausländischem Boden. Nach etwa einer Viertelstunde fuhr der Zug erneut los, und ich muss doch eingeschlafen sein. Tags darauf gegen zehn Uhr erreichte der Zug die Küste am Ärmelkanal.

Endlich konnte ich aussteigen und einen Kaffee trinken, denn ich wusste, in England schmeckt der scheusslich. Dort trinken sie nur den für mich damals grässlichen Tee. Dann kam die Überfahrt mit dem Schiff, das zwischen Calais und Dover hin- und herpendelt. Es herrschten stürmische Winde und dichter Nebel. Das Blöken des Nebelhorns war mir fremd und wirkte beunruhigend. Ich beobachtete die anderen Fahrgäste, die sich teils über die Reling beugten, sich teils in Decken hüllten; die meisten blieben aber auf dem geschlossenen Deck. Es gab da auch Imbissbuden, wo man alles Mögliche kaufen konnte. Mein Geld hatte ich unter dem Hemd versteckt, weil ich nicht Gefahr laufen wollte, bestohlen zu werden. Dann hätte ich allerdings keine andere

Möglichkeit gehabt, als zurückzufahren, obwohl das Billet nur für die Hinfahrt galt.

In Dover wurden alle Passagiere von der Einwanderungsbehörde kontrolliert und befragt. Eine Frau in Polizeiuniform fragte mich, was ich in England wolle. Da ich mich noch zuwenig gut ausdrücken konnte, vermied ich mühseliges Gestikulieren und sagte, ich wolle Englisch lernen. Sie fragte mich, wo ich wohnen und in welchem Institut ich lernen werde. Ob ich eine schriftliche Bestätigung der Schule hätte oder so. Nein, das hatte ich nicht. Und wohnen? – Ach ja, es gab da doch viele Namen von Hotels, die ich von früher her bestens kannte. Hätte ich das Londoner Dorchester, das Savoy, das Ritz oder ein anderes Erstklasshotel genannt, in denen ich – in guten Zeiten – abgestiegen war, hätte sie mir sicherlich nicht über den Weg getraut. Dann wäre ich eher mit einem Erstklassticket der Swissair in Heathrow gelandet. Und die Zimmer wären dann bereits gebucht, was bei der Nachfrage jederzeit bestätigt würde. Jetzt war ich aber ziemlich angeschmiert. Ich sagte, dass ich eine Pension aufsuchen und mich erst dann orientieren werde, welche Schule ich besuchen wolle. Es gab ein langes Hin und Her. Jedenfalls quatschte sie pausenlos auf mich ein, und ich nickte immerzu. Vermutlich schimpfte sie mit mir, ohne dass ich sie verstehen konnte. Sie drückte schliesslich einen Stempel in den Reisepass mit dem Vermerk, ich hätte das Land innert drei Monaten wieder zu verlassen.

O.k., drei Monate waren für mich im Moment noch eine lange Zeit. Bis dahin würde sich sicherlich eine Lösung finden lassen.

Von Dover über Ashford, Maidstone in die City von London sind es einige Stunden. In der Victoria Station stieg ich aus, ging die Treppe hoch und begann, eine günstige Absteige zu suchen. Eigentlich hätte ich dafür ein anderes Stadtviertel wählen müssen. Denn hier im Gebiet von Westminster gibt es höchstens grosse, teure Hotels. – In der Nähe von Eaton Place fand ich ein kleines Garnihotel mit einigermassen vernünftigen Preisen. In solchen Herbergen muss man immer im voraus bezahlen, und da ich noch Geld wechseln musste, wollte ich dies nicht unbedingt dort tun. Wahrscheinlich hätte der Portier die fremde Währung auch gar nicht angenommen. Ich fragte den Portier, ob ich wenigstens das Gepäck stehen lassen könnte. Nun ja, er gab mir sogar das Zimmer, weil ich offensichtlich einen ehrlichen Eindruck machte. Dort konnte ich meine Sachen auspacken und duschen; von der langen Reise war ich müde und verschwitzt.

Es war gegen fünfzehn Uhr, und ich fragte den Portier, wo die nächste Bank sei. Er gab mir eine kleine fotokopierte Skizze. Es war eine unscheinbare Bankfiliale der Chase Manhattan Bank. Der Schalterbeamte verlangte wegen der grossen Scheine in Schweizer Franken meinen Pass. Er machte eine Kopie davon und wechselte anschliessend das Geld. Natürlich tauschte ich nur einige hundert Franken ein. Ich hatte noch die Idee gehabt, alle meine Geldscheine zu kopieren, damit ich im Falle eines Diebstahls die Nummern hätte. Immer, wenn ich einen Geldschein wechselte, strich ich von da an mit einem dicken roten Strich die Kopie des entsprechenden Geldscheins durch. So wusste ich, welchen Schein ich eingelöst hatte.

Der Portier nannte mir eine Reihe von Sprachschulen, die ich aufsuchen wollte. Ich schlenderte durch die grosse Stadt und schaute da und dort hinein. In der Nähe des Piccadilly Circus fand ich dann eine Schule, die mir ganz gut gefiel. Junge Leute aus verschiedenen Ländern ging da ein und aus. Auch Schweizer gab es dort, doch ich wollte keinen Kontakt mit ihnen.

Die Lehrerin, Mrs. Lesley Campton, war entzükkend. Sehr jung und amüsant. Die Schüler wurden in unterschiedliche Klassen eingeteilt. Es gab immer wieder welche, die mitten in einem laufenden Kurs einstiegen oder auch aufhörten. Obwohl das Kursgeld im voraus bezahlt werden musste, wurde bei einem Austritt nichts zurückerstattet.

Ich kam in eine Klasse mit Anfängern, weil ich die Sprache unbedingt von Grund auf lernen wollte. Die Schüler kamen aus Skandinavien, dann gab es auch Franzosen, Belgier, Nordafrikaner, Griechen, Italiener, Deutsche und sogar Araber. In meiner Klasse war ich der einzige Schweizer. Es wurde nur englisch gesprochen. Zwar wurde hin und wieder untereinander französisch oder deutsch parliert, was die Lehrerin allerdings unterband. Der Unterricht war insgesamt locker, so dass man mit Freude mitmachte. Einige verliebten sich sogar – wenigstens die männlichen Schüler – in die hübsche Lesley Campton. Erstaunlich, wie schnell ich mich in wenigen Tagen von meiner tiefen Depression erholte.

Ich überlegte und rechnete, früher oder später würde sich bei mir bestimmt ein finanzieller Engpass einstellen, wenn ich längere Zeit in der Pension bliebe. Denn das kostete mich pro Nacht sechzig Pfund. Darum fragte ich Lesley, ob sie nicht etwas billigeres wisse. Sie war erstaunt, dass ich überhaupt in einer Pension abgestiegen war. Im Sekretariat meldeten sich laufend *Landladies*, wie die Vermieterinnen in England genannt werden, die Studenten aufnahmen. Ein männlicher Vermieter heisst *Landlord*.

Lesley gab mir die Adresse einer Dame, die ziemlich weit vom Zentrum wohnte, in Brentwood. Es handelte sich um eine grössere Gartensiedlung mit typisch englischen Backsteinhäusern und weissen Fenstern, die quer unterteilt und nur hochgeschoben werden können. Auf mein Klopfen öffnete eine rundliche Frau mit grauen, strähnigen Haaren. In ihrem Rücken kläffte ein Spitz-Bastard. Ich zeigte der Frau, die sich Mrs. Mary Higgins nannte, den Zettel der Schule. Sie fragte mich, aus welchem Land ich komme und wie lange ich zu bleiben gedenke. Meine Antwort, die Herkunft betreffend, schien sie zu beruhigen. Sie fand nämlich, Schweizer seien immerhin etwas zivilisierter. Nicht ganz so wie die Engländer, aber immerhin. Auf die wiederholte Frage nach der Dauer meines Aufenthalts sagte ich: Mindestens drei Monate. Sie meinte darauf, ob ich denn an Weihnachten nicht nach Hause fahre, weil sie dann nämlich ihren Schwiegersohn mit dessen Familie erwarte. Überdies betonte sie, ihr Schwiegersohn sei Polizist. Über alles und jedes im Haus existiere ein Inventar, falls etwas abhanden käme – ich muss einen knallroten Kopf bekommen haben. Daraufhin überlegte ich ernsthaft, ob ich bei dieser Frau bleiben wollte. Eine solche Unverschämtheit brauchte ich mir wirklich nicht gefallen zu lassen.

Ausserdem sagte sie, sie habe von meiner Schule schon etliche Studenten gehabt. Auch jetzt hätte sie noch jemanden bei sich einquartiert, eine Japanerin. Sie wolle dann kein Techtelmechtel unter ihrem Dach, schimpfte sie. Sie sei eine angesehene Person in der Grafschaft, sitze im Kirchenvorstand und in anderen sozialen Institutionen. Ich versicherte Mrs. Higgins, sie könne unbesorgt sein. Weder hätte ich im Sinn, etwas zu stehlen, noch würde ich eine ihrer Mieterinnen schwängern. Darauf bekam *sie* einen roten Kopf, weil sie ganz offensichtlich nicht erwartet hätte, dass ich bereits soviel Englisch konnte.

Sie zeigte mir das Zimmer im oberen Stock; es schien sauber zu sein. An den Wänden hingen in schwarzen Holzrahmen alte, vergilbte Fotografien ihres Mannes. Sie erklärte, dies sei ihr längst verstorbener Mann und sie wolle die Bilder dort lassen, wo sie seien. Es sei sein Zimmer gewesen.

Ich dachte, der Mann könne froh sein, nicht mehr mit ihr zusammenleben zu müssen. Eigentlich war ich immer noch unsicher, ob ich das Zimmer nehmen sollte, da nannte sie mir den Preis. Fünfundvierzig Pfund pro Wochen müsse sie schon haben. Darin sei das Frühstück inbegriffen, *english* oder *continental*, ganz wie ich es wünsche. Wenn ich aber ein Nachtessen wolle, koste dies zusätzlich.

Das Bad lag unmittelbar neben meinem Zimmer. Baden dürfe ich nur einmal in der Woche, sonst müsse ich dafür einen Zuschlag bezahlen. Toilettenwäsche müsse ich selber mitbringen. Die Bettwäsche würde nur einmal im Monat gewechselt. Leider hatte ich keine andere Wahl, als vorerst ja zu sagen. Dann verlangte sie im voraus den Preis für die erste Woche.

Sie zeigte mir noch das Wohnzimmer, wo ein Fernseher stand. Darum herum waren ein Fauteuil und ein Sofa gruppiert. Demonstrativ sprang der Hund aufs Sofa.

«Das ist *sein* Platz», sagte die Wirtin.

«In der Stube dürfen Sie sich nur in meiner Gegenwart aufhalten. Und das Fernsehgerät darf nur von mir bedient werden.»

Das ist wirklich ein Herzchen, dachte ich mir und wusste nicht, was ich von dieser unmöglichen Landlady halten sollte. Zu schade, dass ich bereits die erste Miete bezahlt hatte, sonst wäre ich jetzt mit meinem Koffer bestimmt wieder in die Pension zurückgegangen. Aber ich musste mich eben wegen des Geldes einschränken.

Dann fragte sie mich, ob ich eine Tasse Tee wünsche, was ich freundlich ablehnte. Das verstand sie absolut nicht. Wie konnte man bloss seinen Gastgeber dermassen brüskieren und Tee, *das* Getränk in England schlechthin, verweigern? Was für ein Barbar ich doch war! Aber eben – er kommt vom Kontinent, dachte sie sich sicher. Auch bei ihrem Vorschlag, eine warme Milch zu nehmen, blieb ich standhaft und sagte, ich brauche im Moment wirklich nichts.

Sie schaltete den Fernseher ein, und ich nahm auf ihre Veranlassung hin auf dem Sofa Platz. Lange konnte ich es dort aber nicht aushalten, weil die losen Stahlfedern mir ins Gesäss und auf den Rücken drückten.

Die Higgins fragte mich, ob ich in einer Partei sei, weil in den TV-Nachrichten gerade Mrs. Thatcher eine Tirade gegen die «wilde Streikhorde» losliess. Die Kohlenminen wurden geschlossen, und die Polizei hatte alle Mühe, mit den Streikenden fertigzuwerden.

«Dieser Kinnock», erklärte Mrs. Higgins, «ist der schlimmste. Er wiegelt die ganze Sippe auf. Man sollte ihn vierteilen!»

«Haben Sie denn kein Verständnis für die Nöte dieser Leute?» fragte ich.

«Ganz und gar nicht», gab sie resolut zu. «Ich unterstütze die Premierministerin. Schliesslich habe ich sie gewählt!»

Sie schien mein Erstaunen richtig zu deuten.

«Ja ja», beteuerte sie, «ich habe sie gewählt. Sie gehört meiner Partei an, und ich bin für sie schon auf die Strasse gegangen. Wir hatten einen Riesenerfolg.»

Ich dachte bloss, diese Mrs. Higgins würde tatsächlich zur Eisernen Lady passen.

«*Sorry*, die Bergleute müssen doch einen Grund haben, dass sie sich gegen die Zechenbesitzer auflehnen. Wäre es da nicht das kleinere Übel, ihnen einen Schritt entgegenzukommen?»

Mrs. Higgins musterte mich eine Zeitlang, um dann zu fragten: «Sind Sie Kommunist? – Oder Sozialist?»

«Ich bin überhaupt in keiner Partei. Aber was würde es schon ändern, wenn ich Kommunist oder Sozialist wäre?»

Die Landlady schien etwas von ihrer Strenge zu verlieren, als sie nun hörte, dass ich weder in der einen noch in der andern Partei war. Sie meinte nur:

«Unsere Regierungschefin ist nicht umsonst, was sie ist. Sie kann es sich doch nicht leisten, dass ihr eine Gewerkschaft auf der Nase herumtanzt. Sie musste schon hart bleiben, als die Druckergewerkschaft gegen die Modernisierung aufstand. Diese Leute wollen einfach nicht mehr arbeiten. Im Drukkereigewerbe gibt es viele Leute, die nichts tun müssen, sondern nur da sind, um den Lohn zu kassieren. Das ruiniert unsere ganze Wirtschaft.»

Unser Gespräch wurde durch ein Klopfen unterbrochen. Eine Asiatin kam herein. Eine hübsche, zierliche, sehr freundliche Japanerin. Mrs. Higgins stand auf und machte uns gegenseitig bekannt.

«Das ist Mister Home from Switzerland», und zu mir gewandt, sagte sie: «Das ist Miss Yuki Ya... Yaga.»

Die Japanerin korrigierte: «Yagushi, Yuki Yagushi», verbeugte sich leicht und zeigte mit schüchternem Lächeln zwei herrliche weisse Zahnreihen.

«Ja, das ist Miss Yuki Yagushi. Sie ist seit einem Monat hier und studiert Wirtschaft in einer Bank. – Ich kann mir nicht vorstellen, was es in einer Bank zu studieren gibt. Da gibt's doch nur Geld!» meinte die Wirtin herablassend.

Dann wandte sie sich wieder Yuki zu: «Haben Sie Hunger, wollen Sie etwas essen?»

Das Mädchen bedankte sich und lehnte freundlich ab. Sie habe bereits nach Büroschluss in der Stadt gegessen. Auch ich hatte keinen Hunger und teilte ihr das mit, nachdem sie auch mich gefragt hatte. Für sich holte sie dann in einem Teller Biskuits aus der Küche, die sie zum Fernsehen knabberte. Der Hund lag immer noch der Länge nach auf dem Sofa, so dass sich bloss eine Person danebensetzen konnte. Offenbar wusste auch Yuki von den Stahlfedern und setzte sich nicht. Ich hatte genug für heute. Ich sagte, ich würde zu Bett gehen, es sei für mich ein langer Tag gewesen. Ausserdem müsse ich noch auspakken.

Yuki war sehr freundlich und wollte mir den Vortritt ins Bad lassen. Aber ich bat sie, ihre Dinge ruhig zu erledigen, weil ich noch zu arbeiten hätte. Sie sagte, sie habe schon von der Schweiz gehört – vor allem von deren Banken, der Schokolade und vom Käse. Nun ja, dachte ich, wer hat das nicht...

Am andern Morgen war bereits das Frühstück aufgetischt. Mrs. Higgins fragte mich, ob ich Tee, Kaffee oder Kakao möchte. Tee konnte ich damals nicht ausstehen, und der Kaffee ist in England miserabel. Sogar in den besten Hotels gibt es keinen geniessbaren. Also entschied ich mich für Kakao. Da konnte wenigstens nicht viel verdorben werden, ausser mit saurer Milch. Der Kakao schmeckte wirklich gut, und ich blieb künftig dabei.

Ich musste um acht Uhr wegfahren, damit ich um neun in der Schule war, obschon die U-Bahnen sehr häufig und schnell fuhren. Sie hielten alleweil, und je näher wir der City von London kamen, desto mehr Fahrgäste stiegen ein. Bei der Haltestelle King's Cross hatte ich umzusteigen, um zum Piccadilly zu gelangen. Ich kam durch Gassen an einem Morgenmarkt vorbei, kaufte dort einen Apfel und eine Orange und ging dann zum Unterricht.

Es gab immer Schüler, die sich verspäteten. Vor allem die Südländer, aber auch die aus dem Nahen Osten, kamen regelmässig zu spät. Das war man hier scheinbar gewöhnt, denn die Lehrerin machte nie eine Bemerkung. Und Schulen gibt es natürlich haufenweise. Da durfte der Lehrkörper die Schüler nicht schelten, sonst wäre ihnen die halbe Klasse davongelaufen. Aus diesem Grunde wurden die Gebühren immer monatlich oder quartalsweise im voraus eingezogen. Wenn ein Schüler die Lektionen verpasste, war das seine Sache und nicht Schuld der Schule. Der Unterricht dauerte von morgens neun bis halb eins und von vierzehn bis sechzehn Uhr. Er war sehr kurzweilig, weil Lesley, die Lehrerin, von jedem Schüler immer wieder etwas über dessen Land und die Bräuche dort wissen wollte. Es war sozusagen ein Geographie- und Geschichtsunterricht über die verschiedenen Herkunftsländer der Schüler. Gleichzeitig lernten sie sich auf ihre Weise englisch auszudrücken.

Selbstverständlich erhielt man auch Aufgaben: Sprechübungen, Wörter, Deklinationen und so fort. Noch nie im Leben habe ich etwas so schnell und leicht gelernt, wie hier in London. Wenn es das Wetter zuliess, ging die Lehrerin mit uns auch in die Stadt, um Sehenswürdigkeiten anzuschauen. Gleichzeitig erhielten wir so Einblick in die englische Geschichte und den Alltag der Engländer. Jeden Tag wurde abgestimmt, was wir uns ansehen wollten. Das eine Mal ging es in die Westminster Abbey und in den St. James Park, oder man sah sich die Horse Guard vor dem Buckingham Palace an. Ein anderes Mal besuchten wir die National Gallery und das House of Parliament, dann wieder zogen wir durch die Bond Street bis zum Oxford Circus. Einmal gingen wir auch ins grösste Warenhaus der Welt, ins Harrods, eine Sehenswürdigkeit. Es gab wirklich viel zu bestaunen und zu bewundern. Auch die versteckten Gassen Londons wurden uns gezeigt.

An regnerischen Tagen besuchten wir meistens Museen. Nur das Gruselkabinett der Madame Tussaud wollte ich nicht sehen. Da ging ich schon lieber in den Königlichen Botanischen Garten mit den wunderschönen victorianischen Gewächshäusern. Es war das schönste und beeindruckendste, was ich in Gartengestaltung je gesehen habe. In aller Pracht blühten Blumen und Bäume, als befände man sich im Garten Eden.

«Mister Home – Sir!» schrie Mrs. Higgins mich an, und ich liess vor Schreck fast die Glaskaraffe fallen, «hier in der Küche haben Sie nichts verloren. Das ist mein Reich, und ich dulde es nicht, dass sich jemand ausser mir in der Küche aufhält!»

Ich hatte den verklebten und verschmierten Wasserkrug reinigen wollen, der seit über einer Woche auf dem Frühstückstisch stand. Und da Mrs. Higgins auf mein Rufen hin nicht erschienen war, dachte ich, es lieber schnell selbst zu erledigen. Miss Yuki und ich hatten schon darüber die Nasen gerümpft. Auch die Gläser waren schmutzig; Speisereste vom Vortag lagen noch auf den Tellern, und das Besteck trug ähnliche Spuren. Nun konnte ich auch feststellen, warum die Landlady vermutlich niemanden in der

Küche haben wollte: Der Hund frass aus der Pfanne! Yuki hatte gemeint, alle Engländer seien so, weil jede Hausfrau darauf bedacht sei, ihr Geheimnis zu wahren...

Ich entgegnete Mrs. Higgins: «Ich habe nicht spionieren, sondern nur die Karaffe auswaschen wollen.»

«Egal, was sie wollten, Sir. Ich dulde es nicht, dass jedermann in meine Küche spaziert und sich bedient.»

«Und was ist mit dem Hund? Darf der hier sein und aus den Töpfen fressen? Ich habe nichts angerührt, ausser dem Wasserhahn!»

Damit schien ich den wunden Punkt zu treffen: Sie riss mir die Karaffe aus der Hand und befahl mir, mich unverzüglich wieder ins Esszimmer zu begeben. Ich erzählte Yuki, was ich gesehen hatte und dass ich hier nie mehr essen wollte.

Japanerinnen verfügen über eine eiserne Disziplin, und Yuki wollte es mit der Wirtin nicht verderben, obwohl sie mir rechtgeben musste. Sie wollte diese Mahlzeiten sukzessive absetzen. Nicht zuletzt, weil das Frühstück in der Miete inbegriffen war. Mir war das gleichgültig. Ich wollte lieber irgendwo einen Kakao aus einem Automaten herauslassen, als diese schmuddlige Angelegenheit weiter ertragen. Ich fragte mich auch, warum mein weisses Frottétuch so schmutzig war; ich musste es jeden zweiten Tag wechseln. Ausserdem waren immer viele schwarze Haare dran. Ich war drauf und dran zu vermuten, Yuki würde sich mit meinem Tuch die Haare trocknen. Heute abend wollte ich sie deswegen zur Rede stellen.

Ausnahmsweise ging ich früher nach Hause in der Absicht, einen Brief zu schreiben. Als ich überraschend ins Bad trat, stand Mrs. Higgins mit meinem Tuch in der Hand und trocknete ihren Köter ab, den sie gerade gebadet hatte. Ich war entsetzt, und die Landlady erschrak sehr, weil sie mich nicht so früh erwartet und vor allem auch nicht gehört hatte.

Ich hätte jetzt Krach schlagen können, doch ich hielt es für besser, mir so kurz vor Weihnachten keinen Ärger einzuhandeln. Vor allem, weil die Wirtin immer wieder betonte – und hoch angab –, wie gut ihr Schwiegersohn als Polizist sei. Ob das bloss eine Einschüchterungsfinte war, wusste ich nicht. Vielleicht war er ja nur irgendwo Wachmann, doch woher sollte ich so etwas erfahren? Was aber, wenn er wirklich Polizist war und vielleicht aus der Schweiz Erkundigungen über mich einzog? – Nein, ich musste mich am Zaum halten.

Abends fragte ich dann Mrs. Higgins, ob ich fernsehen dürfe. Sie bemühte sich, ausnehmend freundlich zu sein. Vermutlich wollte sie wieder gut machen, dass sie ihren Hund ständig mit meiner Frottéwäsche trocknete. Der Hund schlief auch in ihrem Bett.

Nun wagte ich es, mich in der Stube auf einen besseren Platz zu setzen. Tatsächlich, dort wo der Hund jeweils der Länge nach lag, waren die Sprungfedern noch intakt! Als Mrs. Higgins hereinkam, trottete ihr der Hund nach. Er setzte sich vor mich hin und schaute mich unentwegt an. Als ich mich nicht rührte, weil im Fernsehen gerade von einem neuerlichen Bombenanschlag der IRA vor dem Warenhaus Harrods berichtet wurde, bellte er los. Ich fragte Mrs. Higgins, was er denn hätte.

Sie sagte: «Sir! Sie sitzen auf *seinem* Platz!»

«Und? Der kann doch auch auf dem Boden liegen.»

Dann kam energisch der Einspruch: «Aber es ist *sein* Platz! Er war vor Ihnen da. Wer zuerst kommt, malt zuerst!»

«Wollen Sie damit sagen, ein Hund habe mehr Rechte, als ein zahlender Mieter?»

Sie blieb stur: «Es ist mein Hund, und ich entscheide, was in diesem Hause geschieht, Gentleman.»

Da sie mich ohnehin zu Weihnachten weghaben wollte, entschied ich in den nächsten Tagen, das Haus zu verlassen.

Am Sonntag fragte ich meine Gastgeberin, wo die Kirche sei. Zwar war ich noch nie in einer anglikanischen Kirche gewesen, wollte aber unbedingt vor meiner Abreise dorthin, weil ich wieder in eine innere Unruhe geriet.

Mrs. Higgins meinte, sie werde heute im Gottesdienst mitwirken, und ich solle ruhig mitkommen. Also schloss ich mich ihr an.

Die Kirchenglocke läutete bereits, und wir machten uns auf den Weg. Sie erklärte mir, dass sie jedesmal einen Wecker mitnehme, um genau zu wissen, wann sie die Lesung zu beenden habe. Sie packte das Monstrum von einer Uhr in der Kirche aus und erklärte mir, wo ich zu Beginn draufdrücken müsse, um den Mechanismus in Gang zu setzen. Die Glocke dürfe dann aber nur einmal ein ganz kleines Geräusch von sich geben.

Mrs. Higgins war von rundlicher Gestalt, eine Frau jener Sorte, wie man sie oft in Heimen und Anstalten als Erzieherinnen antrifft. Sie watschelte zum Lesepult und begann zu sprechen. Ich schaltete die Uhr ein, und nach zwanzig Minuten schrillte der Wecker tatsächlich los. Ich versuchte krampfhaft, das Ding zum Schweigen zu bringen, doch alles Drücken und Drehen nützte nichts. Feindselige Blikke trafen mich. Ich bekam einen roten Kopf, und Mrs. Higgins kam herbeigeeilt, riss mir den Wecker aus der Hand und setzte ihn mit einem Faustschlag ausser Funktion. Überall sah ich missbilligendes Kopfschütteln, hörte dann Flüstern. Vor allem die Frauen taten das, während die Männer eher unbeteiligt zu mir herüberschauten. Am meisten verstimmt zeigte sich Mrs. Higgins. Sie glaubte wahrscheinlich, ich hätte das absichtlich getan. Jedenfalls war sie leichenblass geworden und meinte, ich hätte sie vor der ganzen Gemeinde blamiert.

Nach der Kirche gab es einen Apéro, wie sie das nannten. Tee für die Damen, einen kleinen Sherry für die Männer. Mrs. Higgins stellte mich bei ihren Leuten als «Swissman» vor, der bei ihr wohnte. Prompt kam vom Geistlichen die läppische Bemerkung, ob wir in der Schweiz unsere Kuckucksuhren ebenfalls in die Kirche mitnähmen. Dabei lächelte er hämisch, als sei die Sache mit dem Wecker meine Schuld gewesen. Ich verkniff mir eine Antwort.

Am Vorabend hatte mir Yuki, die an Weihnachten ebenfalls aus dem Haus musste, ein Andenken gegeben: einige japanische Yen-Münzen. Ich habe sie heute noch.

Ich wusste nicht, wohin ich gehen sollte. Ich hatte bereits vor Tagen meinem Kollegen, Paul Hefti, mit dem ich früher reiten gegangen war, angerufen und ihm meine hoffnungslose Lage erklärt. Er sagte, ich könne über die Festtage jederzeit zu ihm nach Hause kommen. Er besass im Zürcher Weinland ein grosses, schönes Landhaus, das er seinerzeit mit seiner zweiten Frau erworben hatte. Jetzt war er wieder geschieden und hatte eine Freundin.

Auch mit Frau Dr. Slongo hatte ich mehrmals telefoniert. Sie sagte, sie sei von der Polizei befragt worden, ob sie wisse, wo ich sei. Da sie jedoch ein Anwaltsmandat von mir hatte, verweigerte sie die Auskunft. Im übrigen habe sie bereits gedacht, ich hätte etwas vor, als ich sie damals letztmals von der Klinik aus anrief. Auf die Frage, was ich tun solle, da ich von Paul Hefti eingeladen worden sei, meinte sie, der müsse aufpassen, wenn er wüsste, dass ich polizeilich gesucht werde, dass er nicht in ein Strafverfahren wegen Beihilfe zur Flucht und Begünstigung hineingezogen werde. Es gäbe wahrscheinlich nichts anderes, als mich in der Schweiz der Polizei zu stellen. Aber ich sollte erst einmal nach Hause kommen. Meistens würde die Suppe nicht so heiss gegessen, wie sie gekocht wird...

Es war ein herrlicher Dezembertag und gar nicht kalt, als ich den Zug nach Dover bestieg. Immerhin hatte ich jetzt nach dem Knast etwas Luft bekommen. Darum versuchte ich, die Angelegenheit möglichst in Ruhe anzugehen.

Über dem Kanal war es fast windstill. Das Abteil, das ich im Zug via Basel nach Zürich bekam, war vollbesetzt. Sehr sogar. Aber ich musste unbedingt zurück, wollte mich der Sache stellen. Eine dauernde Flucht wäre nichts für mich.

Um acht Uhr abends erreichte ich Zürich und rief gleich Paul an, damit er mich vom Bahnhof abholen komme. Ich sass im Bahnhofbuffet erster Klasse und dinierte. Paul kam, schüttelte den Kopf und fragte:

«Wie geht's?»

Ich hob unsicher die Schulter.

«So, wie ich die Sache sehe, wirst du dich stellen müssen.»

«Ja, das sehe ich auch so. Aber nicht jetzt – vor Weihnachten.»

«Das verstehe ich. Bei uns kannst du vorläufig bleiben. Dir muss aber etwas einfallen.»

Ich nickte und erzählte, ich hätte auch bereits mit der Anwältin gesprochen. Sie meinte, ich solle mich mit Waibel, dem Untersuchungsrichter, in Verbindung setzen und ihm sagen, dass ich mich im Laufe des Januars wieder bei ihm melden werde.

Anderentags rief ich Waibel an, der mir mit einer Strafmassnahme drohte, wenn ich mich nicht sofort beim nächsten Polizeiposten melden würde. Ich sagte ihm, dies sei Sache des Gerichts, und dort hätte man sicher Verständnis dafür, wenn ich mich über Weihnachten bei Bekannten aufhielte. Er wollte ständig meinen Aufenthaltsort wissen. Den erfuhr er nicht. So blöd fragen konnte nur er! Ich wiederholte, es sei früh genug, wenn ich mich im Januar meldete. Im übrigen teilte ich ihm mit, ich bestehe auf einer Einvernahme ohne Inhaftierung. Waibel winkte ab; es komme noch soweit, dass ihm eine Delinquent sage, was er zu tun habe...

Paul erleichterte es mir, in meiner desolaten Stimmung doch noch ein schönes Weihnachtsfest zu feiern. Er hatte ein schmuckes Haus und einen Sohn, der bereits eine Lehre hinter sich hatte und irgendwo ausserhalb wohnte.

Paul Hefti war bei der Swissair beschäftigt gewesen und anschliessend bei einer anderen Fluggesellschaft als Flugingenieur. Dort hatte er seine zweite Frau kennengelernt. Nachdem auch diese Ehe in die Brüche gegangen war, wollte er kein drittes Mal mehr heiraten. Seine Freundin war eine einfache Frau, die ebenfalls vom Pferdesport begeistert war. Jetzt arbeitete er als Assistent eines Professors an der Eidgenössischen Technischen Hochschule in Zürich, was ihm offensichtlich sehr gefiel.

Wir führten lange Gespräche über den Sinn des Lebens – auch meines Lebens –, und er machte mir klar, dass ich mich dem, in das ich da hineingeraten war, unbedingt stellen müsse. Ich sah das auch ein; es gab keinen anderen Weg. Welches Recht oder Unrecht mir widerfahren würde, war nicht mehr meine Sache. Eines Tages wird auch über meine Richter gerichtet, und dann wird man mit ihnen vielleicht auch so konsequent verfahren und sie ebenso unnachsichtig behandeln, wie es im Moment mit mir geschah.

8. KAPITEL

In Untersuchungshaft

Mitte Januar fragte ich Waibel an, wo ich mich stellen sollte, wohin ich ins Gefängnis müsste. Er sagte, ich solle mich beim nächsten Polizeiposten melden.

«Nein», entgegnete ich, «ich will nicht wieder diese demütigende Verschieberei mit Auto und Zug erleben, wo man den Leuten ausgesetzt ist, die gar nicht wissen, was dem Angeschuldigten vorgeworfen wird!»

«Dann nehmen Sie eben den Zug nach St. Gallen und melden sich dort bei der Kantonspolizei.»

Das tat ich. Am Nachmittag fuhr ich mit dem Zug nach St. Gallen und meldete mich dort beim Hauptposten, dem «Klosterhof». Zuerst wusste man dort nicht, was man mit mir anfangen sollte. Dann telefonierten sie dem Untersuchungsrichter nach Uznach. Aber wie es so läuft: wieder war etwas schiefgegangen, weil Waibel gar nicht geprüft hatte, ob dort noch Platz sei. Es stellte sich heraus, dass das Gefängnis voll war. So wurde ich denn doch wieder «per Schub» zum Zug gebracht und schliesslich nach Lichtensteig im Toggenburg in ein neues, kleines Gefängnis. Es war kalt im Zug, weil der Gepäckwagen, in dem sich die Zelle befand, nicht geheizt werden konnte. Die Heizung war zwar heiss, aber es zog entsetzlich unter dem Türspalt herein. Zudem hielt der Zug an jedem «Ziegenstall». Jedenfalls war es bereits dunkel, als ich in Lichtensteig ankam. Dort öffnete mir der Ortspolizist, Korporal Peter Küng, ein junger, netter Mann. Er sagte:

«Ich nehme Sie ohne Handschellen mit. Sie werden mir doch wohl nicht davonlaufen?»

Für diese Rücksicht war ich ihm dankbar und sagte, er könne beruhigt sein. Weil ihn jedermann kannte, würde ein Fremder in seiner Begleitung – wie ich jetzt – sofort auffallen, und alle wüssten, dass er mit ihm in den Knast unterwegs war. Zum Glück hielten sich nicht mehr viele Leute um diese Zeit auf der Strasse auf.

Ich war im Gefängnis, das über etwa sechs Zellen verfügte, der einzige Insasse. Küng sagte, ich hätte Glück, denn vor Weihnachten hätten sie alle Gefangenen – vorwiegend Drogensüchtige und Dealer – in andere Gefängnisse verlegen müssen, weil seine Frau die ganzen Umtriebe nicht mehr aushielt. Ich dachte, wie gut es doch war, mich über Weihnachten doch nicht bei Waibel oder bei der Polizei gemeldet zu haben. Als mich Küng eingeschlossen hatte, bekam ich wieder dieses beklemmende Gefühl. Am nächsten Morgen bat ich ihn, die Türe offenzulassen. Denn ausserhalb der Zelle sei der Gang ja nochmals mit einer Stahlgittertüre gesichert. Er wollte mit dem Untersuchungsrichter sprechen.

In der Tat brachte es Küng fertig, dass die Zellentür Tag und Nacht offen blieb. In der Zelle gab es einen Tisch mit einer Bank, ein Bett und eine WC-Schüssel mit Lavabo, um sich zu waschen. Ausserhalb der Zelle war noch eine Dusche, die ich jeden Tag benutzte. Auch eine – nicht sehr reichhaltige – Bibliothek war vorhanden, und ich las wieder viel.

Die Mahlzeiten wurden von Frau Küng zubereitet; sie schmeckten gut und waren bekömmlich. Ich verlangte immer nur halbe Portionen. Oft ass ich tagelang nur das Frühstück und am Abend ganz wenig oder nur soviel, bis Küng beruhigt war. Ich empfand das Fasten als eine zusätzliche, mir selbst auferlegte Strafe. Denn ich wusste, dass ich so ganz unschuldig nicht sein konnte. Waibel und Widler hielten bei der Begründung meiner Inhaftierung daran fest, weil sie mir einen Denkzettel verpassen wollten.

Zwischendurch kam Waibel mit dem Vorwand, weitere Befragungen vorzunehmen. Eigentlich war alles in der Klinik Wil schon gesagt und geschrieben worden. Aber weder Waibel noch Widler wollten mich gehen lassen. Sie erklärten, immer wieder stellten sich neue Dinge heraus, auf die sie erst jetzt gestossen seien.

Waibel zwang mich in der Untersuchungshaft, auf alle Ämter bei der Sardona und der Teamco-Invest zu verzichten und als Verwaltungsrat dieser Firmen auszuscheiden. Wer hätte das gedacht? – Welche

Schurkerei, dass jetzt auch noch die Untersuchungsbehörde die verbrecherischen Manöver Daneggers unterstützten. Denn jetzt konnte er endlich tun und lassen, was er wollte und brauchte mir nicht einmal mehr etwas zurückzuzahlen. Waibel und Widler waren zu Stützen des Unrechts geworden. Und das in einem Land, das soviel auf Recht und Ordnung hält!

Nach einem Monat musste Haftverlängerung beantragt werden, und sie wurde auch vom Staatsanwalt unterzeichnet, obwohl zu Unrecht, wie sich durch die Anklagekammer später herausstellte. Sie schrieben, meine Beanstandung der Tätigkeit des Bezirksammanns bestünden zu Recht. Meine Bitte, Waibel nicht länger als ausserordentlichen Untersuchungsrichter einzusetzen, hatte eine andere Instanz zu entscheiden. Jedenfalls bestätigte die Anklagekammer, dass die Haftverlängerung von der Staatsanwaltschaft des Kantons St. Gallen unrechtmässig verfügt worden sei. Man musste mir daraufhin eine Haftentschädigung ausrichten.

Doch Waibel und Widler behielten mich weiterhin in U-Haft, obwohl sie wussten, dass sie damit gegen Recht und Gesetz verstiessen.

In diesen langen Tagen und Nächten ging ich in mich und versuchte, mich und mein Leben zu erforschen. Ich betete, um kurz darauf meine Feinde Danegger, Widler und Waibel erneut zu verdammen. Dann bereute ich es wieder und bat trotz Angst, Kummer und Unrecht um Weisheit und Nachsicht. Doch immer, wenn ich glaubte, mir sei Unrecht geschehen, sah ich mich gleichzeitig damit konfrontiert, *wem* ich ebenfalls Unrecht getan hatte. War ich wirklich der Unschuldsengel, für den ich mich ausgab? War ich nicht vielmehr aus Schwäche schuldig? Aus Unfähigkeit? War es nicht vielmehr so, dass ich einen Schuldigen suchte, um die ganze Misere besser zu ertragen?

Jetzt entsann ich mich wieder jener Stimmen, die mir schon in frühester Jugend sagten, ich würde es nie zu etwas bringen. Ich mochte und wollte mich nicht länger beweinen. Meine Tränen galten dem Abgrund, über dem ich schwebte. Es muss irgend etwas mit meinem Schicksal zu tun haben, dass es mir immer ähnlich erging. Wenn ich an meinen Bruder Heiri denke: Wie einfach und bescheiden lebt der. Nie hat man ihn streiten gesehen. Auch wenn er nicht dieselbe Fähigkeit hat wie ich, alles geschickt in Worte zu kleiden, er wird verstanden. Die Leute in seinem Umkreis mögen ihn, weil er bescheiden geblieben ist. Nie wäre es ihm in den Sinn gekommen, über seine Grenzen hinauszugehen. Ich dagegen bin immer anders gewesen. In jeder Beziehung. Ich wollte mich schon immer nicht in mein Schicksal fügen. Ich wollte stets kämpfen – und verlor. Ich konnte es einfach nicht fassen, dass ich, der sich soviel Mühe gab, immerzu der Verlierer war.

Allein schon die Tatsache, dass mir bereits mit sechzehn Jahren ein Psychiater zur unbeschränkten

Vormundschaft «verhalf», dass ich deshalb bis zu meinem dreissigsten Lebensjahr nicht mehr frei wurde, hat mich kämpfen gelehrt. Und wie ich mich kenne, werde ich diesen Kampf weiterführen, bis mein Herz zu schlagen aufhört...

Nur Peter Küng war es zu verdanken, dass ich mich nicht ganz meinem Kummer hingab. Er erlaubte mir auch, im Freien spazierenzugehen. Und ich durfte arbeiten, denn einige Nächte zuvor war im Möbelgeschäft der Gebrüder Bleicker ein Brand ausgebrochen. Da sie dringend Arbeiter brauchten, fragte der Polizist, ob ich dort vielleicht einspringen möchte. Sie waren froh um jede Hilfe, und ich bekam diesen Job. Das verbrannte Material musste entsorgt, Teppiche wieder in Ordnung gebracht und vieles andere repariert werden. Frau Bleicker fragte mich, wie es dazu gekommen sei, dass ich im Gefängnis sass. Ich erklärte ihr in groben Zügen meinen Fall, und sie schien beruhigt, denn ihr wäre nicht wohl bei der Sache gewesen, wenn ich ein Dieb oder vielleicht sogar ein Gewaltverbrecher gewesen wäre. Aber dann hätte mich der Wachtmeister kaum empfohlen.

Immer zu den Mahlzeiten und abends erschien ich wieder auf dem Polizeiposten und ging freiwillig in den zweiten Stock, wo sich das Gefängnis befand. An Samstagen reinigte ich für diese Vergünstigung das Treppenhaus, erledigte einfach alles, was der Familie Küng zugute kam.

Nach hundertzwölf Tagen wurde ich aus der Untersuchungshaft entlassen. Es kam sehr plötzlich, denn die Anklagekammer musste Waibel und vor allem Widler ziemlich viel Dampf gemacht haben. Im Schreiben stand ausdrücklich, ich hätte «nicht schuldhafterweise die Untersuchungshaft verlängert oder herbeigeführt». Dies wurde später auch noch durch das Gericht bestätigt.

Mit einem Telefonanruf erfuhr der Polizeiposten Lichtensteig vom Untersuchungsrichter, ich sei sofort zu entlassen. Sofort! – Herr Küng sollte dafür sorgen, dass ich schon weg sei, wenn die Verfügung eintreffe. Basta!

Wachtmeister Küng schüttelte mir die Hand und sagte:

«Ich bin froh, dass Sie mich nicht enttäuscht haben und nicht davongelaufen sind. Dann hätte ich in der Tat etliche Schwierigkeiten bekommen, weil ich Ihnen soviel Freiheit gelassen habe. Oder auch ein Unfall hätte mir grosse Unannehmlichkeiten gemacht. Ich bin froh, dass Ihnen beim Beseitigen der Brandtrümmer kein Balken auf den Kopf gefallen ist.»

Er lachte in seiner gemütlichen, ungezwungenen Art aus heiserer Kehle. «Ich wünsche, dass wir uns hier drinnen nie mehr sehen. Alles Gute und Kopf hoch!»

Ein guter Polizist, dieser Peter Küng.

Noch war die Sache allerdings nicht ausgestanden. In jenem oder im folgenden Jahr würde es noch einen Gerichtsprozess geben, und dann würde sich zeigen, was dabei herauskommt. Waibel meinte, ich müsse sicherlich ins Gefängnis, während mein Strafverteidiger, Dr. Jürg Knus, der von Amtes wegen eingesetzt wurde, glaubte, da ich keine Vorstrafen hätte, würde ich nur *bedingt* bekommen.

Heute noch sehe ich das verschmitzte Grinsen von Wachtmeister Küng, als er mit das Geld auf den Schreibtisch blätterte, einige Hundert Franken, die ich mit den Arbeiten im Möbelgeschäft Bleicker verdient hatte. Meine Augen glänzten vor Freude, denn ich wusste, dieses Geld würde mir helfen, wieder auf die Beine zu kommen. Jetzt galt es, sofort Arbeit zu suchen sowie eine Wohnung oder ein Zimmer. Für die ersten zwei Nächte konnte ich mir ein Hotelzimmer leisten.

An diesem warmen, schönen Frühlingsmorgen ging die Fahrt mit der Südostbahn durchs Toggenburg Richtung Uznach, wo ich wieder dieses verhasste Haus sah, in dem Bezirksammann Widler und Untersuchungsrichter Waibel sassen. Ich war versucht zu wünschen, diese Mauern möchten über ihnen zusammenbrechen. Nun war ich endlich frei und konnte weg aus der Hölle meiner Vergangenheit.

Einen Tag später fand ich in Zürich ein Apparte-ment mit Dusche, WC und einem Bett, also auch nicht viel grösser als eine Gefängniszelle. Doch im Gegensatz dazu konnte ich jederzeit ein- und ausgehen. Das war schon ein Unterschied.

Da ich früher schon durch die Stellenvermittlung *Adia interim* Arbeit gefunden hatte, ging ich dort ins Büro und fragte, ob sie für mich etwas hätten. In meiner Akte stand, dass ich den Schreinerberuf erlernt hatte. Deshalb fragte mich die Dame am Schalter, ob ich auch eine solche Tätigkeit annehmen würde. Natürlich war ich dazu bereit! Und so kam es, dass ich in einer kleinen Schreinerei eine Arbeit übernehmen konnte, die vorwiegend ausser Haus ausgeführt werden musste: Reparaturen von Fenstern und Türen, Stühle und Tische neu verleimen. Alles kleinere Aufträge, für die ich der einzige Arbeiter war. Der Chef erledigte nämlich die grösseren Aufträge selbst, weil die mehr einbrachten.

Jeden Freitag konnte ich den Scheck bei der Adia abholen, und so kam ich über die Runden. Eines Tages kam der Chef zu mir und sagte, es gäbe leider keine Arbeit mehr. Ich solle ihm den Stundenzettel bringen, damit er diesen unterschreiben könne.

In der Agentur gab man mir eine neue Aufgabe in einem Büro der IBM. Ich wurde in der Debitorenbuchhaltung eingesetzt und musste Zahlungseingänge der Kunden manuell bearbeiten und in den Computer eintippen. Jeden Tag hatte ich allein für die Schweiz mehrere Millionen Franken zu verbuchen. Ich dachte, welche Summen hier zusammenkommen! Und bei wie viele Firmen, die über Buchhaltungsabteilungen verfügen, läuft so manches schief.

Ein Kunde hatte eine Computeranlage im Wert von drei Millionen Franken bestellt und gleichzeitig mit der Auftragsbestätigung bezahlt. Ich dachte, er sei verrückt geworden, denn die Lieferung würde mindestens sechs Monate dauern und allein die Zinsen würden ihn einige Monatslöhne für seine Mitarbeiter kosten. Mein Computer wollte diese Summe überhaupt nicht annehmen, weil für diesen Kunden noch gar keine Rechnung ausgestellt worden war. Dann gab es welche, die zwei- oder dreimal den gleichen Rechnungsbetrag bezahlten, der dann wieder zurückerstattet werden musste.

Jeden Tag buchte ich zwischen fünf und acht Millionen Franken. An Monatsenden und zu Beginn des Monats war es das Drei- bis Vierfache. Aber das war bei weitem nicht alles, was einging: Die meisten Zahlungen liefen über das elektronische Einleseverfahren und gelangten erst gar nicht zu mir, und weitere Kunden bezahlten über Banken. Jedenfalls hatte ich laufend Order, Postschecks auszustellen in zweistelliger Millionenhöhe, die dann auf Bankkonten überwiesen wurden. Mein Pultnachbar musste diese Gelder mittel- oder langfristig anlegen. Beim Telefonieren mit dem Mann von der Bank war seine sonore Stimme stets mit einem eigenartigen Brummen und Kichern vermischt, als ob sie einander Witze erzählten.

Der Schweizer Betrieb der IBM arbeitete sehr erfolgreich. Und was am wichtigsten war: Die Schweizer zahlten meistens pünktlich, was den Amerikanern grossen Eindruck machte.

In der Hauskantine ging es sehr vornehm zu. Das Essen war delikat und ganz so zubereitet, wie es Leute brauchen, die viel geistige und wenig körperliche Arbeit zu leisten haben. Um neun und um fünfzehn Uhr gab es immer Kaffee und Brötchen oder Gebäck.

Zwei Häuser von meiner damaligen Absteige entfernt wurden renovierte Wohnungen vermietet. Dank meines relativ guten Einkommens konnte ich mir jetzt eine solche Wohnung leisten. Viele Möbel hatte ich allerdings noch nicht; ich hatte mir nur das notwendigste angeschafft. Ein gutes Bett, weil ich ja einen grossen Teil meines Lebens darin verbringe, ein praktischer Fauteuil und so fort. Ich mietete mir auch einen Fernseher und eine Stereoanlage. Im weiteren hatte ich mir einen günstigen Occasions-Wagen gekauft, einen alten Citroën mit automatischem Getriebe.

Von IBM wurden bloss so viele Leute wie nötig angestellt. Als keine Arbeit für mich mehr da war, wurde ich wieder entlassen. Also ging's zur nächsten Arbeit. Diesmal wurde ich von Adia in ein Büro ausserhalb der Stadt geschickt. Das war eine etwas obskure Sache, wie ich bald feststellte. Und ich fragte mich, ob sich Adia tatsächlich mit solchen Firmen einlassen musste.

Es handelte sich um ein Handelsunternehmen in Glattbrugg, das von einem Schweizer, einem Spanier und einem Deutschen aufgebaut worden war und Kleider, Taschen, Kosmetika und andere Utensilien zu übertriebenen Preisen und mit grossen Versprechungen anbot. Jeder, der einsteigen wollte, musste eine einmalige Einlage von dreissig- bis vierzigtausend Franken tätigen. Dann wurde ihm eine bestimmte Region zugewiesen, wo er wiederum Interessierte einstellen konnte. Es handelte sich eindeutig um ein Schneeballsystem. Der Abteilungsleiter war Italiener. Bisher mussten nach den Adresslisten über vierzehntausend Leute angeworben worden sein, und täglich kamen neue dazu.

Eines Tages brachte das Fernsehen in der Sendung «Kassensturz» einen kritischen Beitrag über diese Firma. Der Leiter der Firma war zu sehen, und der Journalist fragte ihn ganz gezielt über die Methode und die Machenschaften aus und deckte so die Sache auf.

Inzwischen mussten bereits Hunderte von Millionen bei diesem Unternehmen eingegangen sein. Vergleiche der Produkte mit anderen Marken zeigten, wie den Leuten das Geld aus der Tasche gezogen wurde. Viele Angeworbene hatten Familie und Bankdarlehen aufgenommen, die sie nun nicht mehr zurückzahlen konnten. Andere verloren ihr ganzes Hab und Gut, und manche Ehe ging in die Brüche, weil das Elend unerträglich worden war. Ich überlegte, warum solchen «Geschäftsleuten» nicht das

Handwerk gelegt wurde. Sodann verglich ich diesen Fall mit meinem; ich konnte wenigsten mit Fug und Recht behaupten, nie jemanden wissentlich oder willentlich geschädigt zu haben. Und dass ich nie ein so luxuriöses Leben geführt und solche Unsummen kassiert und verprasst hatte. Ich hätte ein schlechtes Gewissen gehabt.

Nun wurde ich hellhörig, was in diesem Laden alles vor sich ging. Zweifellos waren auch andere Mitarbeiter hinter das System gekommen. Aber niemand getraute sich etwas zu sagen; jeder dachte, solange die wöchentlichen Schecks eintreffen, können wir für dieses Bande ruhig tätig sein. Und die Arbeit war gut, sehr gut, bezahlt. Aber je mehr ich kassierte, desto unruhiger wurde ich. Die Pressemeldungen verstummten nicht. Ständig erschien ein neues Fernseh- oder Radioteam. Journalisten lauerten vor dem Eingang und wollten Interviews machen. Es gab jedoch klare Anweisungen seitens der Geschäftsleitung, niemand dürfe irgend etwas nach aussen verlauten lassen. Die meisten hielten sich daran. Den einen oder andern sah man jedoch dann und wann sich mit einem der Journalisten unterhalten. Ich bemerkte sogar, dass Adressen ausgetauscht wurden. Vermutlich waren es Adresse von Mitgliedern, von denen man wusste, dass sie Probleme hatten und die angesammelten Produkte wegen des horrenden Verkaufspreises nicht absetzen konnten. Jedenfalls konnte ich, je länger ich bei dieser Firma tätig war und das Elend mitbekam, desto weniger gut schlafen. An einem Freitag teilte ich der Adia mit, für diesen Kunden nicht länger tätig zu sein.

Eine andere Arbeit konnten sie so schnell nicht finden. Aber man hatte wieder einen Auftrag als Schreiner für mich, in Luzern einen Ausstellungsstand abbauen zu helfen. Nun denn, dachte ich mir, besser dort arbeiten als weiterhin in dieser «krummen Bude» – wo Leute laufend beschissen wurden – ohne Einschreiten der Behörden.

9. KAPITEL

Das Unglück

Am Montag stand ich bereits pünktlich um sieben Uhr auf dem Hof der Schreinerei Nuss an der Magnusstrasse im Zürcher Stadtkreis 4. Es war noch dunkel. Ausser auf dem Klo brannte kein Licht, und scheinbar musste der dort drinnen einige Mühe haben: das Würgen und Erbrechen war bis auf den Vorplatz zu hören. Es dauerte und dauerte. Erst gegen halb acht kam ein junger Mann, eine Zigarette rauchend, auf den Hof geschlendert.

Als er mich fragend anschaute, wandte ich mich an ihn:

«Ich bin auf sieben Uhr hierher bestellt. Die Türe ist aber verschlossen, doch da auf dem Klo tut sich was.»

Der andere sagte:

«Ach ja, das ist Fred. Der hat immer am Montag Katzenjammer, wenn du verstehst, was ich meine.»

Ich nickte. Ich hatte ganz vergessen, dass sich Handwerker untereinander alle duzen.

«Wann kommt denn der Chef?» wollte ich wissen.

«Der wird schon irgendwann hier eintrudeln», sagte er. «Ich heisse übrigens Martin.»

Der junge Mann reichte mir die Hand.

«Ich heisse Daniel. Ich komme von der Adia.»

«Aha, du bist der Temporäre.»
So hatte ich das noch nie gehört. Offenbar mussten sie hin und wieder solche Leute haben. Und er fügte bei:
«Hoffentlich bist du etwas geschickter als der, den wir letzte Woche hatten. Der stand mehr herum, als dass er Hand anlegte. Und saufen konnte der! Ich habe mich schon gewundert, dass er überhaupt einen Nagel auf den Kopf treffen konnte.»
Ich schaute zum Toilettenfenster hoch, wo das Licht immer noch brannte, und meinte:
«Wie ich sehe, können das andere auch.»
Etwas verlegen antwortete Martin:
«Ja, der Fred säuft, aber nur am Wochenende.»
Ein Wagen fuhr vor, und Martin erklärte:
«Das ist der Chef.»

Der Mann stieg aus dem Auto und fragte, wo Fred sei, und ohne die Antwort Martins abzuwarten, kam er auf mich zu und wollte wissen:
«Sind Sie der Temporäre?»
Ich stellte mich vor, und Herr Nuss gab mir die Hand.
Inzwischen kam Fred aus der Werkstatt über den Hof, indem er das Hemd in die Hose verstaute und dabei hustete. Er sah übermüdet und schlapp aus, doch das kümmerte mich nicht weiter.
«So», begann der Chef, «Fred und Martin, ihr nehmt Daniel mit und fahrt mit dem VW-Bus nach Luzern und baut dort den Stand ab. Die Ware muss

zu uns ins Lager, bis wir vom Kunden weitere Anweisungen bekommen.»

Fred ging zum Bus und fuhr ihn auf den Platz.

Ich fragte Herrn Nuss: «Soll nicht vielleicht ich fahren?», denn es wurde von mir verlangt, dass ich Auto fahren könne. Und im Zustand, in dem Fred momentan war, schien mir diese Frage nur allzu berechtigt.

Herr Nuss meinte:

«Ich kenne Sie noch nicht, und einem Fremden überlasse ich das Fahrzeug nicht so ohne weiteres.»

Ich war ziemlich vor den Kopf gestossen.

Nuss ging auf den Bus zu und schaute hinein.

«Fahr' zuerst zur Tankstelle, damit der Wagen vollgetankt werden kann. Verliert keine Zeit, ich fahre voraus.»

Vor der Hofeinfahrt befand sich eine Garage mit Tankstelle. Nuss stand bereits dort und tankte seinen Wagen. Dann wandte er sich zu Fred:

«So kannst du aber nicht losfahren: im Pneu vorne rechts ist zuwenig Luft.»

Fred nickte stumm und sagte, er werde ihn aufpumpen. Inzwischen fuhr Herr Nuss mit seinem Wagen fort; offenbar wollte er auch nach Luzern.

Nach etwa fünf Minuten kam Fred fluchend zum Bus zurück und sagte:

«Diese Schafsköpfe haben den Luftbehälter in der Garage eingeschlossen. Wir müssen woanders pumpen.»

Da ich nichts zu sagen hatte und Martin neben mir Fred angrinste, als der einstieg, legte ich den Sicherheitsgurt an. Daraufhin schauten Fred und Martin mich an, nickten sich zu und grinsten. Warum, wusste ich nicht. Sie begannen zu rauchen, und drehten das Radio auf. Ich ärgerte mich und öffnete auf meiner Seite das Fenster einen Spalt breit. Dann fuhren wir los.

Fred fuhr ziemlich zügig durch die Stadt Richtung Adliswil und Lengnau, schliesslich nach Luzern.

Vor dem Dorf Lengnau kamen uns auf der Gegenfahrbahn ein Velofahrer und ein Lastwagen entgegen, so dass Fred ziemlich brüsk nach rechts ausweichen musste. In der Folge geriet er mit dem rechten Reifen an den Randstein. Jetzt ging alles sehr schnell. Ehe wir uns versahen, schlitterte der Wagen manövrierunfähig einer Mauer entlang und mit über sechzig Stundenkilometern auf ein Haus zu. Es waren bloss Sekunden, und ich glaubte, wie im Zeitraffer mein Ende nahen zu sehen. Denn bei der Kollision wurde die gesamte Fahrerkabine auf meiner Seite eingedrückt. Die Windschutzscheibe flog auf mich zu. Ein ungeheurer Krach erfüllte die Morgenstille.

Plötzlich spürte ich einen ungeheuren Schmerz und schrie laut auf. Martin flog durch die Windschutzscheibe aufs Trottoir, und der Fahrer schlug mit dem Kopf auf den linken Fensterpfeiler, was ihm eine blutende Schnittwunde zufügte. Fred rannte aus dem Fahrzeug, nachdem es zum Stillstand gekommen war. Ich schrie wie am Spiess vor Schmerzen und noch mehr, als ich meinen Fuss sah, der quer nach hinten wegstand. Ich konnte mich nicht selbst aus dem Wagen befreien. Nicht nur wegen des gebrochenen Fusses, sondern auch, weil die Fahrerkabine dermassen zusammengedrückt war. Fred versuchte, mich aus dem Wagen zu zerren. Und da geschah etwas Merkwürdiges. Er blutete an der Stirn und beschmutzte damit mein schönes Jackett. In dieser misslichen Situation sagte ich empört zu ihm:

«Hör auf, hör auf, du Unglücksrabe. Du beschmierst mir ja die ganze Jacke!»

Ich glaubte, es vergingen Stunden, bis Hilfe kam. Der Schmerz war so ungeheuer, dass ich nur schreien konnte. Aber geweint habe ich nicht. Immer noch zerrte Fred an mir herum, doch ich entwand mich seinen Armen und schlug ihm auf die Hände.

Glücklicherweise war gerade ein junger Assistenzarzt zur Arbeit unterwegs und hatte den Vorfall beobachtet. Ohne zu zögern ging er ins nächste Haus, alarmierte den Unfalldienst der Polizei und die Sanität. Nun kam er zur Unfallstelle. Inzwischen war der Verkehr intensiver geworden. Die Pendler, die in die Stadt fuhren, gafften aus ihren Autos, hielten sogar an und verursachten einen Stau. Martin, der weiter nichts davontrug als einen Schock, regelte den Verkehr, während mich der Assistenzarzt behutsam aus dem Wagen zog und Fred genaue Anweisungen gab, was zu tun sei und wie er mich halten sollte. Der Fachmann erkannte zum Glück sofort, was passiert war. Ich sah nur das viele Blut, das aus mir herausströmte. Auch der Schuh, die Socken und das Hosenbein waren voll, und es hörte einfach nicht auf zu bluten.

Sie legten mich auf das kalte Trottoir. Der Assistenzarzt redete beruhigend auf mich ein, bald käme Hilfe, während sie mich mit einer Wolldecke zudeckten. Ich war kreideweiss geworden wegen des Blutverlusts. Ein Gärtner, der ebenfalls zur Arbeit wollte, half anstelle von Fred, weil der plötzlich zusammengesackt war. Ich vernahm, wie einer der langsam vorbeifahrenden Automobilisten sagte: «Schau, dort liegt einer tot.» Mein Verstand blieb ganz klar. Ich hatte nur ungeheure Schmerzen und konnte mich nicht bewegen. Und dieser schrecklich kalte Boden! Es war ja bereits Anfang November.

Es kam mir vor, als dauerte es unendlich lange, bis endlich das Signalhorn der Ambulanz ertönte. Auch die Polizei kreuzte auf und wies die Gaffer an weiterzufahren. Der Notarzt gab mir zuerst eine Spritze, als er mein Bein sah. Er fragte mich:

«Haben Sie Schmerzen?»

Ich nickte schwach. Aber der Doktor fragte dies bewusst, denn hätte ich keine Schmerzen mehr gehabt, hätte es für meinen Fuss bereits zu spät sein können. Das Bein wurde sorgfältig abgebunden. Meine Schmerzen wurden so unerträglich, dass ich laut aufschrie und mir Tränen in die Augen traten.

«Sie fühlen sich gleich besser», sagte der Arzt beruhigend. Er gab mir nochmals eine Injektion; gegen Starrkrampf. Dann wurde ich auf der Trage in die Ambulanz geschoben. Fred und Martin mussten ebenfalls mitkommen, weil der Arzt kein Risiko eingehen wollte, falls einer von beiden einen Schädelbruch erlitten haben sollte.

Durch den morgendlichen starken Verkehr ging es sehr langsam vorwärts. Ich stöhnte und schrie immer noch, weil die Spritze noch nicht ihre Wirkung tat. Daraufhin schalteten die Rettungshelfer die Sirene ein, worauf ihnen der Weg freigemacht wurde. Gleichzeitig nahmen sie per Funk Kontakt mit der Unfallabteilung des Zürcher Triemli-Spitals auf und teilten mit, dass ein Notfall eingeliefert werde.

Dort wurden wir zuerst ins Ambulatorium gebracht. Ein Assistenzarzt sah sich mein Bein an und befahl der Krankenschwester, mich auszuziehen. Meine Hände waren ebenfalls zerschnitten und voller Glassplitter von der geborstenen Windschutzscheibe. Nachdem sie mich entkleidet und in ein Spitalhemd gesteckt hatte, deckte sie mich fürsorglich zu. Dann begann sie, meine Wunden an den Händen zu säubern. Endlich wirkte das injizierte Medikament, und ich wurde langsam ruhiger.

Nun kam die Polizei, um ein Protokoll aufzunehmen. Vom diensttuenden Assistenzarzt wollte man wissen, ob der Unfall schwere Verletzungen verursacht habe. Im selben Moment betrat Oberarzt Dr.

René Habegger meine «Zelle», die durch Vorhänge abgetrennt war, untersuchte meine Verletzung und berührte ganz sacht meinen Fuss. Inzwischen war ich auch wegen des Blutverlusts versorgt worden, und die Schwester hatte mich an den «Tropf» gehängt, indem sie mir auch noch in die lädierte Hand stach.

«Entschuldigen Sie», sagte die Schwester, «aber Ihre Venen sind wirklich schwer zu finden.»

Ich hörte, wie der Assistenzarzt einem der Polizisten erklärte: «Es sind nur geringe Verletzungen. Eine Fussluxation und einige Schürfungen.»

Daraufhin schaute Dr. Habegger auf und sagte: «Wie bitte? – Nennen Sie eine Fussluxation eine leichte Verletzung? Haben Sie den Patienten eigentlich schon richtig angeschaut?»

Dann diktierte er dem Polizeimann fürs Protokoll:

«Wir haben einen Schwerverletzten und zwei leicht Verletzte.»

Er führte den Assistenzarzt in einen anderen Raum, wo er ihn offenbar über die Schwere von Unfallverletzungen aufklärte. Jedenfalls kam der Assistent nachher ziemlich zerknirscht zurück. Der Oberarzt bat die Schwester:

«Wenn Sie diesen Patienten versorgt haben, bringen Sie ihn bitte sofort zum Röntgen, damit wir mit der Operation beginnen können.»

Mich fragte er:

«Haben Sie heute schon etwas gegessen?»

«Um etwa halb sieben Uhr hatte ich einen Kaffee. Sonst nichts.»

«Das ist gut so, sonst hätten wir noch einige Stunden warten oder Ihnen den Magen auspumpen müssen.»

Er machte einige Notizen auf dem Patientenblatt meinte dann:

«Bald kommt die Narkosenärztin bei Ihnen vorbei. In der Zwischenzeit wollen wir zusehen, dass Sie's warm haben.»

Der Polizist hatte inzwischen die beiden anderen befragt, wie es zu diesem Unfall gekommen sei. Ich hatte halbwegs zugehört, und halbwegs war ich mit den Fragen von Dr. Habegger beschäftigt. Als sie aussagen sollten, ob alle die Sicherheitsgurten getragen hätten, bejahte Fred, was mich ziemlich ärgerlich machte. Ich rief durch die Vorhänge, das stimme nicht. Ich sei der einzige gewesen, der den Gurt getragen hätte, sonst wäre ich jetzt nicht mehr am Leben.

Fred beschimpfte mich wütend, aber ich liess nicht locker. Ich sagte dem Polizisten, er sollte einmal das Fahrzeug ansehen, dann könnte er leicht erkennen, dass die Windschutzscheibe auf mich fiel. Martin habe es hingegen durch die Scheibe aufs Trottoir geschleudert. Wäre er angegurtet gewesen, wäre dies nicht passiert; auf der Führerseite sei das Fahrzeug ja nicht eingedrückt. Der Fahrer habe aber seinen Kopf am Dachpfosten angeschlagen, und daher rührten seine Schürfungen. Bei einem, der angegurtet gewesen wäre, wäre keine solche Kopfverletzung entstanden, was die Polizisten auch bestätigten. Ich war am stärksten verletzt und wies keine einzige Verletzung im Gesicht auf. Nur am Fuss und an den Händen durch das Bersten der Frontscheibe. Wiederum beschimpfte mich Fred, so dass ihn der Polizist um Ruhe bitten musste. Ausserdem war Fred mit einem Reifen mit zuwenig Luft gefahren. Nur daraus konnte die Unfallursache abgeleitet werden. Aber davon sprach ich jetzt nicht.

Die Röntgenaufnahmen dauerten lange. Anschliessend mussten sie zuerst vom Oberarzt und seinen Mitarbeitern besprochen werden. Es handelte sich um eine sehr komplizierte Verletzung. Und er meinte, er könne nicht garantieren, dass alles wieder richtig zusammenwachsen werde. Es wäre durchaus denkbar, dass ich ein chronisches Leiden davontragen könnte. Für eine Prognose sei es im Augenblick noch zu früh.

Sechs Stunden lang wurde ich operiert. Als ich aufwachte, war es bereits dunkel. – Oder war ich bereits tot? Irrwitzige Gedanken stiegen in mir auf. Was, wenn ich jetzt eingesargt wäre und noch lebte? Denn ich hatte den Eindruck, in einem Zementblock zu stecken. Eine ungeheure Angst befiel mich: Man muss mich bereits beerdigt haben, und ich kann nicht mehr aus dem Grab! Ich versuchte, mich zu bewegen. Unmöglich. Der Körper war so schwer. Ich öffnete die Augen, aber es war stockdunkel. Dann versank ich wieder in schwerem Schlaf. Ich war unendlich müde. Kurze Zeit später muss ich wieder erwacht sein, und immer noch war es stockdunkel. Ich hatte kein Zeitgefühl mehr und glaubte in der Tat, wahrscheinlich wegen des hohen Blutverlusts gestorben zu sein. Ich entsann mich der Äusserung des Oberarztes, als er den Assistenzarzt korrigierte, dass dies eine schwere Verletzung sei. Aber man kann doch jemanden nicht einfach so begraben! Es können doch unmöglich bereits drei Tage vergangen sein! Falls aber doch?!

Ich rief um Hilfe. Dabei musste ich mir aber vorstellen, dass mich niemand hören könnte, wenn ich wirklich eingebuddelt wäre. Sodann begann ich zu beten, weil mich der liebe Gott offenbar noch nicht im Himmel haben wollte. Sonst wäre jetzt sicher ein Engel gekommen und hätte mich beruhigt... Woher denn diese Schwere? Ich dachte, wenn man tot ist, würde man keine Schmerzen mehr spüren. Aber vielleicht bin ich noch irgendwie an einen Ort gebunden als Sühne für die begangenen Sünden... O Gott, hilf mir, hilf mir!

Ich muss laut gestöhnt und gemurmelt haben. Jedenfalls sah ich plötzlich Licht, und eine Stimme sagte:

«Soll ich nach der Schwester läuten?»

Ich versuchte mich aufzurichten, aber es ging nicht. Ich fragte:

«Wer sind Sie?»

Sehen konnte ich niemanden. Hingegen nahm ich jetzt wahr, dass ich in einem Spitalbett lag.

«Ich heisse Stamopulos. Ich liege im selben Zimmer wie Sie. Haben Sie Schmerzen?»

«Nein, nur Angst. Ich kann mich nicht rühren.»

«Sie tragen einen Gips, und der wird noch nicht trocken sein», sagte der Grieche.

«Wie kommt es, dass Sie so gut deutsch sprechen?» fragte ich ihn.

«Ich bin hier aufgewachsen. Unsere Familie ist bereits in der zweiten Generation hier.»

«Wann bin ich vom OP hierher gebracht worden?»

«Das ist sicher ein paar Stunden her.»

Dann muss ich erneut eingeschlafen sein. Als ich wieder erwachte, waren Leute da, die Stamopulos besuchten. Sie waren ziemlich laut und ich zischte, sie sollten leiser sein. Hiess er nicht Stamopulos? – Hatte ich also nicht geträumt. Bereits konnte ich mich ein wenig drehen. Aber das Bein schmerzte unsäglich, und es war bis zu den Hüften hinauf eingegipst. Ich hatte grossen Durst und bat die Schwester, etwas zum trinken zu bekommen. Aber sie gab mir nichts, ich müsse noch warten. Vielleicht könne mir die Nachtschwester etwas geben.

Anderentags schien die Sonne durch das grosse Fenster. Eine Schwester hatte mich früh geweckt und mir einen feuchten Lappen und ein Handtuch gegeben, damit ich mich waschen sollte. Zwar war sie bereit gewesen, das zu übernehmen, aber ich wollte es nicht. Berührungen irgendwelcher Art sind mir peinlich. Und den Eindruck eines unbeholfenen Kranken wollte ich in keinem Fall machen.

Später gab's Frühstück. Erst jetzt verspürte ich einen mächtigen Hunger und noch viel mehr Durst. Das rührte von der Infusion her. Der ganze Kiefer tat mir weh. Ich wollte den Arzt fragen, warum ich solche Mundschmerzen hatte, dass ich nicht einmal richtig kauen konnte.

Um zehn Uhr kam der Arzt mit einem Rattenschwanz von Assistenzärzten, Oberschwester und Schwestern in seinem Gefolge. Dr. Habegger war Chirurg. Ich habe noch nie einen Chirurgen mit so feinen, kleinen Händen gesehen. Überhaupt war dieser Arzt ein netter Mensch. Sehr ruhig und sachte behandelte er seine Patienten.

Auf meine Frage, warum mir der Mund so weh tat, sagte er:

«Wir haben fast eine Stunde gebraucht, bis wir den richtigen Tubus in Ihrem Rachen hatten. Die Schmerzen vergehen wieder.»

Dann merkte ich, dass ich Mühe mit dem Wasserlösen hatte. Mir wurde erklärt, dass bei Vollnarkose Muskeln der Harnblase blockiert werden. Ich musste stundenlang drücken, bis ich nur ein wenig Wasser lassen konnte.

Am dritten Tag sagte der Oberarzt, man werde nun wegen der Abschwellung den Gips entfernen und einen neuen anlegen. Ich werde zuvor nochmals geröntgt. Dann geriet ich in Panik, weil mir der Arzt eröffnete, die Operation müsse nochmals vorgenommen werden. Der Fuss sei aus dem Gelenk gerutscht und müsse erneut in die «Pfanne» gebracht werden. Dann müssten sie den Fuss noch nageln. Was darunter zu verstehen sei, wusste ich nicht. Aber ich merkte, dass mir Tränen kamen.

An Nachmittag wurde ich wieder narkotisiert und anderentags hatte ich erneut diese ungeheuren Schmerzen. Wieder war dieser scheussliche Gips an meinem Fuss, welchen ich nun sechs Wochen zu tragen hätte. Allerdings musste bereits nach einer Woche der Gipsverband gegen einen neuen ausgewechselt werden.

Am Abend des zweiten Tages kam Fred mit seinen Eltern zusammen auf mein Zimmer. Sie entschuldigten sich für ihren Sohn und brachten mir eine Flasche Wein. Fred war völlig verstockt. Die Eltern zwangen ihn, sich auch selbst bei mir zu entschuldigen. Wofür? – Ich entsinne mich, dass mich der Polizist gefragt hatte, ob ich gegen Fred Strafanzeige wegen Körperverletzung erstatten wollte. Ich sagte dem Polizisten damals, ich glaubte nicht, dass mich Fred durch sein Verhalten am Steuer absichtlich verletzten wollte. Offensichtlich hatte die Polizei das den Eltern mitgeteilt. Aber Fred war immer noch erbost, weil ich ausgesagt hatte, er sei nicht angegurtet gewesen. Dass ich es war, stellte sich als grossen Vorteil wegen der Versicherung heraus. Wäre ich damals nicht angegurtet gewesen, wäre ich vermutlich heute nicht mehr am Leben oder verstümmelt und entstellt...

Drei Wochen verbrachte ich im Spital, bis ich endlich entlassen wurde. Ich bekam eine Vorladung vom Gericht, weil Fred eine Geldbusse von neunzig Franken erhalten hatte und dagegen Protest erhob. Deshalb kam es jetzt zu einer Untersuchung.

Ich wurde einvernommen, um über den Tathergang zu berichten. Ich erzählte, was am Morgen geschehen war und wie Herr Nuss Fred angehalten hatte, den rechten vorderen Reifen aufzupumpen. Und warum Fred trotzdem gefahren war.

Ich erklärte dem Richter den Unfallhergang aus meiner Sicht, auch wenn es mir zuwider war, einen Kollegen zu verpetzen.

Der Richter nickte:

«Ganz so, wie es auch der Sachverständige sagte.»

Ich war wütend auf Fred, der die Frechheit hatte, die Wahrheit über den Vorfall zu leugnen. Er hatte mich durch seinen Leichtsinn zum Krüppel gemacht. Dass ich ihn nicht wegen Körperverletzung anzeigte, war noch lange kein Grund, ihn nach seinen Falschaussagen zu unterstützen.

Herr Nuss, so hörte ich vom Richter, war dann nach Luzern gefahren und wollte den Stand allein demontieren. Er stieg auf eine Leiter, die dann unter ihm wegsackte. Nuss wollte sich an einem Draht festhalten; dabei wurde ihm ein Finger abgerissen. Es war also ein rabenschwarzer Montag – nicht nur für mich.

Da ich nicht fest angestellt war, bekam ich ziemliche Probleme wegen meines Einkommens. Jetzt bekam ich auf einmal keinen wöchentlichen Scheck mehr. Ich machte mir Sorgen wegen meines Lebensunterhalts, ganz abgesehen von der Miete für die Wohnung.

Mit zwei Stöcken musste ich langsam wieder gehen lernen. Die Schmerzen zerrissen mich fast, wenn ich den Versuch machte, die Beine zu benutzen.

Ich musste mir Gedanken machen, was ich jetzt tun sollte. Aber bevor ich mich lange damit befassen konnte, kam die Vorladung zum Gerichtsprozess, was mich zusätzlich beunruhigte und ängstigte. Ich fragte mich, ob ich daran überhaupt teilnehmen könnte, weil mir der Arzt absolute Bettruhe verordnet hatte. Aber ich hätte ja noch vier Wochen Zeit. Mein Strafverteidiger, Dr. Knus, orientierte mich über den Inhalt der Klageschrift.

Sechs Wochen später musste ich wöchentlich ein- bis zweimal ins Ambulatorium ins Triemli-Spital. Dr. Habegger musste noch eine weitere Nachoperation vornehmen, weil die Nägel durchs Fleisch drückten. Ich bat ihn, keine Vollnarkose mehr zu machen. Wenn er mir jetzt auch einen gewaltigen Schock versetzen musste, so verstand er es doch, die Nachricht so geschickt zu «verpacken», dass man die harte Tatsache eher als Nebensächlichkeit empfand.

Er sagte, er sei leider nicht völlig sicher, ob ich wieder ohne Einschränkungen gehen könne oder ob ich nicht vielleicht in einem bestimmten Alter, wenn die Arthrose zunehme, an den Rollstuhl gefesselt sein werde. – Es war, als redete er von jemand ganz anderem, nicht von mir.

Aber er war ja nicht ganz sicher, und darum schickte er mich zu einem Spezialisten, dem anerkannten Orthopäden und Chirurgen Dr. Hans-Rudolf Meyer. Dieser wurde liebevoll «Füssli-Meyer» genannt. Er verfügte über ein spezielles Röntgengerät, wo sich die Details der Knochen viel deutlicher abhoben, als auf den Bilder des Triemli-Spitals.

Seine Brille rutschte ihm auf die Nasenspitze, als er mich lange ansah und halbwegs in Gedanken meinte:

«Ich glaube, mein Lieber, Sie werden früher oder später Probleme mit Ihrem Fuss bekommen. Wie ich das sehe, werden wir eine Arthrodese machen müssen.»

Ich fühlte sofort, dass dieses Wort nichts Gutes verheissen konnte, auch wenn ich es nicht verstand. Das Blut wich mir aus dem Gesicht, als ich ihn fragte:

«Eine was?»

«Eine Arthrodese», wiederholte Dr. Meyer, «ist eine Fussversteifung. Es gibt das obere und das untere Sprunggelenk. Das untere Sprunggelenk, das bei Ihnen gebrochen war, muss versteift werden. Tun wir das nicht, werden Sie eines Tages nicht mehr gehen können. Dann können Sie sich nur noch mit dem Rollstuhl fortbewegen. – Wollen Sie das?»

Ich schaute den Arzt ziemlich verdutzt an, der meinen Zustand gerade so beschrieb, als wäre ich ein kleiner Hund, dem der Schwanz kupiert werden soll.

«Einen solchen Eingriff vorzunehmen, scheint mir doch etwas verfrüht», sagte ich zu Dr. Meyer. «Wenn mir jetzt schon der Fuss versteift würde, wäre ich doch ein Krüppel, nicht wahr?»

«Sie können es einige Jahre hinauszögern, aber irgendwann wird der Zeitpunkt kommen, wo das nicht mehr geht. Und warten Sie bitte nicht zu lange, denn wenn der Eingriff zu spät erfolgt, wird der Rollstuhl unumgänglich. Denken Sie daran.»

Der Vertrauensarzt der staatlichen Suva-Versicherung, Dr. Wespi, war gleicher Meinung wie Dr. Meyer. Er wollte aber noch den Befund durch die orthopädische Klinik Balgrist in Zürich bestätigt wissen. Der zuständige Oberarzt dort zerrte und drückte an meinem Fuss herum, dass ich entsetzlich aufschrie. Das muss ein Rossdoktor sein, dachte ich. Nachher konnte ich fast nicht mehr auf den Beinen stehen. Auch er bestätigte den Befund von «Füssli-Meyer». Immer wieder wurde ich durch die Ärzte bedrängt, diesen Eingriff vornehmen zu lassen. Aber ich war noch nicht dazu bereit. Ich brauchte Zeit und musste mich erst an den Gedanken gewöhnen, mit einem «Hinkebein» leben zu müssen.

10. KAPITEL

Der Prozess

Mich befiel eine ungutes Gefühl vor dem Prozess. Zwar beruhigte mich der Verteidiger, ich würde – wenn überhaupt – höchstens mit einer bedingten Strafe davonkommen, weil ich ja nicht vorbestraft sei. Voraussetzung war allerdings, dass keine höhere Strafe als achtzehn Monate Gefängnis verhängt würde. Ich zitterte davor, wieder ins Gefängnis gehen zu müssen.

Als Zeuge war auch Danegger geladen. Mitangeklagt waren Treuhänder Beer, der mit seinem Staranwalt angetrabt kam, und Schlattmann, der mit mir zusammen die Nova Press AG in Zürich gegründet hatte. Dieser verzichtete auf einen Anwalt.

Zuerst wurden die Personalien der Angeklagten geprüft. Dann befasste sich das Gericht mit Beer, dem vorgeworfen wurde, ein Erwerbsmotiv gehabt zu haben, als er mit mir eine Aktiengesellschaft gründete, ohne dass dafür genügend Mittel vorhanden waren. Im weiteren, dass er die fehlenden Gelder beschaffte und nach der Publikation im Amtsblatt das Geld wieder an sich nahm, um es dem Verleiher zurückzuerstatten. Beers angebliches Vermögen sollte eine halbe Million und sein Jahreseinkommen um die zweihunderttausend Franken betragen. Sein

Verteidiger hob ihn in den Himmel und beschuldigte mich um so mehr, ein verwerflicher Krimineller zu sein, der einen erfolgreichen Geschäftsmann einer Handlung beschuldigte, die hinten und vorn nicht stimmte, also erfunden und erlogen sei.

Der zweite, der an die Reihe kam, war Schlattmann, welchem der Vorwurf der Leichtsinnigkeit gemacht wurde, weil er das Amt eines Verwaltungsrates nicht ernst genug genommen habe. Wenn er auch angab, er habe damals grosse geschäftliche Probleme gehabt, so galt dies vor Gericht nicht als Entschuldigung, sein Amt selbst nicht korrekt ausgeübt zu haben oder wenigstens für eine Vertretung mit den nötigen Kenntnissen zu sorgen.

Schliesslich kam ich dran:

Untersuchungsrichter Waibel liess kein gutes Haar an mir. Ich wurde beim Resumé aller Anklagepunkte auf peinliche Weise abqualifiziert, und mir wurden sogar Vorwürfe bezüglich mein Leben und meine Vergangenheit gemacht. Wie schlimm musste es sich anhören, als von meiner Abstammung die Rede war und meine Mutter als zeitweilige Prostituierte bezeichnet wurde. Und dass ich nicht einmal einen registrierten Vater hatte! Nicht dass ich meine Mutter in Schutz nehmen wollte – die Behörden mussten ihr die Kinder wegnehmen, weil auch der Pflegevater unfähig war, mich zu erziehen. All das war mir ja bekannt, ich hatte es bloss verdrängt und kein Verlangen danach, mir Gedanken darüber zu machen, was sowieso nicht zu ändern war.

Jede meiner Lebensstationen wurde nun vor den Anwesenden ausgebreitet: Die vielen Heimaufenthalte, die Arbeit als Knecht auf einem Bauernhof, erneuter Aufenthalt in Anstalten nach einem psychiatrischen Gutachten. Allerdings hatte man mir bis dato nie ein polizeiliches oder strafrechtliches Vergehen anlasten können. Dann die diversen Firmen und Handelsgesellschaften, die ich aufgebaut hatte und die dann wieder zusammenbrachen, die Beschäftigung bei dieser oder jener Firma und so fort. Ich fühlte mich hundsmiserabel, wie Abschaum, und Danegger hinten mir starrte mich wie ein Strafengel an. Ich wusste, dass er all dies bereits aus meinen persönlichen Akten hatte entnehmen können, die er mir nicht mehr zurückgab.

Auch die verschiedenen Gutachten kamen zur Sprache. Das erste stammte aus dem Jahre 1955 und war von Dr. Schroetter und von Chefarzt Dr. Hinderer genehmigt worden. Darin werde ich als geltungssüchtig, psychopathisch und leicht debil bezeichnet. Das zweite, dreiseitige Gutachten wurde über mich, den 25jährigen, 1962 von den beiden Ärzten Dr. Schmid und Dr. Angst verfasst. Darin wird mir eine Intelligenz an der untersten Grenze des Durchschnitts attestiert, und vom Vorgutachten wiederum der «geltungssüchtige Psychopath» übernommen. Zudem wurde mir Unvermögen zur Aufnahme normaler zwischenmenschlicher Beziehung bescheinigt mit der Formulierung: «Überaus schüchtern, gehemmt und liebenswürdig gerät er bei der geringsten Unannehmlichkeit in unbeherrschte Erregung.»

Im dritten Gutachten, damals war ich bereits dreissig Jahre alt, wird von Psychiater Dr. Heim ein Abklingen der früher festgestellten Psychopathie angenommen, «aufgrund welcher der Proband möglicherweise die in seiner Kindheit und Jugendzeit erlittene Entbehrung an Anerkennung und Zuwendung durch geradezu selbstschädigende Übertreibung und Imponiertaten zu kompensieren versucht habe...». Eine eher neurotische Persönlichkeitsstruktur habe durch die in der publizistischen Tätigkeit gefundene Selbstbestätigung zu mehr Verlässlichkeit, Ausgeglichenheit und Verantwortungsbewusstsein geführt. Dies habe zu durchschnittlichen Intelligenzleistungen geführt, weshalb nicht mehr von einer Geistesschwäche im Sinne von Art. 369 ZGB gesprochen werden könne.

Das vierte Gutachten stammt von der Psychiatrischen Klinik Wil, und wurde von Frau Dr. Gerig und von Chefarzt Dr. Osterwalder unterzeichnet. Im wesentlichen wurde auch dieses Gutachten so abgefasst, dass weite Passagen mit dem früheren übereinstimmen. Darin wurde in einer Fussnote vermerkt: «In der Faktenbasis nicht berücksichtigt sind allerdings die positiven gesellschaftlichen Leistungen Heims, die schriftstellerischen Produkte mit ihrem psychodiagnostisch wohl bedeutsamen Stellenwert.»

Gerade weil alle diese Gutachten so sehr miteinander verwoben waren – also kein einziges ohne Vorurteil verfasst wurde –, konnte das Gericht deren Widersprüchlichkeit nicht ohne weiteres erkennen.

Vom Gericht wurde anerkannt, «dass Heim nie einen nicht erschwinglichen Wohn-, Ferien-, gastronomischen oder sonstigen Lebensstandard geführt hatte, ausgenommen die zeitweilige Benützung eines Rolls Royce.» Im übrigen konnte ich diesen Wagen nach dreijährigem Gebrauch für fünfundvierzigtausend Franken wieder verkaufen. Ich hatte nicht nur einen Gewinn erzielt, sondern konnte mich auch ohne Reue von ihm trennen.

Nach einer Verhandlungspause starrte mich Danegger an, als wäre er erst zufrieden, wenn das Fallbeil endlich über mir niedersauste. Er tat sich sofort mit dem Anwalt von Beer zusammen, dem er offenbar noch mehr Widerwärtiges über mich zu sagen hatte. Ich hörte ihn tuscheln: «Man muss ihm unbedingt das Handwerk legen», worauf Beer und sein Anwalt zustimmend nickten.

Schlattmann stand völlig niedergeschlagen am Fenster, und mein Anwalt meinte, die Richter würden vermutlich nachsichtig sein. Ich hielt es nicht länger aus; ich musste an die frische Luft und humpelte an meinen beiden Stöcken auf die Ausgangstreppe zu, wo ich warten wollte, bis die Glocke wieder erklang.

Wie erwartet, wurde nun auch Danegger ins Geschehen einbezogen. Der Richter fragte ihn, warum er mir denn das Geld nicht bezahlt hätte, wie es vereinbart gewesen sei. Heim habe zwar widerrechtlich seinen Lohn bei der Sardona Versandhaus AG bezogen, aber der Grund sei doch darin gelegen, dass auch er, Danegger, die Gelder der Verlags AG mit unlauteren Machenschaften widerrechtlich für gesellschaftsfremde Zwecke eingesetzt habe. Korrekterweise müsste auch er auf der Anklagebank sitzen. Warum dies bis heute vom Untersuchungsrichter ausser Acht gelassen worden sei, sei ihm ein Rätsel. Danegger konterte, er habe dafür Gelder in andere Firmen gesteckt, die dort wesentlich mehr genützt hätten als im Verlag. Er habe Heim als Partner angesehen und ihm fast fünfzig Prozent der Aktienanteile überlassen.

«Physisch wurden aber keine Aktien ausgehändigt», sagte der Richter und meinte damit, Danegger hätte Heim – ohne die Aktien – jederzeit an die Luft setzen können, was er schliesslich auch getan habe.

Danegger wurde wütend. Jetzt geriet er selbst ins Schleudern. Was, wenn der Richter auch gegen ihn Klage erheben würde? Darauf sagte er:

«Ich bin doch hier nicht der Angeklagte!»

Und der Richter murmelte:

«Da haben Sie ausnahmsweise recht.»

Der Richter forderte die Plädoyers, und der Anwalt von Beer beschuldigte mich allein des Vergehens, in das auch sein Mandant verwickelt war. Während Schlattmann alles zugab, was ihn betraf, aber um Rücksicht bat, weil er auch geschäftlich und private Probleme habe.

Mein Strafverteidiger fasste meine Vergehen, aber auch meine Leistungen, meine getrübte Jugend- und Kindheit zusammen und meinte, ich könne ein so schlechter Kerl auch nicht sein, sonst hätten andere, die mir Vermögen entzogen – damit spielte er auf Danegger an – kaum so glimpflich davonkommen können. Zudem habe die Untersuchungsbehörde Heim erheblich geschadet, und man müsse von Nötigung sprechen, wenn man vom Verzicht auf die Guthaben Heims bei der Teamco-Invest und der Sardona Versandhaus ausgehe.

Die Zeugnisse von meinem Arbeitgeber in der Zeit nach der Untersuchungshaft waren alle positiv und zeigten, dass ich auch gewillt sei, einer Arbeit nachzugehen. Der Unfall sei ebenfalls ein Zeichen dafür, jede sich mir bietende Gelegenheit dafür zu nutzen.

Der Richter nickte zustimmend.

Der Prozess wurde bis zur Urteilsverkündung vertagt. Der Gerichtsentscheid werde den Parteien schriftlich mitgeteilt.

Was jetzt? – Ich sah Danegger mit dem Auto wegfahren. Auf meine Frage an den Verteidiger, was er zum zu erwartenden Strafmass meine, hob er die Schultern. «Wir werden sehen. Lassen Sie sich überraschen!»

Der Mann hat Nerven, dachte ich. Nun, er hatte seine Sache gut gemacht, und damit war seine Tätigkeit praktisch abgeschlossen. Denn wenn das Verfahren an eine höhere Instanz weiterzogen würde, würden die Kosten nicht vom Staat übernommen. Sollte ich mit dem Gerichtsurteil nicht zufrieden sein, müsste ich schon selbst schauen, wie ich dieses Verfahren finanzieren wollte.

Das Gericht hatte in Rapperswil getagt, und es war ein herrlicher, warmer Herbsttag. So sehr ich diese kleine Rosenstadt auch liebte, weil sie mich an viele schöne Stunden mit den beiden Kindern Jeannette und Sybille erinnerte, die hier mit ihrer Mutter wohnten, wünschte ich nichts sehnlicher, als so schnell wie möglich weg von hier. Kein Kaffee, nichts konnte mich nach dieser beklemmenden Verhandlung verleiten, auch nur noch eine Stunde an diesem Ort zu bleiben.

Eines allerdings hatte mir Hoffnung gemacht: dass der Richter auch die Seite Daneggers mit in Betracht zog. Auch wenn gegen ihn gar kein Strafverfahren lief, weil nicht einmal ich auf den Gedanken gekommen war, ein solches anzustrengen. Hätte ich nur den Mut und die entsprechende Hilfe gehabt, ich hätte es bestimmt getan. Selbst auf die Gefahr hin, dass ich ihn noch einige Male hätte sehen müssen...

Nach drei Wochen erhielt ich von meinem Strafverteidiger einen Telefonanruf. Er gab mir das Urteil in groben Zügen bekannt: Fünfzehn Monate auf Bewährung, abzüglich der hundertzwölf Tage Untersuchungshaft, «die er nicht schuldhafterweise verlängert oder herbeigeführt hat». Auch habe er eine hohe Arbeitswilligkeit und berufliche Einsatzbereitschaft entwickelt, ja, die Berufsarbeit sei ihm zu einem wohl alles andere überragenden, wenn auch nicht zum einzigen Lebensinhalt geworden...

Auf die Klage Daneggers konnte das Gericht nicht eingehen. Beer wurde ebenso verurteilt wie Schlattmann. Das Gericht verurteilte Beer zu drei Monaten auf Bewährung mit zwei Jahren Probezeit.

11. KAPITEL

Ein letzter Versuch

Vom Schmerzensgeld für den Unfall konnte ich nicht lange leben. Und ich wollte auf keinen Fall mein restliches Leben im Rollstuhl verbringen. Also musste ich mich anstrengen und die Physiotherapie mitmachen, Tag für Tag, um wieder einigermassen gehen zu können. Ohne Stöcke war dies noch nicht möglich. Dr. Habegger empfahl mir, die Sache bloss nicht zu übertreiben; durch den Unfall sei an den Fussgelenken eine Arthrose entstanden und die werde sich mit den Jahren verschlimmern.

Versicherungsarzt Dr. Wespi legte mir nahe, nur Arbeiten anzunehmen, die meinen Zustand nicht beeinträchtigten. Aber ich wollte und musste etwas unternehmen. Denn weder hatte ich die Absicht, von der Gnade des Sozialamtes zu leben noch im Elend zu versinken.

Da ich keine Arbeit fand, bei der ich wieder ein gutes Einkommen zu erwarten hatte, fasste ich den Entschluss, doch noch einmal etwas zu wagen.

Auf dem Versandweg wollte ich Videofilme vermieten. Darum holte ich Offerten ein; je nach Titel musste ich bis zu zehn Kassetten haben. Neuerscheinungen waren immer sehr teuer, zwischen zwei- und vierhundert Franken das Stück.

Ich liess mir von einer Videothek deren Katalog geben mit den Preisen. Die Tagespreise betrugen dort je nach Titel zwischen zehn bis zwanzig Franken. Wenn ich das Geschäft im Postversand machen wollte, musste ich einen relativ günstigen Preis machen, also fünf Franken pro Tag, wobei für den Tag hin und zurück nichts verlangt würde. Dazu kamen die Postgebühren. Dann musste ich spezielle Boxen anfertigen lassen, die einen mehrfachen Postversand aushielten. Es musste auch ein «Fenster» für das Adressfeld der Rechnung vorgesehen sein. Ich überlegte, dass ich es nur schaffen würde, wenn ich im voraus eine bestimmte Summe verlangte, also Abonnemente von fünfzig, hundert und mehr Franken.

Nachdem ich mir die wichtigsten und gängigsten Video-Titel zusammengestellt hatte, schaltete ich in einer Illustrierten Zeitung eine Farbanzeige. Sofort bekam ich einige Hundert Bestellungen und die Adressen von Interessenten. Jetzt musste alles sehr schnell gehen: Die Kassetten und die Versandboxen beschaffen, Einzahlungsscheine drucken lassen, einen Computer kaufen und ein brauchbares Computerprogramm für den Versandhandel erstellen lassen. Dabei hatte ich besonderes Glück: Auf meine Anzeige für eine solche Arbeit hin gelangte ich an zwei Hochschullehrer, die ein geeignetes Programm konzipieren wollten. Es war eine recht komplizierte

Aufgabe, und die ETH-Leute schafften sie zum verhältnismässig geringen Preis von nicht einmal zehntausend Franken.

Es musste auch ein spezielles Rechnungsformular kreiert und gedruckt werden, damit die Sache für den Besteller und für mich möglichst einfach zu handhaben war. Der Kunde sollte auch gleich wieder neue Titel bestellen können. Nach etwa zwei Monaten funktionierte alles reibungslos. Die Anzeigen erschienen erneut, und ich bekam innert weniger Monate über zwölftausend Abonnenten.

Bei meinen Auswertungen konnte ich genau feststellen, wieviele Male ein Titel ausgeliehen worden war, welche Kassette sich bereits amortisiert hatte oder wie oft sie noch ausgeliehen werden musste, um die Kosten zu decken. Dazu kam noch ein Handbuch, ein gedruckter Katalog mit über sechstausend Titeln.

Es lief ausgezeichnet. Jeden Morgen musste ich bei der Post kisten- und sackweise Kassetten abholen, deren Daten erfassen, die neuen Bestellungen eingeben und dann den Tagesversand ausdrucken und spedieren lassen. Auf dem Poststempel konnte ich ablesen, wer die Sendung am Vormittag aufgegeben hatte; dann wurde dem Kunden ein Tag weniger verrechnet, als wenn er diese erst am Nachmittag aufgab. Das war Bestandteil der Liefer- und Zahlungsbedingungen. Ausserdem mussten die Kassetten auf Beschädigungen hin kontrolliert werden oder darauf, ob sie zurückgespult worden waren. Eine

Rückspulung kostete Zeit, und dafür wurden dem Kunden zwei Franken belastet.

Über ein Jahr lang machte ich diesen Stress mit; ich spürte meinen Fuss schon gar nicht mehr. Ich rannte – vielmehr humpelte – ständig auf die Post und von dort wieder nach Hause. Ich hatte den Betrieb in einer Parterrewohnung eingerichtet; für mich hatte ich bloss das Schlafzimmer und die Küche. Sonst war alles Büro und Lager mit einer automatischen Verpackungsanlage. Richtig professionell!

Nur etwas machte mir Sorgen, nämlich die Auswahl der gewünschten Filme. Ich führte neben Krimis auch Unterhaltungsfilme und Softpornos im Programm, daneben auch lehrreiche, künstlerisch wertvolle Werke. Diese wurden allerdings praktisch nie oder nur ganz selten verlangt.

Eines Tages schaffte ich es nicht mehr. Der Fuss war derart angeschwollen, dass mir der Arzt riet, mich sofort auszuspannen und keine Berufstätigkeit mehr auszuüben. Was sollte ich jetzt tun? – Das ging doch nicht. Ich musste die vielen Kunden bedienen, sonst hätte ich anderentags nur empörte Anrufe gehabt wie am Anfang, als es noch nicht so richtig klappte und die Abrechnungsbeträge nicht stimmten. Jetzt hatte ich alles so schön eingerichtet für einen Einmannbetrieb und es ging mir gut. Viel Geld war in Kassetten, Computer mit Software und in die Packmaschine investiert, so dass ich es mir einfach nicht leisten konnte, untätig herumzuliegen.

Ich schenkte also den Ermahnungen des Arztes keine grosse Beachtung und arbeitete weiter, allerdings nicht, ohne von Zeit zu Zeit Pausen einzulegen. Doch die laufenden Bestellungen und Telefonate liessen mich nicht zur Ruhe kommen. Die Zahl der Abonnenten nahm ständig zu, und immer mehr Kassetten wurden verlangt. Meine Arbeit wollte nicht enden. Der Computer zeigte auch an, wieviel jeder einzelne Kunde jährlich bei mir umsetzte. Es gab welche, die bloss für vierzig bis fünfzig Franken bestellten, andere für über tausend.

Es war erstaunlich und jederzeit nachvollziehbar, was ich verdiente, welche Auslagen ich hatte, welche Titel nicht nur amortisiert, sondern wirklich grosse Einnahmen brachten. Diese positive Entwicklung war geradezu geeignet, den ganzen Laden zu verkaufen. Denn ich wusste, dass allein die Adressen für den Versandhandel sehr wertvoll waren. Dazu kamen noch die Videokassetten, das EDV-System und die Frankiermaschine mit der «Verpackungsstrasse».

Ich suchte einen Abnehmer und machte eine Anzeige. Der Interessent konnte jederzeit zu mir kommen und alles anschauen. Er würde sich auch gleich über meinen täglichen Ausstoss orientieren können; damals waren im Durchschnitt täglich über viertausend Kassetten zu versenden. Ich musste also Tag und Nacht arbeiten, um alles zu bewältigen, weshalb ich mich gesundheitlich auch übernommen hatte. Ich würde es auch frei heraus sagen, dass ich dieses gutgehende Geschäft nur wegen meines angeschlagenen Gesundheitszustands verkaufen wollte. Wenn ich keinen vernünftigen Preis erzielen würde, war ich entschlossen, jemanden anzustellen.

Bald waren noch zwei potentielle Käufer im Rennen, die bereit und in der Lage waren, eine happige Summe zu bezahlen. Der eine wollte, dass ich weiterhin dabei sein sollte, aber das ging nun wirklich nicht mehr. Zudem hatte ich die Nase voll von diesem niveaulosen Geschäft.

Ich rechnete aus, was mich der ganze Aufbau gekostet hatte inklusive der Anzeigen, denn damit hatte ich die Kunden gewonnen. Diese investierte Summe und darüber hinaus eine Viertel Million Franken, das war mein Preis.

Der Handel wurde innert drei Tagen abgeschlossen, und ich erinnere mich, dass ich – kaum war der Käufer weggegangen und ich den Scheck in Händen hielt – mit fliegenden Stöcken zur Bank rannte und nach der Deckung der Summe fragte. Zum Glück lächelte der Bankbeamte. Ich löste den Scheck sofort ein und liess die Riesensumme auf mein Konto überweisen.

Jetzt hatte ich nur noch abzuwarten, bis der Käufer am Nachmittag mit einem Lastwagen wieder auftauchte. Ich druckte noch in aller Eile einen Brief an alle Kunden aus, in dem ich mich für ihre Treue bedankte, meinen Gesundheitszustand als Grund für die Geschäftsaufgabe nannte und die Adresse der neuen Auslieferungsstelle bekanntgab.

Die Kundenguthaben wurden von der neuen Besitzerin, einer angesehenen Handelsgesellschaft, übernommen. Darauf setzte ich nochmals die Falzmaschine in Betrieb und liess die Briefe maschinell kuvertieren und frankieren. Innert zwei Stunden war diese Arbeit fertig. Da kam der Lastwagen, und ich führte einem Angestellten der neuen Firma kurz in die Bedienung des Computers ein.

Die Arbeiter hatten bereits alles verladen, und ich hatte ihnen noch geholfen, die Kisten zu verstauen. Dann geschah es: Ich fühlte plötzlich, wie der Boden unter mir wegsackte. Gegen den Schmerz im Bein war ich schon lange stumpf geworden. Es musste also einen anderen Grund haben. Ich sah nur noch ein Gesicht, das sich über mich beugte. Von weit her hörte ich meinen Namen rufen:

«Herr Heim, Herr Heim, Herr Hei...»

Dann war es aus.

Ich erwachte in der Klinik, und wieder beugte sich jemand über mich. Das Gesicht kannte ich doch! War das nicht...? – Es war Dr. Habegger.

Er lächelte freundlich.

«Nun, Herr Heim, was machen Sie denn für Sachen...?»

«Ist es schlimm?» fragte ich zurück.

Der Arzt schaute mich nur ernst an und erwiderte:

«Sie haben sich nicht an meine Anordnungen gehalten, sonst lägen Sie jetzt nicht hier.»

Ich hing wieder am «Tropf». Und ich fühlte, wie müde ich war. Dr. Habegger spritzte etwas in den Schlauch, und ich hörte noch, wie er sagte:

«Jetzt werden Sie etwas schlafen und dann...»

Die Stimme wurde immer leiser, bis ich nichts mehr hörte.

Ich war also wieder ein Spitalfall. Zwar waren die Knochen noch heil, doch das Fussgelenk war bedenklich angeschwollen und ganz blau. Zum Glück hatte ich im letzten Moment das Geschäft verkauft, denn jetzt wäre es unmöglich gewesen weiterzumachen. Eine solche Chance kommt nicht zweimal! Die Kundschaft hätte mich verlassen, und die restlichen Guthaben zurückgefordert. So hatte ich den besten Preis erzielt, den man sich vorstellen kann. Eigentlich wäre ich jetzt in der Lage gewesen, es mir gemütlich zu machen und mir ohne Sorgen die Spitalpflege angedeihen zu lassen. Wäre da nicht das besorgte Gesicht des Arztes gewesen. Auch der beigezogene Orthopäde Dr. Meyer kam an mein Spitalbett. Offensichtlich hatte ihn der Oberarzt gerufen, weil er die notwendige Entscheidung nicht allein treffen wollte.

«So, mein Lieber», sprach er mich an, «wir müssen miteinander reden, was zu tun ist. Ich habe Ihnen schon vor mehr als einem Jahr erklärt, dass Ihr Fuss auf die Dauer nicht so bleiben kann.»

Ich befürchtete, bald im Rollstuhl zu sitzen, denn ich fühlte wirklich nichts mehr im linken Bein. Es schien wie gelähmt. Hilfesuchend richtete ich meinen Blick auf Dr. Habegger. Dieser untersuchte nun den Fuss und bog ihn hin und her, als sei er seiner Sache noch nicht sicher. Er drückte daran herum: «Tut das weh?» fragte er, strich mit einem Lineal über die Fusssohle und stach mir mit einer Nadel an verschiedenen Stellen in Fuss und Bein.

«Ich spüre überhaupt nichts, als ob ich gar keinen Fuss mehr hätte...»

Ich regte mich sichtlich auf.

«Das ist eine Lähmungserscheinung. Sie geht aber wieder vorbei. Sie haben den Fuss überstrapaziert.»

Ich getraute mich gar nichts mehr zu sagen, weil ich hätte annehmen müssen, die Diagnose nur noch zu verschlimmern.

Dann fragte er: «So, wie ist es jetzt? Sollen wir die Operation machen?»

«Operation? – Was für eine Operation!» wiederholte ich, als ob ich es nicht bereits wüsste, weil doch dieser Spezialist da war.

«Die Arthrodese, die Fussversteifung», erklärte Dr. Meyer.

Ich sah ihn lange, sehr lange an, ohne eine Silbe hervorzubringen. Dann fragte ich:

«Können wir nicht noch etwas zuwarten? – Vielleicht wird's ja wieder besser.»

«Ich muss Sie warnen», entgegnete der Arzt, «Sie können auch zu lange warten.»

«Nur noch ein paar Wochen, um zu sehen, ob es nicht doch besser wird», bat ich.

Meyer blickte zu Habegger, der ihm stumm zunickte.

«Gut, es ist Ihre Entscheidung. Aber Sie werden früher oder später nicht darum herumkommen. Hoffentlich ist es dann nicht zu spät!»

Die Herren gingen wieder. Bei jeder sich bietenden Gelegenheit versuchte ich, aus dem Bett zu kommen. Aber ich spürte, dass ich keine Kraft und kein Gefühl mehr hatte. Die Schwester schalt mich, als ich aufstehen wollte, weil ich doch jetzt Schonung brauchte.

Ich wollte mich anstrengen, damit man mich nicht überreden konnte, doch noch diesen hässlichen Eingriff vornehmen zu lassen. Ich musste um Kraft beten, Tag um Tag. Überhaupt hatte ich jetzt Zeit nachzudenken, was in Zukunft mit mir geschehen sollte. Denn Dr. Habegger hatte gesagt, ich würde mit aller Wahrscheinlichkeit bloss noch eine Teilzeitarbeit annehmen können.

Dieser Dr. Meyer, der hatte mir wirklich Angst gemacht. Aber wovor sollte ich Angst haben? Man hat sie doch nur, wenn man etwas nicht versteht. Gerade bei einem so schwerwiegenden Eingriff, sollte man meinen, hätte der Patient eine bessere Erklärung gebraucht. Angst ist bekanntlich kein guter Ratgeber, und schon gar keine Hilfe. Und jetzt brauchte ich die – auf welche Weise auch immer.

Am Abend besuchte mich Paul Hefti, dem ich den ganzen Vorfall erzählte, soweit ich ihn überhaupt mitbekommen hatte. Denn da gab es etwas, das mir noch unklar war. Wie war ich hierher gekommen, und wo waren meine Hausschlüssel. Ja, ist die Wohnung überhaupt verschlossen? Paul versprach, der Sache nachzugehen. Die Wohnung lag auf seinem Weg; wenn er vom ETH-Institut kam, konnte er leicht diesen kleinen Umweg machen.

Wenige Tage später besuchte er mich wieder und schloss bei mir die Gedächtnislücken: Als der Angestellte, der die Ware aus meiner Wohnung übernommen hatte, sah, dass ich kollabierte, rief er sofort den Notarzt an. Dieser liess die Ambulanz rufen, und da in meinem Geldbeutel die Rezeptur der Antikoagolinbehandlung des Spitals notiert war, wurde ich sofort ins Triemli-Spital eingewiesen. Gleichzeitig wurde von Dr. Habegger mein Hausarzt verständigt, bei dem ich in ständiger Behandlung war. Sodann soll die Wohnung von der Ambulanzmannschaft abgeschlossen und der Schlüssel zu meinen Effekten gesteckt worden sein, die in meinem Schrank lagen. In der Tat fand sie Paul in einem Kuvert mit der Geldbörse zusammen und einigen anderen Dingen, die man mir abgenommen hatte, als man mich auszog.

In diesem Moment stellte ich wieder einmal fest, wie einsam ich im Grunde war. Wäre der Zusammenbruch nicht zufälligerweise zu einer Zeit erfolgt, als noch jemand zugegen war, ich hätte sterben können und niemand hätte vielleicht wochenlang davon erfahren. Die Einsamkeit hat mir nie etwas ausgemacht, weil ich mich selten einsam fühle – es sollte mir aber eine Warnung sein, dass das Leben nicht für Einzelgänger gemacht ist. Nur, würde ich mich jemals ändern können?

Es vergingen zwei lange Wochen – einsame Wochen. Eine Zeit, wo mir klar wurde, dass ich von jetzt an kürzer treten musste, da ich noch nicht aus dem alten Trott herausgekommen war. Meine Unruhe wurde von Angst für die Zukunft und um meine Gesundheit begleitet.

Langsam war in meinen Fuss wieder Gefühl zurückgekehrt. Die Beine waren aber noch viel zu schwach, und ich musste versuchen, mit langen Übungen und Physiotherapie meine Kräfte wieder zurückzugewinnen. Ich führte viele gute und interessante Gespräche mit dem Oberarzt, der meinen früheren Verlag kannte, als ich noch medizinisch-wissenschaftliche Werke verkaufte. Das verhalf mir zu ein bisschen Freude, weil ich annehmen konnte, dass meine Aktivitäten nicht alle ganz umsonst gewesen waren. Im übrigen hatte ich damals allen Abonnenten, die das neunbändige Medizinwerk erwarben, zu Weihnachten eine Flasche Champagner aus dem Hause Baur au Lac in Zürich geschenkt. Offenbar hatte das einen nachhaltigen Eindruck hinterlassen. Wenn mir diese Kundschaft schon das Vermögen von einer Viertelmillion Franken eingebracht hatte, wollte ich mich auch nicht lumpen lassen und dachte, ein solches Geschenk wäre angemessen.

Als ich mich nach weiteren zwei Wochen wieder einigermassen auf den Beinen halten konnte, entliess mich der Arzt nach Hause. Immer noch musste ich täglich ein physiotherapeutischen Programm absolvieren.

Dann wollte ich wieder arbeiten, wenn auch nur teilzeitlich. Und ich fand eine neue Tätigkeit: Die Stadt Zürich suchte einen Hauswart im Teilzeitverhältnis. Anfänglich waren es nur dreissig Prozent, was mir gerade recht schien als Einstieg.

Es gab da aber eine peinliche Hürde: Angestellt werden sollte nur jemand mit einwandfreiem Leumund, also ohne Vorstrafen. Seit gut einem Jahr war ich jetzt vorbestraft. Ob dies allerdings etwas ausmachen würde, wusste ich nicht.

Der städtische Sekretär für die Einstellung des Reinigungspersonals und mein zukünftiger Vorgesetzter, der Chefhauswart des Berufsschulhauses an der Lagerstrasse im Stadtkreis vier luden mich zu einem Gespräch. Wichtig schien ihnen in erster Linie, dass ich kein Dieb und kein Sittlichkeitsverbrecher war. An meinem Einsatzort gingen nämlich auch Jugendliche, die Leichtathletiksport betrieben, ein- und aus. Nein, eine solche Befürchtung war in meinem Fall nicht gerechtfertigt.

Man gab mir stillschweigend eine Probezeit. Ich musste morgens um sechs Uhr zur Arbeit erscheinen und war immer der erste. In der Umkleidekabine fand ich dann verschiedentlich Zwei- oder Fünffrankenstücke, die ich aber liegenliess. Später fand ich auch einmal in der Turnhalle eine Zehnernote und gab sie dem Hauswart ab. Zuerst nahm ich an, ein Jugendlicher hätte sie verloren. Dann hätte sie vermutlich ein Schüler gefunden. Alle diese «Verführungen» waren hingegen für mich gedacht, weil man meine Ehrlichkeit prüfen wollte. Ich fand auch kleine Münzen, die ich ebenfalls dem Hauswart abgab, um ja keinen Verdacht auf mich zu lenken. Ich muss gestehen, dass ich diese Fallen überhaupt nicht bemerkte, auch wenn sie sehr offensichtlich gestellt waren. Ich nahm an, die Jugendlichen seien tatsächlich so schlampig und würden nicht genug auf ihr Eigentum aufpassen.

Als ich die Zehnernote fand, fürchtete ich, dass der Jugendliche, der das Geld verloren hatte, sein Mittagessen in der Kantine nun nicht mehr bezahlen könnte. Deshalb schrieb ich einen Zettel und hängte ihn an die Anschlagtafel, um anzuzeigen, dass jemand Geld verloren habe und sich beim Hauswart melden sollte, vorausgesetzt, er wisse wieviel. Nach zwei Wochen hatte sich noch niemand gemeldet. Selbst dann ahnte ich noch nichts von den Fallen.

Ich hatte einen fixen Turnus zu absolvieren: Reinigen der Turnhallen, der Duschräume, der Treppen und Lifte, dann der Keller und – wenn dafür noch Zeit war – ein oder zwei Schulzimmer, die an diesem

Vormittag nicht benützt wurden. Diese hatte ich auszuräumen, die Böden aufzuwischen und mit der Maschine zu polieren.

Bald hatte ich den Dreh heraus und schaffte nicht nur zwei, sondern bis zu sechs Schulzimmern, was den Hausmeister freute. Ich war froh für diese Tätigkeit; nicht nur, weil sie mir Verdienst einbrachte, sondern weil ich damit auch einen wichtigen Beitrag zu einem Schulbetrieb leisten konnte.

Mein Fuss schmerzte nach wie vor und ich hinkte. Zwischendurch musste ich oft Pausen einlegen, weil ich es zu eilig hatte und mehr leisten wollte, als ich hätte müssen und mir gut tat. Wenn ich am Nachmittag zur Physiotherapie kam, musste ich mir immer wieder eine Schelte anhören. Ich sei unverbesserlich, sagte die Therapeutin. Sie meinte es nicht böse, und ich wusste, dass sie recht hatte.

Nach einem halben Jahr bekam die Schulbehörde Anweisung, alle Teilzeitstellen abzubauen, weil die Stadt sparen müsse. So war ich es wieder einmal, der sich eine neue Stelle suchen musste.

Der Zufall wollte es, dass gerade in dieser Zeit eine vollamtliche Hauswartstelle bei einer grossen Lebensversicherung in Zürich frei wurde, für die ich mich bewarb. Wie gewöhnlich waren Zeugnisse und Referenzen beizubringen. Ich war der Meinung, mein erlernter Beruf als Schreiner sei dem eines Sanitärinstallateurs mindestens ebenbürtig. Meistens wurden für solche Aufgaben eher Sanitärinstallateure oder Elektriker genommen, weil Schäden in diesen Bereichen wesentlich öfter vorkommen als defekte Rolläden oder Türen. Solche Reparaturen konnte letzten Endes auch von einem Sanitärinstallateur behoben werden. Schäden grösserer Ausmasse waren sowieso versichert, so dass bei Bedarf ein Schreiner gerufen werden konnte.

Ich frage mich ernstlich, warum ich einen solchen Job annehmen wollte, wo ich zwar die Schreinerlehre abgeschlossen, doch in den letzten Jahren nur sehr wenig handwerklich tätig gewesen war. Der Grund lag darin: Ich hatte einfach Freude bekommen, Dienstleistungen zu verrichten. Jetzt kamen auf einmal die Leute zu mir, wenn sie mich brauchten. Und ich hatte erst jetzt den Eindruck, endlich ein nützliches Glied der Gesellschaft geworden zu sein.

Beim Vorstellungsgespräch fragte mich der Verwalter, Max Fehr, der allein in der Stadt Zürich über zehntausend Wohnungen zu verwalten hatte, ob ich etwas sanitäre Kenntnisse hätte, worauf ich ihm versicherte, ich wüsste immerhin, wie Wasserleitungen abzustellen oder Armaturen auszuwechseln seien. Auch hätte ich reichlich Erfahrung mit verstopften Toiletten, die von den Jugendlichen oft absichtlich, um den Hauswart zu ärgern, mit ganzen Papierrollen ausser Betrieb gesetzt worden seien.

Die Zeugnisse und mein Beruf schienen auf Verwalter Fehr grossen Eindruck zu machen, und er wollte unbedingt einen Schweizer als Hauswart für die delikaten Mieter der luxuriösen Anlagen am Zürichsee.

Der Lohn war vielversprechend. Ich hätte mir nie geträumt, dass ein Hauswart ein solches Einkommen erzielt und erst noch in den Genuss so vieler Vergünstigungen, was Versicherungen so alles zu bieten haben, kommt. Mir stand sogar eine grosse Dreizimmer-Wohnung zur Verfügung – unter Umständen zu einem Vorzugspreis.

Im ehrfurchterheischenden, renovierten «Weissen Schloss», wie die Liegenschaft hiess, wohnten viele reiche ältere Leute – Ärzte, Geschäftsleute und vor allem jüdische Familien –; dazu gehörte ein grosses Erstklass-Hotel, das von der bekannten Hotelierfamilie Seiler geführt wurde, die auch in Zermatt und anderswo Hotels besitzt.

Wiederum gab es auch hier eine Hürde, die erst genommen werden musste. Nicht die eines guten Leumunds, sondern das Attest des Vertrauensarztes der Versicherung. Denn einem Herzkranken wäre eine solche Arbeit nicht zuzumuten. Und einmal angestellt, hätte die Versicherung bei einem Unfall oder dergleichen unter Umständen lebenslang für den Betroffenen zu zahlen.

Also musste ich eine gründliche Untersuchung über mich ergehen lassen. Zum Glück hatte ich damals keine Schmerzen mehr am Fuss. Er war auch nicht geschwollen, weil ich in letzter Zeit etwas sorgfältiger damit umgegangen war und ihn nachts hochgelagert hatte. So konnte der Arzt nichts Negatives feststellen, als er mich einige Meter auf- und abgehen liess. Die Fragen über Unfälle, Krankheiten, Versicherungen und so weiter beantwortete ich alle gewissenhaft, denn sollte mir etwas passieren und ich hätte falsche oder unzureichende Angaben gemacht, würde ich eine allfällige Rente verlieren. Der Arzt hatte alles notiert und empfahl mich ohne Bedenken als Hauswart.

Fehr schien zufrieden. Ich noch mehr! Mit dem Vorsatz, der zuverlässigste Mann der Welt zu sein und alles zu tun, was in meiner Macht stand, dieses Amt pflichtgetreu und zuverlässig auszuüben, trat mich meine neue Stelle an.

Als Nachbarn bekam ich eine jüdische Familie mit vier Mädchen und einem kleinen Jungen. Die Dr. Daw Sternbuch's. Er war Wirtschaftsjurist und im Liegenschaftshandel tätig. Seine Frau war eine goldblonde, bildhübsche hochgewachsene Amerikanerin.

Unter mir wohnte eine alte Frau, Elsie Riemer, die seit über fünfundzwanzig Jahren schwerst behindert und bettlägerig war. Im gleichen Haus wohnte auch Hotelier Seiler mit seiner Familie. Im ersten Stock führte der Zahnarzt Dr. Gruenberg eine luxuriöse Praxis. Die Miete dafür kostete an die zehntausend Franken im Monat! Und im Parterre befand sich ein Detektivbüro sowie eine Handelsgesellschaft, und im ersten Stock neben Dr. Gruenberg wohnte eine Frau Schwarz, die vor jedem Sabbat ein riesiges

«Geköch» für eine Unmenge Gäste veranstaltete. Sie war eine herzensgute Frau und tat sehr viel für bedürftige jüdische Flüchtlinge. Ihre ganze Kraft investierte sie in die karitative Arbeit für ehemalige KZ-Juden und versuchte, ihnen Gutes zu tun.

Da gab es noch den Rabbiner Dr. Teichmann, der zwar nicht im gleichen Haus lebte, jedoch in einer der Liegenschaften, die ich ebenfalls zu betreuen hatte. Ein sehr liebenswerter Mann, der an jüdischen Feiertagen im Fernsehen oft «Das Wort zum Sonntag» sprach. Teichmann verstand sich als eine Art Bindeglied zwischen dem Juden- und dem Christentum und versuchte Verständnis für beide Religionen zu wecken.

Obwohl ich von ihnen «Goy» genannt wurde, was soviel wie «anderes Volk» bedeutet, schätze ich die Juden. Sie sind etwas Besonderes, und ich empfinde Ehrfurcht vor ihnen, weil ich das Gefühl habe, sie seien als Volk tatsächlich von Gott auserwählt und stünden ihm näher. Von Freitagabend an rühren sie keine Hand mehr. Die reichen Juden haben nichtjüdische Dienstmädchen, die für sie kochen, das Geschirr abwaschen, das Licht ein- und ausschalten, und wenn es an der Türe klingelt, diese öffnen. Ein frommer Jude wird aber an einem Sabbat niemals läuten, weil dies für ihn bereits eine «Arbeit» ist. Sogar die Türfalle zu drücken ist für ihn Arbeit...

Um den Weg von zu Hause bis zur Synagoge so kurz wie möglich zu halten, wohnen die meisten Juden in unmittelbarer Nähe ihres Gotteshauses und nehmen den oft viel höheren Mietzins in Kauf, der sich daraus ergibt. Ich habe nie verstanden, dass es Menschen gibt, die Angehörige eines so einflußreichen Volkes verfolgen, quälen oder verletzen können. Trotzdem gebe ich zu, dass es einen schon ärgern kann, wenn ein Jude nicht grüsst. Aber sie deshalb zu beschimpfen oder zu verachten, ist unchristlich. Ich gebe ebenfalls zu, dass ich lieber ein Christ bin. Aber möglichst einer, der nach den Gesetzen Gottes lebt und willens ist, den Weg zu gehen, der ihm Christus vorgezeichnet hat. Dann wird er auch Verständnis haben für Menschen, die anders sind als er.

Wir hatten auch eine Judenhasserin im Haus. Sie hiess Emely Grob, lebte allein und war sehr unglücklich. Sie hatte einiges Vermögen, und ich wusste nicht, warum sie Leute jüdischen Glaubens Steine in den Weg legte, wo sie nur konnte. Am Sabbat verschloss sie regelmässig die Haustüre, damit Gäste und die jüdischen Mitbewohner nicht hinein konnten. Frau Grob äugte ständig durch ihre Tüllvorhänge, wenn die mit ihren grossen Hüten und rabenschwarzen Mänteln vor der Haustür standen und gestikulierten, um jemand im innern auf sich aufmerksam zu machen. Die einzige, die sie jeweils bemerkte, war die alte Grob, die schadenfreudig und kichernd zuschaute, wie diese Männer und Frauen im Regen standen...

Ich stellte sie einmal zur Rede, dass dies wirklich nicht gehe. Was sie denn davon habe, wenn sie Juden beschimpfe. Wäre es nicht besser, sie einmal einzuladen, um diese Menschen besser kennenzulernen?

«Meine Türschwelle wird niemals von einem Juden überschritten», fauchte sie.

Die Mitteilung über Frau Grobs Verhalten an die Hausverwaltung wurde eher kühl aufgenommen. Jedenfalls nahmen weder Verwalter Fehr noch sein Stellvertreter Armin Schütz dazu Stellung. Im Gegenteil: Sie meinten, die Juden würden immer «Stunk» machen, und man dürfe sich von ihnen nur ja nichts bieten lassen...

Frau Grob war schweigsam und verbissen, bis sie sich eines Tages selbst das Leben nahm. Zuvor hatte sie einige Leute von der Strasse geholt und ihnen eröffnet, sie könnten bei ihr ein frugales Nachtessen einnehmen. Alles jüngere Leute, die sie nur wenige Male gesehen hatte. Mit einem der jungen Männer, einem Künstler, pflegte sie eine engere Bindung. Vielleicht war es eine Art Spätliebe, oder er erinnerte sie an jemanden, den sie früher gekannt hatte und der inzwischen nicht mehr lebte. Ich traf ihn einige Male vor ihrer Wohnung. Frau Grob soll ihm eröffnet haben, er werde einmal alles von ihr erben, weil sie keine Verwandte mehr habe.

An besagtem Abend ging es recht laut zu und her in einem vornehmen Restaurant am See. Der Wirt kannte diese eher einfach wirkende Frau nicht genug und wollte sichergehen, dass sie die Zeche überhaupt bezahlen konnte. Frau Grob sagte ihm vor allen Leuten:

«Das ist mein Leichenschmaus. Ich möchte wenigstens selbst auch etwas davon haben, wenn mein Leben schon zu Ende geht.»

Es wurde plötzlich still im Saal; diese Bemerkung verdarb den Gästen die Stimmung. Dann munterte sie sie aber auf, doch herzhaft zu essen und zu trinken. Denn zu einer weiteren Mahlzeit würde sie niemanden mehr einladen. So ging das makabere Geschehen weiter, und alle dachten, die Alte hätte eben ihre Grillen. Wie sollte sie denn wissen können, wann sie das Zeitliche segnete? Jeder langte zu, wie er nur konnte. Später verabschiedete sie sich von jedem einzelnen und ging. Auf die Frage des jungen Künstlers, ob er sie nicht besser begleiten sollte, meinte sie, sie sei schon über fünfzig Jahre diesen Weg gegangen und kenne ihn auswendig...

Ihr Weg führte am See entlang zur Tödistrasse, wo sie wohnte. Sie kam dort niemals an. Ich entsinne mich genau, weil ich damals mit einer schweren Erkältung und Fieber im Bett lag, als es an meiner Wohnungstüre läutete.

Zwei Polizisten standen davor, und ich muss ziemlich erschreckt ausgesehen haben, weil mir der Anblick von Polizeibeamten jedesmal unangenehme Erinnerungen weckt im Zusammenhang mit den Strafklagen von Waibel und Widler.

«Sind Sie der Hauswart?» fragte mich der eine.

«Ja, was kann ich für Sie tun?»

«Mein Name ist Walter Müller und mein Kollege heisst *Meier zwei*. Wir sind von der Stadtpolizei. Können wir Sie einen Moment sprechen?»

Mir wurde ganz mulmig, weil ich die beiden nun in die Wohnung hineinlassen musste.

«Sie kennen doch Frau Grob, die im zweiten Stock wohnt?»

«Ja, natürlich. Sie ist eine Mieterin. Ist etwas passiert?»

«Die Seepolizei hat sie heute morgen aus dem Wasser gefischt. Sie ist ertrunken.»

Nun wurde ich erst recht bleich und wollte wissen:

«Ist sie tot gemacht worden?»

Auf diese seltsame Formulierung hin schauten sich die beiden Polizisten an und wandten sich dann mit einem unterdrückten Lachen mir zu:

«Das wissen wir nicht. Warum, gibt es einen Grund dafür?»

«Ach, ich weiss nicht. Sie hatte schon ihre Feinde. Aber ich glaube nicht, dass man eine alte Frau wegen Reibereien oder Unstimmigkeiten einfach umbringt.»

Müller sagte:

«Bis jetzt wissen wir nichts davon. Es gibt auch keinerlei Spuren einer Gewalteinwirkung. Aber wir brauchen jemanden, der sie identifiziert. Können Sie das übernehmen?»

«Ich? – Wieso ich? Ich bin krank», sagte ich entschuldigend, wollte mich aber ganz einfach davor drücken, eine Leiche zu sehen.

«Schauen Sie», erklärte der Polizist, «als Hauswart kennen Sie diese Frau. Wir nicht. Wir brauchen aber die Gewissheit, dass es sich bei der Toten um Frau Grob handelt.»

Ich erklärte, ich hätte keinen Schlüssel zu ihrer Wohnung. Da kam mir erst in den Sinn, dass sie ja kaum in ihrer Wohnung liegen konnte. Es sei denn, die Polizei hätte den Leichnam dorthin gebracht.

Bevor ich weiterreden konnte, sagte Müller:

«Die Leiche liegt im gerichtsmedizinischen Institut. Wenn Sie mitkommen wollen, warten wir solange, bis Sie sich angezogen haben.»

«Und bringen Sie mich dann auch wieder zurück?»

«Natürlich. Sie kennen doch den Spruch: *Die Polizei, dein Freund und Helfer.*»

Ich musste unwillkürlich grinsen, schwieg aber. Mir war nicht wohl bei der Sache. Schliesslich dachte ich, ich würde damit bestimmt die Pflicht eines Hauswarts erfüllen, wenn ich diese tote Frau identifiziere.

In den langen Korridoren des Instituts roch es stark nach Formalin. Wir betraten einen Nebenraum, wo bereits der Pathologe stand. Mein Blick fiel auf die mit einem weissen Tuch zugedeckte Bahre, das der Arzt nun am Kopfende zurückschlug.

Eine friedlich schlafende Frau lag da, und ich konnte nicht anders, als sie zu begrüssen, wie ich es immer getan hatte:

«Hallo, Frau Grob?»

Während Müller das Lachen verkneifen musste, zwinkerte *Meier zwei* bloss mit den Augen.

«Sie ist tot», sagte der Pathologe, und ich stierte ihn zweifelnd an.

«Sie sieht aus, als würde sie schlafen.»

«Also ist es nun Frau Grob?» wollte Müller wissen.

Ich versicherte, dies sei die Mieterin Frau Emely Grob von der Tödistrasse Nr. 20.

Damit war meine Pflicht getan. Ich wollte möglichst schnell wieder nach Hause, damit ich der Verwaltung Mitteilung machen konnte. Die Polizei fragte mich, ob ich wisse, ob Frau Grob Verwandte habe. Ich sagte, es gebe da nur einen jungen Mann, einen Künstler, mit dem sie des öfteren ausgegangen sei und der bei ihr in der Wohnung verkehrte. Die Adresse müsste irgendwo in der Wohnung zu finden sein, wenn sie dort hineinkönnten.

Sie konnten, weil Frau Grob die Handtasche auf sich getragen hatte. Darin befanden sich die Wohnungsschlüssel, der Geldbeutel mit einer ziemlich happigen Rechnung des Restaurants, in dem sie tags zuvor ihren «Leichenschmaus» verzehrt hatte.

Nach etwa drei Monaten wurde die Wohnung geräumt und vollständig renoviert. Und was Frau Grob ihr Leben lang standhaft verweigert hatte, nämlich einen Menschen jüdischen Glaubens in ihre Wohnung zu lassen, wurde jetzt Tatsache: ein jüdischer Zahnarzt mit seiner jungen Familie zog ein.

Ich arbeitete sehr hart von morgen früh bis abends spät. Samstags und sonntags, wenn ich nicht hätte arbeiten müssen, erledigte ich alle jene Arbeiten, für die ich unter der Woche keine Zeit gehabt hatte. Im Winter musste ich zum Schneeräumen oft um vier Uhr aufstehen, um die vielen Parkplätze vor dem Haus freizuschaufeln. Dann kamen immer wieder die grossen Tankwagen, um das Heizöl aufzufüllen. Obwohl ich nicht verpflichtet war, die Treppenhäuser zu reinigen, tat ich dies besonders dort, wo Bauarbeiten für Renovationen vorgenommen wurden.

Nach etwa zwei Jahren kurz vor Weihnachten trug ich eine Leiter in den Keller. Ich war ziemlich aufgeregt, weil mich Fehr kurz zuvor abgekanzelt hatte. Ich hätte die Störung einer sanitären Anlage beheben sollen, was mir nicht gelungen war, so dass der sonst bloss im Büro herumsitzende technische Leiter Schütz kommen musste. Fehr meinte, es wäre besser, ich kümmerte mich vermehrt um die sanitären Arbeiten, als mich mit dem Reinigen von Treppenhäusern zu befassen. Dabei sagten doch die Mieterinnen und Mieter, erstmals, seit sie hier wohnten, seien die Treppenhäuser wirklich sauber.

Ich war also gerade dabei, die Leiter in den Keller zu tragen, als ich an der sich automatisch schliessenden Türe hängen blieb und stürzte. Ich hörte ein Knacken in meinem Fuss. Es war jener, der so schwer verletzt war. Ich machte trotzdem weiter. Dann spürte ich einen immensen Druck auf meinem Knöchel und einen stechenden Schmerz. Als ich den

Fuss ansah, war der ganz blau und dick geschwollen. Ich wollte Dr. Habegger vom Triemli-Spital anrufen, der war aber bis nach den Festtagen ferienhalber abwesend. Das Ambulatorium sagte, ich solle vorbeikommen, um den Fuss zu zeigen. Ich meldete mich bei der Hausverwaltung ab.

Es wurde eine Röntgenaufnahme gemacht und lediglich eine Verstauchung festgestellt, die mit Umschlägen behandelt und anschliessend verbunden wurde. Ich sollte nach den Festtagen wieder vorbeischauen, wenn Dr. Habegger da wäre. Inzwischen wurde ich arbeitsunfähig geschrieben.

Weil ich als Hauswart für einige Zeit ausfiel, musste sofort ein Ersatz gesucht werden. Die Verwaltung teilte diese Arbeit vorläufig einem anderen Mitarbeiter zu.

12. KAPITEL

Das Ende vom Lied

Dr. Habeggers Stirnfalten zeigten mir an, dass der neuerliche Unfall alles andere als harmlos war. Er wollte wieder den Orthopäden Dr. Meyer hinzuziehen.

An zwei Stöcken humpelte ich zum vereinbarten Termin in die benachbarte Beethovenstrasse, wo Dr. Meyer seine Praxis hatte. Er machte wieder eine Reihe Röntgenbilder, und nun gab es nichts mehr zu deuteln: Der Fuss musste unter allen Umständen versteift werden.

Um bei der zu erwartenden restlichen Bewegungsfreiheit das Gefühl zu erhalten, wurde das Bein für drei Wochen so eingegipst, wie es nach der Arthrodese bleiben sollte. Ich wurde bis auf weiteres von jeglicher Hauswarttätigkeit freigestellt. Ja, ich musste jetzt sogar damit rechnen, dass ich nach der Operation diese Tätigkeit überhaupt nicht mehr ausüben könnte. Diesen Sachverhalt schrieb Dr. Meyer der Hausverwaltung, die nun einen neuen Hauswart suchen musste.

Mit dem Gipsverband stellte sich eine erhebliche Behinderung heraus. Der Orthopäde und die Unfallversicherung konnten mich allerdings nicht zwingen, diesen Eingriff vornehmen zu lassen. Beide aber waren der Meinung, wie bereits von der Klinik Balgrist festgestellt worden war, eine Fussversteifung sei notwendig, wenn ich nicht früher oder später einen irreparablen Schaden davontragen wolle. Das heisst, dass ich mich dann nur noch im Rollstuhl würde fortbewegen können.

Der Operationstermin im Zürcher Bethanien-Spital wurde auf Mitte April fixiert. Ich hatte in verschiedener Hinsicht grosses Glück: Zum einen war ich – durch meine Stellung als Hauswart bei der Versicherung – als Privatpatient versichert. Zum andern hatte ich ein relativ hohes Gehalt, was mir später bei der Bemessung der Rente helfen würde, relativ sorglos zu leben. Ausserdem war ich in den Händen der besten Spezialisten.

Immer noch war diese Unruhe in mir wegen meiner Zukunft. Angst aber auch, dass ich künftig im Berufsleben zu nichts mehr nütze sein könnte.

Versehentlich legte man mich für die Operation wieder in Vollnarkose. Und dann passierte noch etwas: Der Narkosearzt hatte die Betäubungsinjektion neben eine Vene gesetzt, was ein hässliches, grosses Hämatom zur Folge hatte, das später nicht mehr weggehen wollte. Erst mit der Zeit lösten sich Verfärbung und Geschwulst wieder auf, nachdem mir Dr. Meyer dafür eine Salbe gegeben hatte.

Bei der Narkose muss der Arzt wieder die bekannten Schwierigkeiten mit dem Einführen des Tubus in meinen Rachen gehabt haben. Jedenfalls klagte ich nachher über Schmerzen, und Dr. Meyer erklärte, sie hätten meinen Kiefer mit einem Keil öffnen müssen.

Der Eingriff dauerte rund vier Stunden, und wieder wurde das ganze Bein eingegipst. Wieder vergingen sechs Wochen, während denen ich dauernd eine Antikoagolinbehandlung bekam, um ein Blutgerinnsel zu vermeiden, das hätte zu einer Embolie führen können.

Ich hatte fürchterliche Schmerzen, aber die Pflege war gut und die Menschen um mich herum machten mir Mut und bereiteten mir oft Freude. Nun war ich nicht nur meinem Schicksal dankbar, sondern auch dem lieben Gott, der mir auf so wunderbare Weise half, endlich meinen neuen Weg zu gehen.

Jeden Tag kam Dr. Meyer bei mir vorbei und versorgte meine Wunde. Trotz aller anfänglicher Ängste hatte ich grosses Vertrauen zu meinem Orthopäden. Nach drei Wochen Spitalaufenthalt musste ich zur Rehabilitation in eine andere Klinik, der Klimastation Monte Brè im Tessin. Ruvigliana liegt am Fusse des Monte Brè, und die Aussicht auf diesen herrlichen Berg, über den Luganersee auf die Stadt Lugano, ist einmalig. Als Privatpatient hatte ich ein grosses, schönes Einzelzimmer mit Dusche beziehen können.

Einen Monat lang war ich dort – und was für Patienten noch dort lagen! Da konnte ich mit meinem Leiden geradezu glücklich sein. Es gab jugendliche Aids-Kranke, Altersgebrechliche und Patienten, die zum Teil ihr Zuhause bestimmt nie mehr sehen würden.

Hier begann ich im tiefsten Sinne zu leben und zu beten. Nun entdeckte ich meinen Glauben wieder und hielt mich eisern daran fest. Solange ich allein gewesen war und arbeiten konnte, war mein Leben anders gewesen. Hier und jetzt erkannte ich, wie leicht sich alles eine Stunde auf die andere ändern kann. Radikal, unabwendbar!

Von nun an wollte ich nicht mehr unvorbereitet auf das Ende weiterleben. Sterben müssen wir alle, ob allein oder in einem Spitalbett. Jetzt wollte ich wirklich zu leben beginnen, sinnvoll und vor allem von ganzem Herzen und mit meinem ganzen Geist und Gemüt. Es braucht ja nicht viel, einem Menschen, der im vollen Leben steht oder einem Todkranken, eine kleine Freude zu bereiten. Und wenn es nur tröstende Worte sind, um Mut zu machen, oder ein Gebet, um die Gewissheit zu geben, dass das Leben nach dem Tod weitergeht – ohne Schmerzen, ohne Qualen, frei von einem hinderlichen und belastenden Körper, der langsam zu verfallen beginnt, – welch hoffnungsvolles Erkennen.

Inhaltsverzeichnis

Biograph

ISBN 3-9520288-1-9
376 Seiten, Leinen mit Goldprägung
DM 39,80, SFr. 36.80, öS. 328.-

Harry Zweifel

Daniel Heim
Zögling und Mündel

Erster Band

Harry Zweifel gibt dem ersten Band seiner Trilogie autobiographisc Erzählungen über einen Zögling und Mündel den Titel Daniel He Wenn der Dichter seinem «Helden» diesen Namen bewußt verliehen darf der Leser wohl Assoziationen anstellen: Daniel, der Dulder in Löwengrube? Heim – Heimat oder Heimsuchung? Allerdings können che Erwägungen reine Spekulation sein, wenn man diese brave und a gesprochen saubere Geschichte zu Ende gelesen hat. Eine einfache Sp che ohne Schachtelsätze und hochtrabende literarische Konstrukt ermöglicht ungestörtes Lesen, lenkt die Konzentration auf den Inhalt Handlungsablauf. Der Leser kommt nicht auf den Gedanken, querzule oder weiterzublättern, zu sehr fesselt ihn das ungerechte Schicksal Zögling und Mündels. Er findet keinen Leerlauf.

Biograph

ISBN 3-905248-05-0
296 Seiten, Leinen mit Goldprägung
mit 8 Bildtafeln
DM 39,80, SFr. 36,80, öS. 328.-

Roger und Vera Nünlist

Rocky in memoriam
Das kurze Leben eines Junkies und Dealers

ıse bewegende Autobiographie eines jugendlichen Drogenabhängigen ꜱchreibt in mitreißender Sprache die Jahre seines Lebens, die ihm zum ·hängnis wurden. Sie ist das fragmentarische Vermächtnis eines sensi-n jungen Menschen auf dem Irrweg zwischen Liebe und Tod. In einem gen Epilog schildert die Mutter des Autors ihre Gefühle und Erlebnisse : dem rauschgiftsüchtigen Sohn. Sie beschreibt die erschütternden ahrungen mit der Ungerechtigkeit und Ignoranz der bürgerlichen sellschaft, von der suchtkranke Menschen wie Kriminelle behandelt d gedemütigt werden. Das beeindruckende erste Buch des Roger ocky» Nünlist ermöglicht eine außergewöhnlich authentische Einsicht die Lebenswelt eines Süchtigen auf dem unentrinnbar erscheinenden g in den psychischen und physischen Tod. Ein lehrreiches Dokument, es in dieser Art noch nie geschrieben wurde.

Biograph

ISBN 3-905248-03-4
144 Seiten, Leinen mit Goldprägung
DM 32.80, SFr. 28.–, öS 248.–

Werner Zeller

Cher Patron
Als Kaufmann in Afrika

*«Cher Patron» ist der engagierte und ergreifende Bericht eines Schwei
Kaufmanns, der im ehemaligen Belgisch Kongo eine Zweigniederlassu
einer Welthandelsfirma aufbaute und während dreier Jahre bis zur Un
hängigkeit des Landes betrieb. Das abenteuerliche Geschäftsleben u
Überleben zusammen mit seiner Frau und einheimischen Helfern im a
kanischen Busch hat ihn seither geprägt. Der Leser taucht aber nicht
in die längst vergangene Welt einer Kolonie ein, sondern gewinnt a
Sympathie für Land und Leute und die europäischen Siedler, die so
nannten Colons, die damals im Kongo ihr Glück versuchten. Werner Z
ler, der bis zu seinem Tod im Jahre 1994 verschiedene Unternehmen le
te, sagt: «Nirgends habe ich soviel kaufmännisches und unternehm
sches Rüstzeug zugelegt wie in den drei Jahren im Kongo.»*